CICATRIZES

K. A. ROBINSON

CICATRIZES
LIVRO 1 DA SÉRIE TORN

Tradução de
Ryta Vinagre

FÁBRICA231

Título original
TORN
BOOK 1 IN THE TORN SERIES

Este livro é uma obra de ficção. Referências a acontecimentos históricos, pessoas reais ou localidades foram usadas de forma fictícia. Outros nomes, personagens, lugares e incidentes são produto da imaginação da autora e qualquer semelhança com fatos reais, localidades ou pessoas, vivas ou não, é mera coincidência.

Copyright © 2013 *by* K. A. Robinson

Todos os direitos reservados.
Edição brasileira publicada mediante acordo com o editor original,
Atria Books, uma divisão da Simon & Schuster, Inc.

Nenhuma parte desta obra pode ser reproduzida ou transmitida por qualquer forma ou meio eletrônico ou mecânico, inclusive fotocópia, gravação ou sistema de armazenagem e recuperação de informação, sem a permissão escrita do editor.
FÁBRICA231
O selo de entretenimento da Editora Rocco Ltda.

Direitos para a língua portuguesa reservados
com exclusividade para o Brasil à
EDITORA ROCCO LTDA.
Av. Presidente Wilson, 231 – 8º andar
20030-021 – Rio de Janeiro – RJ
Tel.: (21) 3525-2000 – Fax: (21) 3525-2001
rocco@rocco.com.br
www.rocco.com.br

Printed in Brazil/Impresso no Brasil

preparação de originais
HALIME MUSSER

CIP-Brasil. Catalogação na fonte.
Sindicato Nacional dos Editores de Livros, RJ.

R556c   Robinson, K. A.
         Cicatrizes/K. A. Robinson; tradução de Ryta Vinagre.
– 1ª ed. – Rio de Janeiro: Fábrica231, 2016.
        (Torn: 1)

        Tradução de: Torn: book 1 in the torn series.
        ISBN 978-85-68432-60-0

        1. Romance norte-americano. I. Vinagre, Ryta.
II. Título. III. Série.

16-30899   CDD–813
                                        CDU–821.111(73)-3

Este livro é dedicado antes de tudo ao meu marido, por aguentar as incontáveis noites em que passei conectada ao laptop; aos meus pais, sem os quais eu não seria quem sou hoje; ao meu filho, por trazer tanta alegria para minha vida; e às minhas Ninjas e Pumas. Vocês, senhoras, sabem quem são. Amo todos vocês.

CAPÍTULO UM

À PRIMEIRA VISTA

Meus amigos sempre dizem que eu chegaria atrasada para o meu próprio enterro. Ouvi alguém batendo na porta do meu quarto no alojamento, rolei na cama e olhei o relógio. Meus olhos se arregalaram com a hora e levantei, atrapalhada, concordando com eles. Corri à porta e abri, e vi meu melhor amigo Logan me olhando com a ironia estampada no rosto.

— Bom-dia, Chloe. Vejo que você vai atrasar a gente, como sempre.

Logan era um dos caras mais gatos que já vi. Com cabelo louro cor de areia, olhos azuis e corpo sarado, ele é o sonho erótico de toda garota. E ganha ainda mais pontos por ser uma das pessoas mais meigas que conheço. Não tenho dúvida de que várias garotas vão correr atrás dele quando o notarem pelo campus.

— Ah, meu Deus, nem consigo chegar na hora no nosso primeiro dia! — gritei, enquanto andava pelo quarto procurando o que vestir. Logo encontrei uma calça jeans e uma camiseta preta do Stone Sour que eu tinha jogado ao lado da cama. Arranquei o pijama e o joguei na cama antes de enfiar o jeans e a camiseta.

— Bom, pelo menos você está de calcinha e sutiã — murmurou Logan, me olhando com uma expressão maliciosa.

– Muito engraçado, Logan. Até parece que você nunca me viu de biquíni. Calcinha e sutiã são praticamente a mesma coisa.

Corri até a cômoda e peguei a escova, penteei o cabelo e prendi em um rabo de cavalo baixo para tirá-lo do rosto. Ainda bem que eu não era do tipo que perde muito tempo com maquiagem, ou me atrasaria ainda mais. Meus amigos me consideravam uma boneca de porcelana por causa do meu cabelo louro, olhos azuis e pele clara. Não que eu fosse bonita, só na média para me misturar com todas as outras meninas por ali – pelo menos, era isso que eu achava.

Só o que poderia me destacar num campus cheio de milhares de louras era o meu visual estilo menina do rock, como minha outra melhor amiga, Amber, costumava dizer. Enquanto a maioria das garotas por aqui usava roupas cor-de-rosa fofinhas ou camuflagem, eu preferia um estilo mais sombrio de encarar a vida: quase todas as minhas blusas eram de alguma banda de rock, além de eu ter alargadores nas duas orelhas. Em geral minhas mãos viviam cobertas de anéis, e eu me sentia nua se não tivesse pelo menos cinco pulseiras de borracha em cada braço. Eu gostava da minha aparência, mas Amber sempre insistia que eu assustava mais homens do que ela podia contar.

Peguei a bolsa na mesa e fui para a porta, trancando depois de passar.

– É sério, Logan, me desculpa. Eu tinha certeza de que hoje me aprontaria na hora. Acho que não ouvi o despertador de novo.

Ele me olhou e sorriu.

– Eu não esperava menos de você. A gente morar no mesmo alojamento deve ser uma bênção. Sem mim na função de seu despertador, você nunca chegaria à aula no horário.

Entrelaçamos os braços assim que saímos do alojamento e atravessamos o campus em direção à nossa primeira aula.

– O que eu faria na vida sem você como meu herói?

– Hmmmm, imagino que você se atrasaria todo dia.

Dei uma cotovelada em suas costelas.

– Valeu, Logan, você é o melhor.

Entramos no prédio e encontramos nossa sala apenas um minuto antes de a aula começar. Observando ao redor da sala, vimos duas carteiras vazias na última fila e logo nos sentamos, na esperança de o professor lá na frente não perceber que tínhamos chegado em cima da hora. Assim que me sentei e coloquei a bolsa no chão, olhei o cara do meu lado e meu coração quase parou.

Nunca tinha visto um homem tão lindo em toda a minha vida. Enquanto Logan era todo tranquilo e doce, o outro era o perfeito bad boy. O cabelo era muito escuro, quase preto, e caía nos olhos e pelo rosto, meio despenteado, mas muito charmoso. Não consegui ver a cor dos olhos, mas pareciam tão escuros quanto o cabelo.

Notei piercings na sobrancelha e no lábio, e algumas tatuagens nos braços que apareciam pela manga da camisa. Olhando fixamente as tatuagens, imaginei se ele teria outras escondidas por baixo da camisa. Eu não era do tipo que gostava de bad boys cheios de piercings e tatuagens – apesar da minha própria aparência –, mas esse cara podia ter o cabelo pintado de rosa e usar maria-chiquinha que ainda assim seria gato.

Como se sentisse meu olhar fixo, ele me olhou de volta. Virei o rosto de repente, corando intensamente por ter sido pega no flagra. Arrisquei outro olhar e vi que ele ainda me observava, o que me deixou ainda mais envergonhada. Ele deve ter percebido, pelo sorriso que estampou seu rosto enquanto eu rapidamente desviava o olhar mais uma vez.

Pelo resto da aula, eu me recusei a olhar na direção dele. Ouvi o professor falar e fiz anotações quando achei necessário. Ao me dar conta, a aula tinha terminado e comecei a guardar os livros na bolsa largada no chão. Assim que a joguei no ombro, notei meu vizinho gato saindo pela porta. Eu me levantei e saí do prédio junto com Logan.

Descemos a escada, e o vi parado perto de nós, fumando um cigarro. Pelo canto do olho, percebi um sorriso malicioso para mim. Mantive o foco na conversa com Logan assim que passamos por ele, me recusando a dar ao cara o gostinho de me ver o encarando de novo.

– Ei, você conhece aquele cara? – perguntou Logan quando estávamos fora de vista.

Perdida em pensamentos, olhei para ele, confusa.

– Quem?

– O cara parado ali atrás, ele não para de te olhar.

Olhei por sobre o ombro e vi o cara gato ainda encostado, fumando, me olhando com aquele maldito sorriso na cara.

– Ah, não tenho ideia de quem ele seja – eu disse enquanto me afastava, antes que o cara notasse que eu estava vermelha por ter sido flagrada mais uma vez.

Logan e eu terminamos a caminhada do campus em um silêncio tranquilo. Sempre foi assim entre a gente, e eu sempre me senti à vontade e segura com ele, em toda a nossa amizade. Ele foi transferido para o meu colégio no primeiro ano do ensino médio e designado a sentar do meu lado na turma de inglês da sra. Jenkins. Logo nos aproximamos para tentar descobrir se o cabelo dela era de verdade ou uma peruca, e o resto é história.

Ficamos grudados por cada momento do ensino médio, o que causou problemas com algumas das ex-namoradas dele.

Elas tinham certeza de que ficávamos juntos escondidos ou de que ele era apaixonado por mim. A gente sempre ria dos boatos, mas me senti culpada várias vezes por estragar alguns dos namoros de Logan.

Nossa aula seguinte, de espanhol, foi bem parecida com a anterior, mas sem o tal cara gato. Para falar a verdade, fiquei meio aliviada, porque meu rosto corava cada vez que ele aparecia por perto. Não entendi meu problema quando fiquei perto daquele garoto. Eu não ficava vermelha perto dos homens, mas ele, apenas com um olhar, pareceu ter o poder de quase me deixar de joelhos. Eu precisava me controlar.

Depois que o professor nos dispensou, atravessamos o campus para almoçar. Logan e eu tínhamos horários idênticos nas segundas, quartas e sextas, mas nas terças e quintas era o contrário. Meu único alívio era saber que suas primeiras aulas coincidiam com os horários das minhas, então, ele sempre me acordaria a tempo.

Olhei para ele enquanto pegávamos nossa comida e procurávamos uma mesa vazia. Mesmo sendo só sua melhor amiga, eu via como ele era realmente lindo. Na verdade, quando conheci Logan, tive uma quedinha por ele, mas, depois de conhecê-lo tão bem, meus sentimentos mudaram da paixão para a amizade. Sem ele por perto, eu ficaria totalmente perdida.

Quando tivemos que escolher nossa faculdade, eu pirei por semanas até saber que a gente estudaria no mesmo lugar. Minhas notas foram altas durante todo o ensino médio, o que me deu várias opções de universidades, mas Logan estava decidido a estudar na Universidade de West Virginia e eu queria ficar com ele. Quando nós dois recebemos juntos a carta de admissão pelo correio, corri até sua casa e o agarrei de empolgação. Eu sabia que a faculdade seria um período de transformações, mas tinha esperanças de que a gente sempre continuaria melhores amigos. Eu não acho que poderia lidar com isso de outra maneira.

– Que foi? Tem comida na minha cara? – perguntou ele enquanto limpava a comida imaginária no queixo.

– Não, por quê?

– Bom, você está me encarando há uns cinco minutos.

Abri um sorriso para ele.

– Desculpa, só estava pensando em como eu ficaria perdida sem você aqui comigo. Você sabe disso, não é?

Ele me puxou num abraço apertado.

– Nem se preocupa com isso, Chloe, sempre vou estar aqui. Vamos ficar velhos, de cabelo branco, e ainda estaremos juntos.

Eu o abracei também.

– Que bom. Tomara que meu futuro marido e sua futura mulher não se importem de a gente ficar sempre grudados.

Sua expressão ficou tensa com minhas palavras e eu o olhei, confusa.

– Falei algo errado?

Ele rapidamente relaxou e sorriu.

– Nada, só estava pensando que você nunca vai achar um cara tão bom para ser seu marido. Por falar em caras que não são tão bons, qual era a daquele sujeito sentado do seu lado hoje de manhã? Ele ficou te encarando como se quisesse te comer viva.

Revirei os olhos.

– Não sei do que você está falando. Ele não estava me encarando. Só virou a cabeça por acaso quando eu também olhei. De jeito nenhum um cara daqueles ia ficar interessado em mim.

Ele franziu o cenho para as minhas palavras.

– Chloe, você é maluca. Qualquer um que tenha olhos pode ver que você é linda.

Eu ia dar uma resposta sarcástica, mas ele me interrompeu.

– Claro, até você abrir a boca. Aí, eles fogem apavorados.

Dei um soco em seu braço.

– Eu tenho uma personalidade maravilhosa, muito obrigada!

Ele riu de minha expressão desapontada.

– Estou brincando. Mas, sério, você é incrível, Chloe. Espero que ele realmente não tenha ficado a fim de você, porque eu não gostei dele.

Eu ri.

– E *como* você poderia saber que não gosta dele? Nem mesmo falou com o sujeito.

– Não preciso. Conheço o tipo, todo aquele jeito de bad boy. Deve ser um pegador e é melhor você ficar longe dele.

– Sério? Por que estamos falando nisto mesmo? O cara não está a fim de mim e pronto.

Eu queria que isso fosse verdade.

...

Logan e eu nos despedimos depois do almoço. Ele tinha outra aula, depois pretendia passar o resto da tarde no centro, procurando emprego, e prometi me encontrar com Amber, minha outra grande amiga, depois da última aula dela. Amber e eu éramos amigas desde o ensino fundamental, e logo nos unimos por causa do nosso gosto por heavy metal. Enquanto Logan e eu éramos íntimos, Amber era como minha irmã gêmea, pelo menos por dentro.

Seu tipo físico era completamente diferente do meu. Sua pele era de um tom naturalmente bronzeado e o cabelo era castanho-escuro. Amber tinha olhos verdes incríveis que podiam convencer qualquer um a fazer o que ela queria e um manequim tamanho 36 perfeito. Meu cabelo louro e os olhos azuis eram bonitos, mas geralmente eu me sentia sem graça e constrangida quando estava ao lado dela. Meu único atributo que podia chamar atenção às vezes, mesmo quando Amber estava por perto, eram meus peitos grandes. Mas, no dia a dia, eles costumavam me atrapalhar mais do que qualquer outra coisa.

Mesmo com sua aparência incrível, ela era uma daquelas pessoas muito boas. Não só era linda por fora, mas por dentro também. Sempre esteve presente quando precisei dela, e eu a amava por isso. Poucas pessoas no mundo podiam me suportar o tempo todo como Amber.

Eu me sentei por alguns minutos no banco na frente do seu prédio antes de ela sair, protegendo os olhos com a mão do sol que brilhava. Ela me viu e acenou, caminhando até mim.

– E aí, garota?! Como foram as suas aulas?

Sorri e fomos para o nosso alojamento.

– Foram boas. Basicamente um monte de chatice sem fim.

Ela assentiu, andando ao meu lado.

– É, as minhas foram a mesma coisa. Ainda bem que a gente decidiu fazer poucas matérias neste semestre, até rolar a adaptação.

Ela e eu decidimos escolher poucas matérias no primeiro semestre, apenas o mínimo necessário para que nos considerassem alunas de turno integral, ao contrário de Logan, que tinha créditos suficientes para duas pessoas.

– Você já viu os caras que andam por aqui? Acho que estou apaixonada!

Ri de sua adoração pelos meninos, mas certo cara tatuado passou pela minha cabeça.

– É, eu vi alguns.

Ela parou de repente e se virou para mim.

– O quê? Você encontrou alguém? E eu achando que você era uma freira disfarçada!

Dei uma cotovelada em suas costelas.

– Não sou freira coisa nenhuma. Só não apareceu ninguém que me interessasse. Nem todo mundo tem fixação por garotos como você.

– Tanto faz. E aí, quem é esse cara?

Eu me atrapalhei um pouco e olhei para o chão, o que foi um erro completo. Amber sabia que eu encarava meus sapatos quando tentava esconder alguma coisa dela.

– Não se atreva a olhar os sapatos, mulher! Fala logo!

Suspirei e olhei para ela. Seus olhos praticamente brilhavam de empolgação, esperando que eu desabafasse.

– Não sei o nome dele, nem nada. É só um cara que sentou do meu lado hoje de manhã.

Ela ergueu as sobrancelhas para mim.

– E como é esse cara misterioso?

Olhei em volta, para ter certeza de que não havia ninguém para nos ouvir.

– Eu o achei bonito. Ele tem o cabelo quase preto de tão escuro e uns olhos lindos e profundos. Ah, e tem uns piercings no lábio e na sobrancelha. E umas tatuagens que dão para ver pela manga da camisa, mas não sei dizer o que são.

Bonito não era exatamente a verdade, mas eu não ia demonstrar minha empolgação com o charme dele na frente de Amber – ela ficaria eufórica – assim, falei o mínimo necessário.

Enquanto eu falava, vi que sua boca se abria em câmera lenta.

— Você não gosta de qualquer garoto, você gosta de um bad boy. Que merda, tenho certeza de que o inferno vai congelar, porque minha pequena Chloe está a fim de um bad boy!

Ela fingiu desmaiar e lhe dei outra cotovelada.

— Cala a boca. Eu não gostei dele, só o achei gostosinho. Somos crianças ou o quê?

Ela deu uma gargalhada.

— Alguém está sensível, hein? Desculpa, vou parar de te encher por causa do bad boy tatuado, de piercing e gostosinho.

Continuamos pelo campus e estávamos quase no alojamento quando ela voltou a falar.

— Olha, sei que é segunda-feira ainda, mas uma garota da minha turma de inglês me convidou para uma festa numa das casas da irmandade. Quer ir comigo? Preciso da minha fiel escudeira!

— Não acho boa ideia. Ainda tenho algumas caixas para arrumar, e tenho certeza de que sua colega de quarto vai ficar feliz em ir com você.

Ela me olhou com aqueles olhos verdes grandes, seu lábio inferior se projetando num beicinho que me deixou culpada.

— Por favor, Chloe? Eu vi o Chad hoje e preciso muito de uma noitada. A gente não vai ficar até tarde, eu prometo!

Chad era o cara que ela começou a namorar no verão antes do nosso último ano. Ele parecia um cara legal e eu gostava mesmo dele. Até o dia em que ela passou na casa dele de surpresa e o pegou na cama com Carrie Jenkins, a líder de torcida e maior piranha da cidade.

As semanas que se seguiram foram brutais. Amber nunca teria imaginado, e nem eu, aliás. Depois de passar incontáveis noites em seu quarto com potes de sorvete e lenços de papel suficientes para produzir enchimentos para o sutiã da Carrie durante um ano, eu finalmente consegui tirá-la de casa pouco antes da mudança para a faculdade. Eu sabia que Chad também estava naquele campus, mas tinha esperanças de que ela não o encontrasse, pelo menos por um tempo.

Suspirei e a puxei num abraço.

– Tudo bem, eu vou, mas só porque tenho um vestido superfofo que estou morrendo de vontade de usar.

Ela deu um gritinho e começou a pular.

– Iéééé! E eu adoro aquele vestido, e te falei quando o comprei para você! Além disso, eu tenho os sapatos mais lindos para combinar com ele!

Ela me pegou pelo braço e me levou até seu quarto no alojamento. Assim que entramos, ela vasculhou caixas em seu armário e pegou um par de saltos altos vermelhos incríveis.

Sorri quando ela os entregou para mim.

– Obrigada. Vou direto para o meu quarto tentar guardar o resto das minhas coisas. A gente se encontra aqui lá pelas oito, tá? – falei.

– Tudo bem, para mim está bom.

Dei um último abraço nela antes de sair e fui para o andar de cima, onde ficava meu quarto. Embora Amber e eu não dividíssemos o quarto, o destino deve ter sorrido para a gente. Logan, Amber e eu ficamos em um dos poucos alojamentos mistos do campus. Estávamos um em cima do outro, com Amber no primeiro andar, eu no segundo e Logan no terceiro. Era bom saber que eles estavam a uma escada de distância, se eu precisasse de um deles.

Destranquei minha porta e entrei no caos que tinha deixado pela manhã. Gemendo, comecei a pegar as roupas sujas e jogá-las no cesto perto do armário. Quando consegui enxergar o chão, passei às caixas empilhadas junto à parede. Eu queria mesmo guardar todas essas coisas? Que pergunta idiota. É claro que eu não queria, mas não podia viver no meio das caixas pelo resto do ano. Peguei a primeira e guardei as roupas que estavam nela. Eu já havia arrumado a maior parte das roupas no fim de semana, mas ainda sobraram algumas caixas, com moletons e blusas largas que eu às vezes usava como pijama.

Consegui me livrar de algumas caixas antes que meu telefone começasse a tocar "Blood", do In This Moment, e sorri ao pegá-lo em cima da cama.

– Oi, Logan, encontrou algum emprego?

Ele gemeu de frustração.

– Já preenchi formulários em metade da cidade, então sei que vou achar alguma coisa. Ainda vou em alguns lugares que quero ver.

– Que legal. Estou tentando arrumar o resto das minhas coisas. Eu ia te sugerir vir aqui me ajudar, mas acho que não vai rolar.

Ele riu de mim.

– É, acho que prefiro me candidatar a empregos a ajudar você a guardar suas calcinhas. Na verdade, pensando bem...

– Bom, pensando bem, eu até posso entender. Se você estiver livre à noite, poderia ir comigo e a Amber numa festa naquelas irmandades.

– Desta vez não, mas, tenha cuidado. Não deixa sua bebida por aí e, se precisar de mim, é só me ligar, tá? Você sabe que me preocupo com você.

Revirei os olhos com suas palavras.

– Sim, papai. Prometo ser boazinha.

– É sério, Chloe. Não sei o que eu faria se acontecesse alguma coisa com você.

– Eu sei disso e prometo que vou tomar cuidado. Preciso ir, tenho que arrumar o resto das caixas. Te ligo quando chegar em casa, prometo.

– Tudo bem, mas não se esqueça de me ligar mesmo, ou vou bater na porta do seu quarto no meio da noite só de samba-canção.

Ri dele.

– Bom, apesar da emoção que isso seria para as meninas deste andar, não vamos fazer isso. Falo com você mais tarde.

Desliguei e joguei o telefone na cama de novo. Eu adorava que Logan fosse todo protetor comigo, mesmo que às vezes ele me deixasse sufocada. Ele sempre foi assim e eu me sentia segura sabendo que ele estava sempre pronto para me ajudar.

Consegui esvaziar todas as caixas em quase uma hora e decidi tomar um banho. Peguei minhas coisas, e fui para o banheiro coletivo, que estava quase inteiramente vazio, com exceção de algumas meninas perto das pias. Sem querer extrapolar minha sorte, tomei o banho mais rápido da história e voltei para o meu quarto.

Enrolei meu cabelo em uma toalha para secá-lo enquanto vasculhava o armário agora excessivamente abarrotado à procura do vestido. Eu o encontrei quase no fundo e rapidamente tentei puxá-lo antes que qualquer uma das outras roupas me arrastasse para dentro da bagunça e me fizesse prisioneira pela eternidade.

Quando consegui salvar o vestido do desastre que era meu armário, eu o coloquei na frente do corpo e sorri. Eu tinha que concordar com Amber, o vestido era mesmo lindo. Ele era justo, alguns centímetros acima dos joelhos. A parte de cima era para amarrar no pescoço e vinha com bojo embutido, o que para mim era uma sorte, já que o superdecote nas costas não combinava com sutiã. Não era o meu estilo habitual, mas eu adorava.

Rapidamente me enfiei dentro dele antes de tirar a toalha do cabelo e escová-lo com secador. Meu cabelo ia quase até a cintura e levava uma eternidade para secar, assim eu raramente gastava meu tempo em alisá-lo, mas esta era minha primeira festa na faculdade e eu queria o melhor visual. Depois de arrumar o cabelo, comecei a me maquiar. Minha colega de quarto, Rachel, entrou quando eu estava terminando e caiu de cara na cama, gemendo.

– Dia difícil, Rachel?

Ela gemeu de novo e assentiu.

– Pode me lembrar de novo por que me matriculei em todas aquelas matérias?

Ri enquanto ela se virava de frente para mim.

– Nossa, mulher, você está linda. E devo avisar que se este vestido se perder e acabar no meu armário, não foi culpa minha. Eu juro.

– Obrigada pelo aviso. Sei como estas coisas criam pernas e andam sozinhas para o armário dos outros, mas as minhas em geral terminam no armário da Amber.

– E aí, aonde você vai tão gata?

– Numa festa em uma das irmandades. Amber vai me arrastar com ela. Você pode ir, se quiser.

Ela pensou no meu convite por um minuto antes de balançar a cabeça.

– Não, obrigada, tive um dia ruim. Vou ficar enroscada na cama, lendo. Acho que eu não aguentaria uma festa hoje.

Eu tinha visto o horário de Rachel no dia em que nos mudamos e sabia que ela não estava brincando. Seus dias começavam bem cedo e, a não ser pelo almoço, ficavam ocupados até o início da noite. Na minha opinião, a menina era uma maluca, mas seus pais a pressionaram para fazer todas as matérias que pudesse.

Rachel fazia o tipo nerd sexy. Uma das pessoas mais inteligentes que eu tinha conhecido, e era considerada linda por qualquer um. Tinha cabelo ruivo comprido, o rosto perfeito e o corpo incrível. Quando a conheci, morri de medo de que ela fosse egocêntrica, mas, com sua personalidade pé no chão, gostei dela nos primeiros dez minutos.

– Tá legal, mas da próxima vez você vai comigo, mesmo que eu tenha que arrastar você. – Olhei o relógio, calcei os sapatos e fui para a porta. – Acho que não vou chegar tarde, mas, se acontecer, prometo que vou ficar quietinha quando entrar.

Ela sorriu.

– Não se preocupe, acho que ainda estarei entre as páginas com certo sr. Maddox. Deus sabe que não consigo me livrar dele depois que começo.

Ri de sua atual obsessão literária enquanto saía pela porta.

– Disso eu não posso te culpar. Até mais.

Desci a escada com cuidado para não cair e quebrar o pescoço com aqueles sapatos superaltos incríveis de Amber. Cheguei ao quarto dela e bati uma vez antes de entrar.

– Ei! O que foi? Ah, é você. Não faça isso comigo! – gritou Amber como boas-vindas.

Ela estava de sutiã e vestia uma minissaia chiquérrima, enquanto olhava dentro do armário como se a blusa perfeita estivesse prestes a pular para ela.

– Não tenho nada para vestir!

Ergui a sobrancelha e apontei para o armário.

– Você tem um milhão de blusas aí dentro, é claro que dá pra escolher alguma coisa.

Ela finalmente pegou uma regata amarela linda e a vestiu.

– Acho que essa vai servir. Vem, é melhor a gente correr ou vamos nos atrasar.

– Dá para chegar atrasada nesse tipo de coisa?

Ela revirou os olhos ao passar voando por mim e sair pela porta.

– Não sei, mas, em se tratando de você, é bem possível.

Tentei bater nela, mas meu salto prendeu no carpete do corredor e quase caí.

Ela riu feito uma idiota da minha habitual falta de jeito.

– Eu nunca me canso disso. É sério, a gravidade nunca foi sua amiga.

Mostrei a língua para ela enquanto saíamos e atravessávamos o campus para nossa primeira festa na faculdade.

CAPÍTULO DOIS

CAÍDA POR VOCÊ

Subi a escada da imensa casa da irmandade, com Amber bem atrás de mim. Os alunos estavam por todo lado, todos parecendo completamente doidões, embora a festa só tivesse começado há uma hora. Abri caminho pela porta e fui atacada por uma música tão alta capaz de fazer meus ouvidos sangrarem. Eu não sabia quem cantava, mas tocavam um cover de "The Red", de Chavelle, e eles eram incríveis.

Amber parou do meu lado e gesticulou para uma mesa que tinha mais álcool do que eu me atrevia a imaginar. Dei um sorriso forçado e assenti – esta noite era para arrasar, a ressaca que se danasse. Eu a segurei pela mão e caminhei até a mesa, pegando um copo e o enchendo até a boca.

Havia vários garotos ao nosso lado, perto da mesa, e eles sorriram, aprovando o meu vestido. Dei a eles o meu melhor sorriso sedutor e, enquanto a banda começava a tocar "Pour Some Sugar on Me", dois dos garotos se aproximaram de nós.

– Oi, meu nome é Ben. Este é o Alex. Querem dançar?

Eu sorri e concordei com a cabeça, notando que Alex praticamente tirava as roupas de Amber com os olhos.

Ben me levou para o meio da pista e começamos a dançar juntinhos, mais nos esfregando do que propriamente dançando. Enquanto nos mexíamos, ele colocou as mãos nos meus quadris para me puxar para mais perto, como se isso fosse possível. Estávamos dançando há alguns minutos quando olhei pelo mar de gente e meus olhos se fixaram no vocalista da banda. Parei de respirar na mesma hora. Era ele. O sr. Alto, Moreno, Tatuado e com Piercing da minha turma. E ele me encarava. Baixei os olhos, de repente tímida.

Parei de dançar com Ben quando a música terminou e voltei à mesa de bebidas, o mais distante possível do vocalista. Para meu pavor, Ben veio atrás de mim.

Ele me olhava de cima, mais para o meu decote do que para o meu rosto.

– Quer dar uma volta? – Ele me deu um sorriso sem-vergonha, sem deixar dúvidas de aonde queria ir.

– Não, obrigada, acho que vou ficar por aqui mesmo.

Ele pareceu decepcionado, mas deu de ombros e se afastou. Procurei por Amber e a vi se agarrando com Alex em um dos sofás junto da parede do outro lado. Sorri: depois de certo tempo, ela começou a realmente tentar viver. Não que ela fosse do tipo de ficar com qualquer cara nas festas, mas ela merecia se divertir depois de ter sido tão magoada pelo Chad verão passado.

Andei pela festa por mais algum tempo, enchendo meu copo algumas vezes e dançando com alguns caras diferentes, mas me recusando a ir para casa com qualquer um deles. Não era meu estilo, ao contrário de várias meninas que vi fugindo para os quartos no andar de cima durante a noite toda.

Ouvi a banda, que era incrível, mas não me permiti olhar para o vocalista, com medo de que ele ainda estivesse me encarando. Eu me repreendi mentalmente. Não havia motivo para ficar nervosa perto desse sujeito, e ele sequer tinha falado comigo. Eu não ia deixar que um cara qualquer me deixasse maluca. Olhei o palco, e a banda já guardava os instrumentos. Já tinham terminado a apresentação enquanto eu ainda pensava naquele cara.

Decidi ir embora, apesar de a festa ainda estar rolando. Minha cabeça estava meio confusa e eu sabia que acabaria totalmente bêbada e desmaiada no sofá, ou coisa pior, se ficasse mais tempo. Se eu ligasse para Logan deste jeito, ele certamente me trancaria no quarto pelo resto do ano. Passei pela multidão até a porta, enquanto enviava um torpedo para Amber, avisando que estava indo embora.

Assim que saí, suspirei de alívio. Não tinha percebido como estava quente lá dentro e sentir o ar frio da noite na minha pele ajudou a clarear um pouco os pensamentos. Eu caminhava para o meu alojamento quando a ponta do salto prendeu numa rachadura da calçada. Meu corpo se curvou para frente e caí de cara, com a bunda empinada no ar.

– Merda de sapato!

Resmunguei uns palavrões ao tentar me levantar e senti alguém me pegar com firmeza pelo braço e me puxar. Tentei me equilibrar, mas o salto estava quebrado e cambaleei, caindo contra a pessoa que tinha me ajudado. Braços masculinos e fortes me envolveram e me puxaram para seu peito, evitando que eu tombasse mais uma vez. Levantei a cabeça para agradecer ao meu salvador, mas as palavras ficaram presas na garganta quando vi o vocalista me segurando. Eu o encarei, incapaz de pensar ou de me mexer.

Ele inclinou a cabeça de lado, me olhando de cima.

– Você está bem?

Sua voz me trouxe de volta à realidade e percebi que fiquei parada ali, olhando em seus olhos por mais tempo do que me atrevi a pensar.

Dei um pigarro e assenti.
– Sim, obrigada. Meu sapato idiota ficou preso na calçada.
– É, eu vi.

Eu me afastei dele com o cuidado de não perder o equilíbrio de novo, e olhei por cima do ombro do cara, para onde os outros membros da banda colocavam o equipamento na traseira de uma van. Empalideci quando percebi que ele estava bem atrás de mim quando caí. Eu sabia que qualquer um atrás de mim teria visto muita coisa, graças ao vestido curto e, para melhorar ainda mais a vida, eu estava de fio dental, logo ele teve um tremendo espetáculo. Senti meu rosto esquentar e os cantos de sua boca se ergueram num sorriso, como se ele soubesse o que eu estava pensando.

– Não foi nada demais.

Eu sabia que ele queria me deixar melhor, mas eu já estava acabada. Há um limite para o constrangimento antes de você morrer de vergonha.

– Bom, obrigada por me ajudar. Eu agradeço muito.
– Não tem problema.

Enquanto ele falava, vi seus olhos percorrendo meu corpo e eu soube que precisava fugir antes de fazer alguma idiotice.

– Bom, obrigada de novo. Eu ficaria para conversar, mas preciso ir para casa. – Eu me virei rapidamente e tirei os sapatos, com medo da interminável caminhada descalça até o alojamento.

Ele me segurou pelo ombro e me virou para ele.

– Aonde você vai? Meu carro está bem ali. Posso levar você, em vez de você ter que ir descalça.

A dúvida sobre pegar uma carona com um completo estranho embaralhou meus pensamentos enquanto eu o olhava. Se

Logan soubesse disso, sem dúvida me mataria. Mordi o lábio inferior em dúvida, antes de concordar com a cabeça.

– Ah, bom, tudo bem, se não tem problema para você. Meu alojamento fica só a três quadras. Mas posso ir a pé, não é assim tão longe.

A ideia de estar num carro com este estranho fez meu estômago se revirar. Embora ele fosse lindo e tenha se sentado do meu lado na aula, ficar tão perto e íntima dele era totalmente diferente. Nunca vi alguém com olhos castanhos tão escuros e precisei de todas as minhas forças para não estender a mão e afastar uma mecha de cabelo que caía em seus olhos. Quando ele me puxou para seu peito, senti músculos duros e definidos. A camisa que ele usava era justa o bastante para eu ver a musculatura por baixo. Quase fiquei vermelha quando comecei a imaginar como ele seria sem camisa.

– Não é um problema. Espere aqui e vou trazer o carro.

Assenti enquanto ele se virava e andava até o estacionamento do outro lado da rua para pegar o carro. Eu o observei sem culpa enquanto ele se afastava e me deparei com uma das bundas mais lindas que vi na vida. Ele olhou para trás uma vez e rapidamente desviei o olhar, na esperança de que ele não tivesse notado que eu estava dando uma boa olhada nele. Quantas vezes uma pessoa pode se constranger numa noite só?

Um minuto depois ele parou o carro ao meu lado e quase revirei os olhos. Um cara tão gato assim não devia ter um carro tão sexy. Eu não entendia quase nada de carros, mas sabia que este era antigo, embora parecesse novo em folha. A lataria era de um preto reluzente, com rodas cromadas e, ao abrir a porta e entrar, vi que o interior era todo novo e em preto também.

– Carro legal – comentei enquanto fechava a porta.

— Valeu, é um Mustang 1969. Restaurei a maior parte dele. É o meu bebê.

Ele deu um tapinha afetuoso no painel e eu ri dele.

— Ah, não, não me diga que você é um daqueles caras que adoram o carro mais do que gostam de qualquer mulher.

Ele riu.

— Não, eu não diria isso, mas meu carinho por ele é tão grande quanto.

Ele deu a partida e fomos para meu alojamento. Ficamos em silêncio por um minuto enquanto eu procurava alguma coisa inteligente para dizer. Imaginei que só teria uma oportunidade dessas uma vez na vida e, como estaria em casa no máximo em cinco minutos, mesmo com o trânsito, não queria perder tempo.

— Ah, meu nome é Chloe.

— Drake Allen. É um prazer conhecê-la, Chloe.

Sorri.

— Bom, agora que acabamos com o lance esquisito das apresentações, eu me sinto melhor.

Ele deu uma gargalhada.

— É, ainda bem que já passamos da parte esquisita da noite.

Senti meu rosto corar brutalmente ao me lembrar da visão que ele teve quando caí e olhei pela janela na esperança de que ele não percebesse. Pelo visto ele percebeu, porque riu de novo.

— Desculpe, eu não quis deixar você sem graça. Pense da seguinte maneira: do jeito que nos conhecemos, não vou me esquecer de você tão cedo.

Meu rosto ficou ainda mais quente, se isso fosse possível, e gemi, escondendo o rosto nas mãos.

— Ai, meu Deus. Acho que quero morrer agora mesmo, muito obrigada.

Drake ainda ria quando o sinal ficou verde e ele entrou na minha rua. Paramos no estacionamento na frente do alojamento e ele estacionou o carro numa vaga, esperando que eu saísse. Eu não queria ir embora, então disse a primeira coisa que me passou pela cabeça.

— Sua banda é mesmo incrível, vocês arrasaram na festa.

Seus olhos se iluminaram e eu soube que tinha escolhido o assunto certo.

— Valeu. Tocamos toda sexta-feira à noite num bar da cidade chamado Gold's Pub. Dá uma passada lá uma noite dessas para ver a gente. O bar é incrível e eles não pedem identidade. Isso fica entre a gente.

Ele estava me convidando para vê-lo de novo? Não, provavelmente só estava tentando conseguir mais fãs. De jeito nenhum um cara gato como ele se interessaria por mim.

Eu o olhei de relance, impressionada de como ele era lindo. Seu piercing no lábio chamou minha atenção ao brilhar no reflexo da luz da rua. Imaginei como seria beijá-lo com o piercing. Afastando qualquer pensamento que envolvesse a boca daquele cara, rapidamente sorri e abri a porta.

— Bom saber. Um dia desses vou passar lá. É melhor eu entrar. Obrigada por tudo.

Ele sorriu.

— Tudo bem. Boa-noite.

Rapidamente peguei meus sapatos e saí do carro, atenta a qualquer pedrinha ou caco de vidro em que eu pudesse pisar até chegar à porta. Eu começava a me afastar quando ele baixou a janela.

— Ei, Chloe?

Eu me virei para o carro e me curvei para a janela.

— Oi?

Ele me olhava de um jeito estranho, mas ficou em silêncio. Por fim, depois do que pareceu uma eternidade, sorriu.

– De agora em diante, cuidado com os buracos na calçada, tá legal?

...

Nunca vou saber como consegui chegar ao meu quarto sem quebrar o pescoço. Até consegui entrar de mansinho sem acordar a Rachel, que estava apagada, com o livro no peito. Eu só conseguia pensar no Drake, seu jeito charmoso e sorriso encantador. Aquele sorriso podia me fazer esquecer meu nome. Foi compreensível me afastar de seu carro e, no minuto seguinte, estar sentada na minha cama com cara de idiota. Admiti que me senti atraída por ele desde o momento em que o vi, mas agora estava mais forte, depois de ter falado com ele. Ele parecia ser um cara legal, se ele realmente fosse o que demonstrou no nosso primeiro contato. Fiquei completamente sem graça pelo que ele viu depois do meu tombo, mas ele agiu como se não fosse nada só para me deixar à vontade e isso me deixou bastante feliz.

Caí no travesseiro e gemi. Conhecer homens não estava nos meus planos para a faculdade. Nunca estiveram nos planos em momento nenhum, para falar a verdade. Eu não tinha qualquer intenção de virar freira, mas Amber tinha razão quando dizia que eu não ficava a fim de ninguém. É claro que saí com alguns caras. Eu não era virgem – perdi a virgindade com Jordan, melhor amigo do meu primo Danny, quando viajei com minha mãe para a casa da minha tia num verão – mas ninguém chamou minha atenção desde então.

Pensar na minha mãe me fez suspirar. Dizer que minha mãe era excêntrica seria pouco. Ela engravidou de mim aos 17 anos. Ia sempre a muitas festas e fui o resultado de uma noite de drogas e álcool com um homem de que ela não se lembrava. Ela conseguiu parar de usar drogas durante a gravidez, mas continuou a fumar e beber, e por isso nasci quase um mês prematura.

Logo depois do meu nascimento, ela voltou a usar drogas e frequentar festas, e eu ficava com quem pudesse cuidar de mim. Geralmente, eram pessoas estranhas, porque meus avós tinham cortado relações com ela quando souberam da gravidez e sua única irmã morava a horas de distância.

Quando eu tinha uns 7 ou 8 anos, ela começou a me levar às festas e me deixava sozinha durante horas. Quando fiquei mais velha, ela começou a me deixar em casa sozinha, às vezes por dias seguidos, às vezes por semanas. Nessa época, fiz amizade com Amber e costumava ficar com ela quando minha mãe saía.

Quando eu estava no primeiro ano do ensino médio, minha mãe começou a sumir por vários meses e os pais de Amber, Dave e Emma, transformaram o quarto de hóspedes em um quarto para mim. Compravam roupas para a escola todo ano; Emma me levou para comprar o vestido do baile, e até encomendaram minha beca da formatura. Enquanto eles se tornavam meus pais, as visitas da minha mãe ficaram cada vez mais raras, até que eu só a via algumas vezes por ano.

Eu respirava aliviada quando ela ia embora. Minha mãe sempre se ressentiu por eu ter nascido e costumava me agredir quando ela bebia em casa e estávamos sozinhas. Passei a maior parte da minha infância tentando cobrir os hematomas que ela deixava pelo meu corpo. Os ferimentos físicos se curaram há muito tempo, mas me deixaram arrebentada por dentro. E ela dizia coisas horrorosas, que sempre me deixaram com medo de confiar de verdade em alguém, e me fizeram acreditar que eu era uma pessoa sem valor. Logan e Amber romperam minhas barreiras aos poucos e eu agradecia ao mundo por ter colocado os dois na minha vida.

Durante um verão, eu decidi ficar com a minha mãe, sei lá por quê. Morávamos na Virgínia Ocidental, mas ela me levou até o Colorado, viajando de ônibus ou espremidas no banco de trás do carro de um de seus amigos. Acabamos na casa da minha tia Jennifer em Ocean City, Maryland, e rapidamente fiz amizade com meu primo Danny.

Nós dois só tínhamos nos encontrado algumas vezes, mas minha mãe e eu ficamos com eles por mais de um mês. Foi então que comecei a sair com Danny e seu melhor amigo Jordan. Fiz amizade com Jordan também e, uma noite, estávamos nos divertindo com um grupo de amigos na praia. Danny tinha ido embora com uma garota qualquer, e Jordan e eu decidimos andar pela praia.

No final das contas, estávamos bêbados e nos escondemos atrás de algumas pedras, a pouca distância do mar, e transamos. Mas ele era um cara gentil e foi romântico e carinhoso e eu o amei por isso. Embora eu raramente falasse com eles hoje em dia, Jordan sempre teria um lugar especial no meu coração.

Pensar na minha mãe e no meu passado abafou minha excitação com Drake. Já fazia mais de um ano que eu não a via e às vezes eu sentia saudade. Eu sabia que ela me amava do seu jeito doido, mas não foi capaz de aparecer na minha formatura. Suspirei de novo e rolei na cama no momento em que o toque especial de Logan apitou no telefone. Eu tinha me esquecido de ligar para ele.

Peguei o telefone e atendi antes que o barulho acordasse Rachel.

– Oi, Logan, estou em casa.

– Obrigado por me ligar.

– Entrei há alguns minutos. Amber conheceu um cara e ficou por lá, então ligue e grite com ela.

Ele ficou em silêncio por um momento e pensei que ele realmente fosse ligar para Amber, mas suas palavras seguintes me surpreenderam.

– Quer dizer que você voltou a pé sozinha a essa hora da noite?

Sua voz estava tomada de raiva e mordi o lábio. Contar a ele que Drake me trouxe provavelmente o deixaria ainda mais irritado do que deixá-lo pensar que voltei a pé sozinha. Decidi ser honesta, porque eu poderia me contradizer depois.

– Na verdade, peguei uma carona com alguém. – Esperei em silêncio a explosão que minhas palavras certamente provocariam.

– E quem era esse alguém?

– Lembra aquele cara que estava sentado do meu lado na aula hoje de manhã?

Ele gemeu ao telefone.

– Você pegou carona com um sujeito que nem conhece? Por que você simplesmente não me ligou, Chloe?

Fiquei meio culpada ao ouvir a preocupação em sua voz. Eu me perguntei se deveria ligar para ele, mas a necessidade de ficar sozinha com Drake venceu.

– Não é nada disso. Eu vinha para casa a pé, mas meu salto quebrou e ele estava perto, então me ofereceu uma carona. Foi tudo bem, Logan, é sério. Ele só me trouxe para cá. Não tentou nada comigo.

Eu o ouvi resmungar uns palavrões.

– Isso podia ter acabado muito pior. Da próxima vez que precisar de uma carona, você me liga, entendeu?

Sentindo a raiva se transformar em preocupação em sua voz, sorri.

– É claro que ligo.

– É melhor mesmo, Chloe. Não sei o que eu faria se alguém machucasse você. Você é importante para mim... Sabe disso, não é?

Meu coração inchou com as palavras dele.

– Sim, eu sei. E você é importante para mim também. Você é o irmão que eu nunca tive.

Esperando alguma observação sobre eu ser a irmã caçula e irritante, fiquei surpresa com o silêncio do outro lado da linha.

– Logan, ainda está aí?

– Estou, estou aqui, mas preciso ir. A gente se fala amanhã, tá?

– Hmmm, tá bom, tchau. Boa-noite.

Coloquei o telefone para carregar, tentando entender o que se passava pela cabeça de Logan às vezes.

CAPÍTULO TRÊS

EU TENHO SEU NÚMERO

De algum jeito consegui acordar cedo na manhã seguinte. Talvez eu esperasse encontrar Drake em algum lugar no campus durante o dia. Pensando nisso, me arrumei com cuidado e até coloquei um pouco de maquiagem. Peguei a bolsa e saí do quarto justamente quando Logan aparecia na escada.

Ele me olhou e colocou a mão no peito.

– Ah, meu Deus, é um milagre! Ela não se atrasou! Acho que estou tendo um ataque cardíaco pelo choque!

Passei por ele e fui para a escada.

– Não se acostume, você ainda é meu despertador. Hoje foi por acaso.

Ele riu quando saímos das escadas e passou o braço pelos meus ombros.

– Ah, Chloe, não se preocupe. Sei que isso não vai acontecer de novo tão cedo. Além do mais, se acontecer, meu coração pode não aguentar.

Tentei dar uma cotovelada nele, mas ele se afastou.

– Cala a boca, idiota, e me leva pra aula.

Ele riu novamente e mais uma vez passou o braço por mim.

– Você está meio mandona hoje, não?

Ignorei seu comentário enquanto íamos para o meu prédio. A aula dele seria alguns prédios depois, então ele assumiu a missão de me levar até minha sala. Quando paramos na porta e nos despedimos, ele me surpreendeu com um beijo no rosto.

— Mas o que foi isso? — perguntei enquanto ele se afastava.

Ele olhou por sobre meu ombro, para a sala de aula, depois de volta a mim.

— Não quero que algum cara dê em cima de você enquanto estou longe.

Sorri com seu excesso de proteção.

— Meu Deus, obrigada. Agora, se me der licença, sr. Superprotetor, preciso entrar. Encontro você à tarde, tá?

Ele sorriu e assentiu.

— Minha última aula termina às seis, vou passar no seu quarto depois e podemos comer alguma coisa.

Acenei enquanto entrava na sala. Procurando uma carteira, notei Drake sentado num canto ao fundo, sorrindo para mim. Meu coração parou quando ele apontou a cadeira ao seu lado. Com palpitações, fui até ele e olhei para a carteira.

— Bom-dia.

Ele abriu aquele sorriso malicioso.

— Bom-dia, Chloe. Vejo que conseguiu vir do alojamento até aqui sem cair em nenhuma rachadura da calçada.

Meu rosto ficou vermelho e ele deu uma gargalhada.

— Você nunca vai me deixar esquecer isso, né?

Seu olhar percorreu meu corpo e voltou aos meus olhos antes de responder.

— Não, mas, com você usando jeans, não seria tão divertido de ver hoje como ontem à noite.

Dei um tapa no seu braço e senti a eletricidade disparar a partir dos meus dedos e subir pelo braço com o breve contato.

— Para com isso ou vou sentar em outro lugar. Não preciso aturar você me atormentando pelas próximas duas horas.

— Ah, ela faz ameaças. Agora estou com medo.

Mostrei a língua para ele enquanto me virava para frente da sala, tirando o livro da bolsa.

— Você deve ter medo mesmo.

Drake ficou em silêncio por um momento, então me virei para ele de novo e parei de respirar ao ver seu olhar. Era como se ele quisesse me devorar ali mesmo e engoli em seco.

— Que foi?

Ele se curvou um pouco ao falar.

— Mostre a língua de novo e vamos ver o que acontece.

Minha boca se abriu e rapidamente virei o rosto enquanto o professor entrava na sala. Depois que a aula começou, tentei ignorá-lo, mas era impossível. Eu não conseguia parar de olhá-lo e sempre o pegava me encarando com aqueles olhos cheios de desejo. Eu me remexi na carteira, pouco à vontade, e ele sorriu. O professor fez um intervalo na metade da aula e me levantei, esticando os braços no alto para relaxar as costas. Minha blusa se levantou, revelando o piercing no umbigo, e eu o peguei olhando para ele.

— O que é?

Ele olhou para o meu rosto e sorriu.

— Tem piercing em mais outro lugar?

Dei o sorriso mais sensual que consegui quando respondi.

— Não quer procurar?

Ele sorriu e se levantou.

— Vou lá fora fumar, quer vir comigo?

— Claro, por que não? Serei fumante passiva, e meu dia estará completo.

Saímos e fomos até um grupo de alunos que fumavam. Drake acendeu um cigarro e me olhou. Eu me sentia completamente sem jeito ao seu lado.

– Qual é o seu problema? – ele perguntou.
– Nada, só estou tentando não respirar.
Ele deu uma gargalhada e alguns alunos olharam na nossa direção.
– Você sempre diz o que pensa?
Dei um sorriso tímido.
– Logan costuma dizer que não tenho filtro. Acho que isso o irrita quase sempre.
– Eu gosto, é estimulante. A maioria das pessoas nunca diz o que pensa. Elas se preocupam com que os outros vão pensar, mas você simplesmente abre o jogo.
– Obrigada, eu acho.
– Então, Logan era o cara que estava com você na aula ontem?
– É, esse é o Logan. Ele é meu despertador e gosta de ser guarda-costas.
– Ah, entendi. Namorado superprotetor também?
Eu ri, surpresa com sua observação inesperada.
– Hmmm, não, não é namorado. Ele é meu melhor amigo.
Ele franziu o cenho.
– Tem certeza disso?
– Como assim?
– Vi como ele olhou para você ontem. Definitivamente, não era como amigo.
– Não sei do você está falando. O Logan é só o Logan. Ele não olha para mim de jeito nenhum, só como amigo.
Ele deu de ombros.
– Pode acreditar no que quiser, mas, confie em mim, eu sou homem, conheço aquele olhar. É o olhar *quero tirar sua calcinha*.
Revirei os olhos para ele.
– Deixa pra lá. Eu e ele não somos assim.

Ele pisou no cigarro e voltamos para a aula em silêncio. O que Drake disse me preocupou. Não tinha como Logan me enxergar daquela maneira: éramos melhores amigos e nada mais. Mas e se Drake tivesse razão? Tentei pensar em Logan de um jeito diferente, mas não deu certo. É claro que ele era muito gato, mas era um irmão para mim. Se ele gostasse de mim com outras intenções, ia estragar tudo.

Pensei em todas as vezes que mudei de roupa na sua frente e ele nunca demonstrou incômodo. É claro que ele fazia alguma observação cretina, mas nada parecia demonstrar excitação. Eu me sentei e suspirei. Não esperava sentir tudo isso quando me sentei ao lado de Drake. Eu o olhei e ele sorria para mim de novo.

— E agora, no que está pensando? – perguntei.

— Nada, é só que você levou essa parada do Logan muito a sério.

Ele se curvou e sussurrou no meu ouvido, seu hálito contra minha pele me fazendo estremecer.

— Quer saber como eu sei que tenho razão? Porque, quando olho para você, sinto a mesma coisa que ele.

Ao ouvir suas palavras, senti um formigamento entre as pernas e minha boca se abriu em choque. Este cara sabia seduzir. Comecei a rir e revirei os olhos enquanto ele se recostava e sorria para mim.

— Vou te dizer, quando falo coisas assim, não espero que a garota ria de mim.

— Drake, você é um sedutor e sabe disso, mas detesto decepcioná-lo, não está funcionando comigo — menti com a maior cara de pau. Eu conhecia esse cara há dois dias e ele me afetava como nenhum outro. Ele recomeçou a rir e senti outro formigamento entre as pernas.

– Sabe do que mais, Chloe? Acho que você e eu vamos acabar como bons amigos.

Não consegui reprimir o sorriso.

– Não sei, acho que vamos ter que esperar para ver.

Consegui sobreviver ao resto da aula com Drake me encarando daquele jeito cheio de charme. Assim que fomos dispensados, tentei escapar, mas ele logo me alcançou, e tentou engatar uma conversa enquanto atravessávamos o campus até o refeitório. Ao entrarmos, vi Amber sentada numa mesa na lateral, acenando como uma louca para chamar minha atenção.

Acenei para ela antes de me virar para Drake.

– Bom, Amber parece mesmo precisar falar comigo, então acho que vejo você depois.

Ele olhou para Amber e sorriu.

– Ué, não vai me convidar para comer com vocês? Estou magoado.

Meu estômago revirou ao pensar em Amber e Drake juntos na mesma mesa. Eu ainda não tinha conseguido contar a ela sobre a noite passada, mas sabia que ela ficaria louca por ele. Eu o observei pelo canto do olho e realmente não podia culpá-la. Ele exalava sexo. Olhei para seu rosto e ele me encarava com um sorriso irônico, esperando pela resposta.

Suspirei dramaticamente antes de gesticular para ele me seguir.

– Acho que posso aturar você mais um pouco.

Fomos até Amber e vi seus olhos se arregalarem e a boca se abrir ao vê-lo.

– Amber, Drake, Drake, Amber. – Joguei a mochila numa cadeira e me virei para ela. – Agora que vocês foram apresentados, vou pegar alguma coisa para comer.

Eu me afastei sem olhar para os dois e fui pegar comida. Perdi o apetite ao me dar conta de que Drake ia comer com a gente, então peguei só um refrigerante e um saco de batatas fritas. Depois de mostrar minha identificação e pagar, olhei para nossa mesa e meu estômago deu um nó. Uma loura de farmácia ridícula estava ao lado de Drake, se esfregando no braço dele.

Fiquei de repente tomada de raiva e precisei de cada grama de autocontrole para não ir até lá arrancar o braço dela. Voltei lentamente à mesa, respirando fundo algumas vezes e me lembrando de que eu não era a ciumenta maluca que demonstrava ser. Deslizei para minha cadeira ao lado de Amber, e abri o supersorriso mais falso que consegui, ignorando completamente o Drake e a ridícula. Amber ergueu as sobrancelhas, mas não disse nada sobre ele enquanto eu lhe perguntava sobre as aulas da manhã. Na realidade, foi uma tentativa idiota. Em seguida, comecei a perguntar sobre o clima.

Drake parecia alheio às minhas tentativas de ignorá-los e se meteu bem no meio de nossa conversa, enquanto a loura se acomodava no seu colo.

— E aí, Amber, você estava na festa com Chloe ontem à noite?

Ergui as sobrancelhas para a garota, mas ela simplesmente sorriu ironicamente para mim, supondo que eu estava com ciúmes. Tinha razão, é claro, mas eu não ia deixar transparecer. Amber deu um pigarro, e a olhei, percebendo que ela tentava esconder um sorriso. Eu fui flagrada e sabia que ela ia tentar me fazer falar assim que ficássemos sozinhas.

Ela voltou a encarar Drake.

— É, eu estava. Por que a pergunta?

— Só queria saber se você nos ouviu tocar. A Chloe nos achou a banda mais incrível que ela já ouviu.

Bufei.

— Por favor, eu disse que vocês eram bons, mas já ouvi melhores. — Eu me virei para Amber. — Faça o favor de não o estimular, acho que não vou suportar se o ego dele ficar maior.

Drake sorriu com ironia antes de fazer cara de magoado.

— Você realmente acha isso, Chloe? Estou profundamente ofendido, pensei que tínhamos alguma coisa especial.

Amber e eu rimos enquanto a loura se curvava para ele e passava a mão pelo seu peito.

— Posso pensar numa coisa para você se sentir melhor.

Drake afastou a mão dela e olhou para mim.

— Agora não, Chrissy. Por que não vai dar uma volta e te encontro depois?

Ela fez beicinho e se levantou.

— Tudo bem, Drake, se é assim que você quer, mas você sabe onde me encontrar — disse ela enquanto se abaixava e lhe dava um beijo demorado na boca, ficando grudada por mais tempo do que o necessário.

Senti meu estômago se apertar e precisei virar o rosto antes de fazer alguma idiotice. Enfim a loura se afastou, sorrindo para nós duas antes de sair, rebolando muito os quadris. Incapaz de me conter, tentei fuzilá-la com o olhar até ela sair de vista. Voltei a olhar para Drake e Amber e os dois me encaravam.

— Que foi?

Amber tossiu ao tentar disfarçar o riso.

— Nada, amorzinho, nadinha. Mas então, Drake, eu nem sabia que você estava tocando ontem à noite. Vocês são muito bons, eu adorei.

Belisquei minhas batatas enquanto eles conversavam sobre a banda, olhando furtivamente para Drake quando ele não estava prestando atenção.

— Como vocês dois se conheceram mesmo? — perguntou Amber, voltando sua atenção para mim.

Eu não pretendia contar a ela sobre o incidente na frente de Drake, então dei de ombros.

— Tive que sentar ao lado dele na aula ontem de manhã e hoje também. Eu precisava muito conversar com alguém, então acabei não conseguindo me afastar dele.

Drake sorriu para mim.

— Ela está mentindo. Eu salvei a bunda dela ontem à noite, literalmente. Por isso ela se humilhou aos meus pés hoje de manhã.

Amber olhava de um para o outro.

— O que houve ontem à noite?

Eu queria matar Drake por contar a ela.

— Bom, eu estava indo para casa depois da festa e o salto do sapato ficou preso e quebrou. Graças a minha elegância natural, eu caí e Drake me ajudou e me deu carona para casa.

— Peraí um minutinho! Você quebrou o meu sapato? Quando você pretendia me contar isso?

Não pude deixar de rir por ela ter ignorado a parte sobre Drake me dar uma carona e se preocupar logo com os sapatos estragados.

— Desculpa, Amber, vou comprar outro par para você.

— É melhor mesmo! Até lá, vou pegar emprestado aqueles sapatos pretos incríveis que você tem. Na verdade, eu pretendia arrastar você para uma boate na Fifth Street hoje à noite. Vou usar seus sapatos.

— Não posso ir essa noite. Vou encontrar com Logan depois que ele sair da aula.

— Ai, sem essa! Você pode ficar com Logan a qualquer hora. Você vai comigo hoje, e vamos dançar! Por favor, por favor? — Amber fez beicinho com o lábio inferior e me lançou seu melhor olhar de cachorrinho.

— Não sei, Amber, já prometi a ele. Acho que posso ver se ele quer ir também. Vou mandar um torpedo para ele.

Peguei minha bolsa e a vasculhei, procurando o telefone. Depois de alguns minutos e alguns palavrões sussurrados por ter me espetado em objetos ao acaso, puxei a mão, derrotada.

– Acho que esqueci o telefone no quarto. Tenho algum tempo antes da próxima aula. Vou dar uma corrida lá para pegar.

Amber bateu palmas e jogou os braços em mim.

– Obrigada! Eu sei que ele vai concordar. Ele nunca te nega nada.

Drake tossiu e nós duas o olhamos, vendo que ele nos observava com uma expressão irônica.

– Ele não consegue negar nada a ela? Me parece mais coisa de namorado apaixonado do que de melhor amigo.

Amber olhou para Drake como se ele tivesse uma segunda cabeça.

– Logan e Chloe? Você enlouqueceu? Eles podiam muito bem ser irmãos. No dia que eles ficarem juntos, vou te dar meu par de All Star preferido.

– Diga o que quiser, você os conhece melhor do que qualquer um. E aí, estou convidado para ir à boate hoje à noite, ou vocês vão me ignorar completamente como nos últimos cinco minutos? Foi só falar em sapatos que as duas se desligaram.

– Regra número um: nunca se coloque entre uma mulher e seus sapatos e, sim, você pode fazer companhia a Chloe esta noite. Tenho certeza de que ela não se importa.

Minhas bochechas se inflamaram com o que ela disse.

– Escuta, preciso pegar meu telefone, mas você pode vir com a gente, se quiser – falei para Drake.

Eu me levantei e corri para pegar a bolsa na cadeira, mas ele a pegou primeiro e a jogou no próprio ombro.

– Só tenho aula mais tarde, então vou com você.

Assenti enquanto me afastava rapidamente dele, tentando esconder o sorriso. Ele estava carregando mesmo a minha bolsa e ia me acompanhar até meu quarto. Onde ficaríamos sozinhos. Onde estava minha cama. Meu estômago se revirou de nervoso, mas logo tentei ignorar o pensamento enquanto saíamos do refeitório em direção ao alojamento. Ele só estava sendo simpático e, pelo jeito como aquela Chrissy ridícula ficou toda pendurada nele, Drake tinha opções muito melhores além de mim. Por que ele pegaria a sem graça quando tinha *aquelas* opções?

Andamos lado a lado em silêncio por alguns minutos antes de Drake falar.

— E aí, você gosta de ir a boates e festas ou Amber obriga você?

— Geralmente ela precisa me obrigar a ir, mas depois acabo me divertindo. Quer dizer, eu gosto de festas e de dançar, mas não gosto de ficar no meio de multidões, especialmente com um bando de gente bêbada.

Ele assentiu, concordando.

— Eu entendo. Pode parecer idiotice porque tenho uma banda, mas também detesto multidões. Mas, sem as multidões, não existe por que para me apresentar. Além disso, as multidões trazem as fãs e gosto muito disso.

Ele me lançou um sorriso irônico e eu assenti.

— Exatamente. Quer dizer, como você pode ser galinha sem suas fãs?

— Ei, não sou assim tão ruim. Não é minha culpa que elas apareçam do nada e se joguem no meu colo. Quer dizer, olha para mim, você pode culpá-las?

Revirei os olhos.

— Você se acha, não é?

— Sempre. Mas sabe como é, as fãs são ótimas e tal, mas elas não fazem meu tipo.

Olhei para ele e notei sua expressão séria.

— Ah, sério, que garota faz seu tipo?

Já tínhamos chegado ao meu prédio e ele estava parado na porta, bloqueando a entrada. Ainda tinha aquela expressão séria quando me olhou.

— Aquelas que não tentam, que não dão em cima de mim e que não ficam impressionadas porque toco numa banda. Mas elas também precisam ter senso de humor e me tratar bem quando dou atenção a elas. — Ele deu um pigarro. — É claro que elas também precisam ser gostosas, ou vai ser um grande desperdício.

Sorri enquanto o empurrava de lado para abrir a porta e subir até meu andar.

— Nossa, você estava ficando todo profundo, ainda bem que se redimiu no último minuto.

Peguei a chave enquanto chegávamos à porta e a destranquei. No quarto, peguei a bolsa com ele e a joguei com a chave na cadeira perto da porta enquanto procurava o telefone na mesa.

Drake entrou atrás de mim e foi até minha cama, jogando-se nela como se fosse dono do lugar.

Olhei para trás e ergui a sobrancelha para ele.

— Não fique só deitado, sinta-se em casa, por favor — falei.

Ele sorriu para mim, tirou os sapatos e colocou os braços atrás da cabeça.

— Obrigado, acho que vou aceitar.

Eu me virei para a mesa e continuei a busca. Infelizmente o telefone não estava à vista, e passei para a mesa de cabeceira, tendo que tirar a papelada e o lixo do caminho antes de abrir a gaveta. Meu telefone também não estava ali e gemi.

– Não sei onde coloquei essa porcaria.

Ele pegou o celular no bolso.

– Qual é o seu número? Vou ligar para você. Sempre preciso pedir que alguém faça isso para mim. Eu perco meu telefone mais do que o uso.

Ditei o número e esperei, atenta para ouvi-lo tocar. Depois de alguns segundos, ouvi "Bury Me With My Guns On", meu toque para desconhecidos, vindo da cama, mas estava abafado. Fiquei de quatro, procurando embaixo da cama, mas não parecia estar ali.

Eu me levantei enquanto o toque continuava.

– Liga de novo, está aqui perto da cama, mas não consigo encontrar.

Ele ligou de novo e o toque abafado recomeçou. Eu me agachei ao lado da cama e percebi que o som vinha de baixo dele.

– Ei, sai daí, acho que você está em cima do telefone.

Ele me olhou e sorriu.

– Me tire daqui.

Grunhi e tentei empurrá-lo da cama. Assim que encostei nele, senti o formigamento percorrer meu braço, mas ignorei. Drake se recusava a se mexer, assim empurrei seus quadris com mais força enquanto ele ria das minhas tentativas patéticas.

– Isso é o melhor que você pode fazer? Mas que molenga.

Ao ouvir isso, comecei a empurrá-lo ainda mais forte, mas minhas mãos escorregaram do seu quadril e caí em cima dele. Perdi o ar enquanto me desmontava sobre ele e senti aquele formigamento ao perceber meu corpo grudado no dele. Tentei me afastar, mas ele me segurou pelos braços e me puxou, me deixando completamente em cima dele, peitos colados, barriga com barriga, quadris com quadris. Ele era definido onde eu tocava e senti meu rosto esquentar ao olhar para ele.

Seus olhos brilhavam de desejo e um sorriso malicioso surgiu em seus lábios.

– Sabe, gata, se você prefere ficar por cima, era só pedir.

Ele soltou meus braços, mas fiquei imóvel, admirando aqueles lindos olhos. Baixei o olhar para sua boca – se eu me mexesse um centímetro, o beijaria. Balancei a cabeça para me livrar desses pensamentos loucos e me obriguei a sair dali antes de fazer alguma coisa inacreditavelmente idiota.

– Tanto faz, idiota, você me fez cair, então não coloca a culpa em mim.

Ele abriu um sorriso tranquilo, mas eu ainda via o desejo em seus olhos.

– Tem razão, eu só queria uma desculpa para puxar você para cima de mim. Mas funcionou, não é?

Ignorei seu comentário e tentei empurrá-lo de novo.

– Pode sair daí, por favor, para eu pegar meu telefone?

Ele rolou de lado na cama e lá estava meu telefone, bem embaixo do travesseiro. Eu o peguei e abri. Havia alguns torpedos de Logan perguntando sobre as aulas da manhã e um de Amber.

> *Amber*: **Acho que ouvi aquele cara dizer que te deu uma carona para casa. Quero detalhes quando estivermos sozinhas. Bjs.**

> *Eu*: **Ele está aqui agora, te conto depois.**

Mandei um torpedo para Logan convidando-o para ir à boate à noite e ele respondeu quase imediatamente.

> *Logan*: **Tá, por mim, tudo bem. Passo no seu quarto depois da aula. Quero te ver gostosa!**

Eu: **Você é hilário... A gente se vê, então.**

Olhei para Drake e vi que ele me observava.

— Logan disse que topa ir.

Drake assentiu e rolou de costas.

— Tudo bem, acho que vamos para a boate hoje à noite. Você tem identidade falsa?

Balancei a cabeça.

— Não, mas não estava pretendendo beber mesmo.

De jeito nenhum eu ia ficar bêbada com Drake perto de mim. Além disso, se eu bebesse, Logan me deixaria maluca tentando me vigiar. Não preciso de outro momento constrangedor como o da noite passada. Fiquei parada ali, sem jeito, enquanto Drake me olhava da cama.

— Bom, acho que a gente se vê à noite. Tenho seu número, então mando um torpedo quando a gente for sair. Você pode nos encontrar lá. — Sugeri que ele fosse embora, mas Drake não se mexeu.

— Está tentando se livrar de mim?

— Não, nada disso. Só imaginei que você tem mais o que fazer do que ficar na minha cama.

Ele sorriu.

— Não quero ficar em nenhum outro lugar.

— Então, há quanto tempo você toca na banda? — perguntei, mudando de assunto, enquanto atravessava o quarto para me sentar na cama de Rachel.

— Estou com eles desde os 16 anos. Eu morava aqui em Morgantown com minha tia desde os 10. Minha mãe e meu pai morreram num acidente de carro, então ela me criou.

Eu não sabia o que dizer, então só assenti.

– Está tudo bem, não precisa ficar sem jeito, já faz muito tempo e eu já superei.

– É, bom, não sei mesmo o que dizer além de que eu lamento muito.

– Não precisa se lamentar, a não ser que você fosse o motorista bêbado que bateu neles. Você é daqui?

– Não, fui criada em Charleston. Minha mãe e eu temos uma relação complicada, então, quando eu tinha 14 anos, praticamente me mudei para a casa de Amber, e os pais dela me aceitaram como se eu fosse filha deles. Todo mundo dizia que a Universidade de West Virginia era ótima e, como Amber e Logan quiseram vir para cá, eu também vim. E, assim, aqui estou. Aiô, montanheses!

Balancei meus pompons imaginários e ele riu.

– Legal.

Ficamos sentados em silêncio por alguns minutos até que olhei o relógio.

– Nossa, é melhor eu ir, preciso andar uns quinze minutos até o prédio da minha próxima aula. – Eu me levantei e peguei a bolsa enquanto Drake se sentava e calçava os sapatos.

Ele passou por mim e saiu pela porta antes de se virar e sorrir.

– Você ter perdido o telefone serviu para alguma coisa, pelo menos.

Olhei para ele, confusa.

– O quê?

Ele estendeu o próprio telefone ao se virar para sair.

– Agora eu tenho seu número.

CAPÍTULO QUATRO

HOMENS BÊBADOS FALAM DEMAIS

Eu estava vestindo meu jeans skinny preferido quando ouvi uma batida na porta. Supondo que fossem Logan e Amber, gritei para eles entrarem enquanto abotoava a calça e pegava a camiseta vermelho-escura no armário que Amber tinha me dado. Quando me virei para cumprimentá-los, dei um grito. Drake estava parado na minha porta com um sorriso tire-a-calcinha estampado no rosto.

— Mas que merda você está fazendo aqui? – gritei enquanto escondia apressadamente o peito com a camiseta.

Seus olhos foram até meus peitos recém-cobertos antes de voltar ao meu rosto.

— Imaginei que podia encontrar você aqui, já que Amber e Logan vêm pra cá. Preciso dizer que posso passar aqui com bastante frequência se é assim que você vai me receber sempre.

— Ah, cala a boca e se vira para eu poder me vestir!

Ele continuou sorrindo ao se virar. Rapidamente vesti a blusa e a ajeitei, vendo se estava tudo coberto.

— Tudo bem agora.

Ele se virou e se sentou na cadeira perto da porta enquanto eu procurava os sapatos que queria usar numa pilha imensa.

— Da próxima vez que você bater, diga que é você.

– Você ainda me receberia sem blusa?

– Claro que não, daí o motivo para me dizer que é você.

Ele negou com a cabeça.

– Então, sem chances.

Suspirei quando ouvi outra batida na porta. Ainda um pouco desconfiada, fui até lá e a abri. Amber e Logan estavam ali, e Amber entrou sem cerimônia.

– Tá legal, mulher, onde estão aqueles saltos que eu quero... – Ela parou no meio da frase ao ver Drake. – Ah, oi, gostoso. O que está fazendo aqui?

Logan entrou atrás dela e ficou furioso ao ver Drake sentado tão relaxado no meu quarto.

– Eu também gostaria de saber – disse ele.

– Oi, Amber. E você é o Logan, certo? Estou sentado aqui enquanto Chloe me faz um striptease.

Meus olhos foram até Logan e vi seu rosto corar com as palavras de Drake.

– Para com isso. Drake está brincando. Ele apareceu há um minuto para a gente ir juntos à boate.

Logan olhava feio para Drake, mas a cor do seu rosto tinha voltado ao normal. Rapidamente peguei os sapatos que Amber queria e os joguei para ela, tentando me apressar antes que Logan atacasse Drake.

– Toma, Amber, vamos! – Peguei minha chave e algum dinheiro e coloquei no bolso do jeans antes de ir para a porta. Todos saíram, Amber pulando num pé só enquanto calçava os sapatos.

– Devagar, mulher! Onde está pegando fogo?

Eu a ignorei, tranquei a porta e saímos. O carro de Drake estava estacionado junto ao meio-fio e ele nos levou até lá.

– Posso levar vocês.

Passei por ele e entrei no banco traseiro, Logan sentou-se ao meu lado enquanto Amber sentou na frente com Drake. Drake deu a partida no carro e saímos. O percurso até a boate foi desagradavelmente silencioso e fiquei feliz quando chegamos.

Assim que Drake estacionou, eu saltei enquanto Logan veio atrás de mim e passou o braço pelos meus ombros. Drake nos olhou e balançou a cabeça, andando na frente até a entrada da boate. A sorte realmente estava ao nosso lado: não havia fila e entramos logo. Os três tinham identidades falsas, assim fui a única a levar um carimbo de *Menor de 21* na mão.

Suspirei alto enquanto o segurança nos deixava passar. Logan olhou para mim sorridente.

– Que foi?

– Nada, eu não pretendia beber, mas uma bebida não vai fazer mal, já que não estou dirigindo. Se você for boazinha, talvez eu pegue um ou dois shots para você.

Sorri enquanto ele pegava minha mão e me conduzia pela multidão na pista até uma das mesas desocupadas no fundo.

– Já te falei que você anda gata demais ultimamente? Você está mesmo, sabia?

Ele me deu um tapa na bunda enquanto eu me sentava ao seu lado.

– Você falou, mas é sempre bom ouvir de novo.

Drake se sentou na minha frente, Amber deslizou para o lado dele e Logan se levantou e foi ao bar.

– Vou pagar a primeira rodada. Sei o que você quer, Amber, e Chloe, vamos ter que dividir a minha. – Ele olhou para Drake. – O que você quer?

– Um Jack com Coca.

Logan assentiu ao se virar e desapareceu na multidão de corpos em movimento.

Eu me virei para Amber enquanto uma das minhas músicas favoritas da Lady Gaga começava a tocar.

– Vamos lá, gostosa, vamos dançar!

Eu me levantei e peguei a mão de Amber, levando-a para o meio do caos. Só a soltei quando chegamos à pista e começamos a dançar na batida da música. Meus quadris se mexiam e eu levantava a mão, jogando a cabeça para trás, deixando a música me dominar. Amber me segurou e me puxou para ela enquanto passava a perna entre as minhas. Dançamos numa sincronia perfeita, como só duas pessoas que dançam juntas há anos podiam fazer. Ficamos assim por alguns minutos e nos separamos, cada uma se movimentando no ritmo.

Senti alguém vir por trás e me puxar. Eu me virei e vi um cara atraente sorrindo para mim e dançando comigo. De repente arrancaram ele bruscamente de perto de mim, e vi seus olhos arregalados de choque.

Logan se colocou atrás dele, extremamente irritado.

– Dá o fora, babaca, ela está comigo!

O cara me olhou antes de erguer as mãos, rendendo-se e se afastando da gente.

– Desculpa aí, cara, foi mal.

Suspirei enquanto Logan me pegava pelo braço e me tirava da pista, de volta à mesa. Drake estava sentado sozinho nos observando atentamente quando nos aproximamos.

Eu me joguei na cadeira e me virei, olhando feio para Logan.

– Dá pra explicar o que foi aquilo?

– Aquele cara estava dando em cima de você! Eu só estava tentando ajudar!

– Ele não estava dando em cima de mim, só estávamos dançando, Logan! Ele mal tocou em mim! Não sei qual é o problema, mas você precisa parar com isso!

— Eu não tenho problema algum, mas não vou ver um sujeito qualquer colocar as mãos em você! Ele já estava olhando vocês duas e avançou assim que vocês se separaram. Mas, é claro, se esse é o tipo de cara que você quer, então, vai fundo! Quando eles usarem você e jogarem fora, não vem chorando pra mim!

Ele se afastou pisando duro antes que eu pudesse gritar com ele de novo. Eu o vi desaparecer na multidão e fiquei boquiaberta. Ele sempre foi protetor comigo, mas, desde que chegamos à faculdade há poucos dias, ele estava sem controle. Eu ia precisar me sentar com ele e ter uma conversa séria. Ele não era meu irmão ou meu guarda-costas, era meu melhor amigo e precisávamos estabelecer limites.

Olhei pela mesa e percebi que Drake me encarava.

— Que foi?

— Agora você acredita em mim?

— Do que você está falando?

— Do que eu disse antes, Logan gosta mesmo de você. Você tem que ser cega para não ver depois desse showzinho que ele deu.

Eu o olhei feio.

— Não começa de novo, Drake, não estou com humor para isso.

Ele suspirou e deu de ombros.

— Tanto faz, pode viver nessa pequena bolha da Chloe, fingindo que não está nem aí, mas não diga que não avisei.

Peguei uma lata fechada de refrigerante na mesa e a abri, tentando ao máximo ignorá-lo. Eu estava seriamente irritada com ele por sugerir essa besteira de novo, e o que ele tinha acabado de dizer me incomodou. Comecei a torcer para ele estar errado, mas aquela vozinha dentro de minha cabeça concordou que talvez ele não estivesse tão enganado assim. Talvez o que eu acreditasse ser proteção de irmão era algo mais e, se fosse assim, eu estava totalmente ferrada.

Levantei a cabeça enquanto uma ruiva baixinha de vestido curtíssimo se aproximou de nós e sorriu para Drake. Gemi por dentro quando ela se curvou e apoiou os cotovelos na mesa, dando a Drake uma visão clara de seu decote profundo. Os olhos dele se dirigiram aos peitos dela antes de retribuir o sorriso.

— Posso ajudá-la em alguma coisa?

Ela piscou numa possível tentativa de ser sensual enquanto se curvava para mais perto e sussurrava em seu ouvido.

— Meu nome é Molly e vim arrastar você para a pista comigo. Quer dançar?

Drake assentiu enquanto se levantava.

— Vou dançar com a Molly. Tudo bem você ficar aqui sozinha?

— Ah, eu vou ficar bem. Além disso, um de nós merece se divertir.

Ele me abriu um sorriso solidário, virou-se e passou o braço em volta dela. Vi os dois desaparecerem na multidão e vomitei mentalmente. Estava muito claro que Drake não tinha problemas com mulheres. Isso era motivo suficiente para eu ignorar minha queda por ele.

Fiquei sentada ali sozinha, vendo todo mundo se divertir muito. Alguns caras olhavam para mim, mas, ao que parecia, eu emitia más vibrações porque ninguém se aproximava. Enquanto eu terminava minha bebida, Logan apareceu do nada com dois copos nas mãos e se sentou ao meu lado.

Ele me deu um abraço e me beijou na testa.

— Desculpa, Chloe, é que me incomoda ver os caras avançando em você daquele jeito.

Eu o encarei e vi remorso em seus olhos. De repente me senti culpada por gritar com ele, então me aninhei em seus braços e deitei a cabeça em seu peito.

– Eu também peço desculpas, não devia ter gritado com você. Sei que você só estava cuidando de mim. Você sabe como sou independente e fico irritada quando você vira homem das cavernas comigo.

Ele riu e senti seu peito tremer embaixo de minha cabeça.

– Homem das cavernas, é? Vou encarar isso como um elogio. Olha, eu me sinto mal por estragar sua noite, então trouxe shots para nós dois. Considere isso um pedido de reconciliação.

Ele pegou um shot na mesa e me entregou antes de pegar o dele. Brindamos e mandamos a bebida para dentro. Torci o rosto com o sabor amargo e ele riu da minha expressão.

– Estou perdoado?

Assenti enquanto ele pegava a bebida de Amber na mesa e virava num gole só.

– Claro, desde que você me deixe dançar sem arrancar a cabeça de alguém.

Ele sorriu com ironia ao se levantar e me puxar.

– Se eu for o único a dançar com você, posso concordar com isso.

Eu ri enquanto ele me levava para a pista. Ele parou num espaço aberto e se virou, me trazendo para junto. Eu apoiei as costas em seu peito e comecei a me encostar nele seguindo a batida da música. Dançando juntos, senti o resto da raiva se desfazer e relaxei ainda mais. Dançamos juntos durante algumas músicas antes de levantar a cabeça e notar uma loura baixinha sentada no bar olhando para ele.

Eu me virei para Logan e gesticulei para ela.

– Aquela garota está te olhando como se quisesse comer você vivo. Vá falar com ela, pague uma bebida ou coisa assim.

Ele meneou a cabeça.

– Estou ótimo aqui com você.

Eu me afastei dele.

– É sério, estou cansada. Vou me sentar e você – eu o empurrei na direção dela – vai pagar uma bebida para ela. Vá se divertir, estou cuidando de você pelo menos uma vez.

Ele me examinou.

– Isso não te incomodaria?

Eu o olhei inquisitivamente.

– O quê, você pagar uma bebida para uma garota? Não, claro que não. Agora vá antes que ela desapareça.

Ele pareceu irritado com o que eu disse e fiquei totalmente confusa.

– Por que está me olhando como se eu tivesse feito xixi nos seus cereais?

Ele balançou a cabeça e se virou.

– Por motivo nenhum. Vou falar com ela. Se souber jogar, de repente até consigo uma trepada. Isso deixaria você feliz, né?

Arregalei os olhos em choque com as palavras dele. Logan nunca falava das mulheres desse jeito.

– Hmmm, claro. O que fizer você feliz.

Ele me lançou um último olhar feio antes de ir até ela, me deixando sozinha e muito confusa. Parti para a mesa, tentando entender o que significava tudo aquilo. Eu não fazia ideia do que o tinha deixado tão chateado.

Assim que cheguei ao final da pista, senti mãos envolvendo minha cintura e me puxando para um corpo quente e definido. O formigamento no meu corpo logo me fez saber que era Drake.

– Aonde você pensa que vai?

Eu me virei para olhá-lo e perdi o ar com a proximidade dos nossos rostos. Eu me afastei um pouco, tentando lembrar como respirar.

– Estou cansada. Estava indo ficar um pouco na mesa.

Ele balançou a cabeça e me puxou para perto.

– De jeito nenhum, você já dançou com a Amber e o Logan. Acho que é a minha vez. Afinal, eu dei uma carona para você hoje à noite.

Seus olhos faiscaram de diversão com o tom malicioso.

– Não sei, a carona foi estranhamente silenciosa e esquisita. Foi meio rápida também.

Eu sorri com doçura enquanto ele ria.

– Vem, dança comigo.

Assenti enquanto ele colocava as mãos na minha cintura. Comecei a me mexer no ritmo da música, roçando nele. Ele me virou de costas e esfreguei a bunda em seus quadris. Meu corpo tremia pelo contato íntimo enquanto eu deslizava lentamente pelo seu corpo, voltando a subir, levantando os braços e os entrelaçando pelo seu pescoço enquanto ele descia as mãos pela minha cintura até as coxas e subia de novo.

Continuamos a dançar juntinhos e o senti ficar duro. Senti-lo assim disparou uma corrente elétrica bem entre as minhas pernas e eu gemi, tombando a cabeça contra seu peito e me apertando mais em seu pau agora volumoso. Ele baixou a cabeça para que a boca roçasse no meu pescoço, seguindo para minha orelha.

– Está sentindo o que você faz comigo, dançando deste jeito?

Gemi novamente enquanto suas mãos deslizavam para apertar minha bunda.

— Você é uma das mulheres mais sensuais que já vi e não tem ideia de como é bonita, não é? Não sabe o efeito que provoca nos homens, em mim.

Não consegui mais ignorar meus sentimentos por Drake. Eu me virei para ele e passei os braços pelo seu pescoço, a respiração curta. Fiquei na ponta dos pés para olhá-lo nos olhos, me curvando para beijá-lo. Parei quando nossos lábios estavam a menos de dois centímetros de distância.

— Quer me beijar? — Seu hálito fez cócegas nos meus lábios quando ele falou.

Antes que eu pudesse responder, Logan apareceu do nada e empurrou Drake para longe de mim. Eu estava apoiada em Drake e cambaleei enquanto ele caía para trás. Logan estendeu a mão e me pegou pelo braço, me puxando para seu peito.

— Chloooooooe! Você está bem? Já te peguei, garota — balbuciou Logan em minha orelha.

Eu senti cheiro de álcool em seu hálito enquanto me desvencilhava de seus braços e me afastava.

— O que você está fazendo, Logan?

Ele cambaleou para frente e tentou segurar meu braço de novo, mas eu o afastei.

— Claro que não, Chloe, não tô bêbado! Eu tô bem, vi esse babaca — ele apontou para Drake, que tinha se levantado e se colocado atrás de mim, extremamente irritado — tentando dar uns amassos em você, então vim ajudar.

Seus olhos estavam vidrados e ele não tinha firmeza ao falar. Não havia dúvida, ele estava bêbado. Evidentemente virou vários shots para ficar desse jeito em tão pouco tempo.

— Drake não estava dando amassos nenhum, só estávamos dançando. E você está definitivamente bêbado, meu amigo. Vem, vamos levar você para casa. – Olhei para Drake por sobre o ombro. – Pode encontrar Amber enquanto eu o levo para o carro?

Os olhos dele foram até Logan.

– Por que eu não levo ele para fora e você encontra Amber?

Neguei com a cabeça.

– Não acho uma boa ideia, ele não é exatamente seu fã. Ele está meio fora de si, então, acho mais seguro para os dois se eu for com ele.

Drake hesitou por um minuto antes de concordar e me passar sua chave.

– Tudo bem, vou encontrar a Amber e estaremos lá fora daqui a pouco.

Eu me virei para Logan e passei o braço pela sua cintura.

– Vamos lá, grandão, vou levar você para o carro.

Saímos lentamente pela multidão, esbarrando em várias pessoas, e passamos pela porta, chegando ao ar frio da noite. Mantive o braço em volta da sua cintura enquanto ele andava trôpego ao meu lado. Enfim chegamos ao carro e eu o destranquei. Abri a porta do carona e gentilmente empurrei Logan para dentro depois de puxar o banco de Amber para frente. Ele caiu no assento, gemendo, fechei a porta e dei a volta pelo carro para abrir a porta do motorista. Empurrei o banco de Drake para frente e me enfiei ao lado de Logan.

Assim que me sentei, ele se deitou no espaço apertado, colocando a cabeça no meu colo. Fiquei ali, acariciando seus cabelos enquanto ele murmurava alguma coisa e começava a roncar baixinho. Logan nunca foi de beber muito e isso me preocupou.

Quando ele acordasse no dia seguinte, teríamos uma conversa sobre essa besteira. Passei muitas noites tentando cuidar da minha mãe embriagada – quando ela deixava – para agora ter que cuidar de Logan deste jeito. Fechei os olhos e deixei minha cabeça se recostar no descanso enquanto ouvia Logan ressonar.

Eu começava a cochilar quando uma das portas se abriu e meus olhos se abriram com o barulho. Drake e Amber entraram no carro e Drake se virou para mim, estendendo a mão para pegar a chave. Delicadamente, levantei a cabeça de Logan e peguei a chave no bolso, jogando-a para Drake. Ele a pegou e deu a partida sem dizer nada. Arrancou do estacionamento, cantando pneu ao voar pela rua de volta ao nosso alojamento.

Amber nos olhava com preocupação.

– Ele está bem? Drake disse que ele está muito doido.

Assenti.

– É, Logan só precisa dormir.

Drake me olhou pelo retrovisor.

– Ele é sempre babaca desse jeito?

– Para com isso, ele só bebeu demais.

Drake voltou sua atenção para a rua e eu suspirei. Esta noite foi um desastre, exceto por dançar com Drake, o que definitivamente foi o melhor da noite. Seguimos em silêncio. Drake parou na frente do nosso alojamento e saímos. Ele puxou o banco para frente e pegou Logan para tirá-lo do meu colo.

– Ei, imbecil, acorde. Vamos ter que levar sua bunda idiota escada acima.

Logan gemeu enquanto abria os olhos e deixava que Drake o tirasse do carro. Rapidamente dei a volta para ajudá-lo a levar Logan para dentro. Andamos lentamente até o prédio, um de cada lado para escorá-lo enquanto Amber corria à frente e abria a porta para nós. Nós nos despedimos de Amber na entrada e seguimos pela escada. Levá-lo escada acima foi um pesadelo, mas acabamos conseguindo. Ao chegarmos à porta dele, coloquei a mão no bolso da calça de Logan e peguei a chave.

– Da próxima vez que colocar a mão no meu bolso, mova um pouco mais para a esquerda – grunhiu ele enquanto se encostava à parede, ainda escorado por Drake, suas pálpebras tremendo e se abrindo um pouco.

Dei um tapa em seu peito, destranquei a porta e me afastei para que ele e Drake passassem. Drake o levou para a cama e o jogou nela.

Logan gemeu e rolou de lado enquanto seus olhos pousavam em mim.

– Vem me ajudar, Chloe.

Fui até a cama e tirei seus sapatos. Drake parou ao meu lado, me olhando de um jeito estranho.

– Obrigada pela ajuda, Drake, mas eu me viro a partir daqui.

Ele abriu um sorriso irônico.

– É, tenho certeza de que vai se virar.

Ele acenou ao sair, fechando a porta, e voltei à tarefa de tirar a roupa de Logan. Primeiro as meias, então passei para o lado dele, e comecei a puxar sua camisa.

– Uma ajudazinha seria legal, sabia? – resmunguei.

Logan se sentou devagar e tirei sua camisa pela cabeça.

– Tudo bem, agora se deite de lado, se quiser vomitar. – Peguei a lata de lixo e coloquei ao lado da cama. – E mire aqui, porque não vou limpar o seu vômito.

Ele riu e rolou de lado.

– Sim, mamãe. Vem se deitar comigo um pouquinho.

– Não, obrigada, estou exausta e minha cama me chama.

– Tá legal – balbuciou ele enquanto eu me abaixava para lhe dar um beijo no rosto.

Assim que o alcancei, Logan me pegou pelo pulso e me puxou para cima dele, virando a cabeça para que nossos lábios se tocassem. Antes que eu pudesse reagir, seus braços me prenderam e ele me beijou na boca com vontade. Tentei me afastar enquanto sua língua invadia minha boca, mas ele me segurava muito forte. Finalmente, ele me soltou e pulei da cama.

– Que merda foi essa, Logan?

Ele se limitou a sorrir e fechou os olhos.

– Esperei a noite toda para fazer isso. Eu te amo, Chloe.

Antes que eu pudesse responder, ele já estava dormindo. Gemi ao sair pela porta e seguir para meu quarto. Abri a porta, joguei a chave na mesa e caí na cama. Meus olhos foram até a cama de Rachel, antes de encarar o teto. Ela já estava apagada e a ouvi ressonar suavemente enquanto eu imaginava Logan bêbado no andar de cima. Mas o que foi aquilo? Logan não tinha o direito de me beijar, nem mesmo bêbado, e eu pretendia acrescentar isso à crescente lista de assuntos que precisávamos discutir.

Minha mente vagou do meu melhor amigo bêbado à pista de dança com Drake. Estive tão perto de beijá-lo e, se Logan não tivesse aparecido daquele jeito, iria rolar. Eu disse a mim mesma várias vezes para ficar longe de Drake, mas ignorei por completo meu próprio conselho. Meu futuro já estava planejado na minha mente: foco na faculdade, me formar em psicologia, me mudar para longe, evitar que minha mãe me encontrasse e conseguir um ótimo emprego.

Não havia espaço para Drake ou qualquer cara e eu queria que fosse assim, mas ele continuava se intrometendo sem perceber. Como era impossível ignorar que Drake mexia comigo, decidi deixar rolar enquanto rezava para o meu coração não ser magoado.

Meus pensamentos foram interrompidos quando o telefone bipou com uma nova mensagem de texto. Eu o peguei na mesa de cabeceira e vi que era de Amber.

Amber: Voltou bem para o seu quarto?

Eu: Voltei, estou na cama.

Amber: Legal, queria ter certeza de que o Logan não te derrubou pela escada. O garoto estava fora de si. Nunca o vi desse jeito.

Eu: É, eu também não. Não sei o que acontece com ele. Vamos ter uma longa conversa amanhã.

Amber: Tem razão. Mas então... Vi você e Drake dançando. Parecia que estavam transando na pista. ;-)

Eu: Para com isso, só estávamos dançando. É sério, por que todo mundo está implicando com a nossa dança?

Amber: Ah, se isso ajuda você a dormir... Você quer lamber aquele cara da cabeça aos pés.

Eu: Boa-noite, Amber... -_-

Desliguei rapidamente o telefone antes que ela pudesse responder. Eu me levantei e o joguei na mesa de cabeceira, peguei minhas coisas e fui tomar um banho necessário, cheia de ideias sobre lamber certas partes de Drake na cabeça. Um banho frio resolveria isso.

CAPÍTULO CINCO

CONFISSÕES

Na manhã seguinte, acordei bem cedo para conversar com Logan antes da aula. Eu me vesti rápido e peguei a bolsa na mesa, trancando a porta em silêncio, sem querer acordar Rachel. Subi a escada até o quarto de Logan e bati levemente, com medo de que ele ainda estivesse dormindo ou mesmo ainda bêbado. Alguns segundos depois a porta se abriu e Logan estava parado ali como se tivesse sido atropelado por um caminhão.

– Noite difícil, tigrão? – perguntei enquanto passava esbarrando por ele e me sentava em sua cama.

Ele segurou a cabeça e gemeu.

– Precisa falar tão alto?

Eu ri e pedi desculpas aos sussurros.

– O que está fazendo aqui tão cedo? Acho que você nunca acordou cedo assim na vida.

Meus olhos de repente pareciam hipnotizados pelos meus sapatos enquanto eu me debatia sobre o que diria primeiro.

– Para de olhar os sapatos. Está na cara que você está tentando me evitar. O que aconteceu?

Respirei fundo enquanto ele se sentava ao meu lado e esperava que eu começasse a falar.

– Quero conversar com você sobre algumas coisas. Mas deixa eu falar primeiro, e depois você pode brigar comigo, tá legal?

Ele assentiu e me olhou, confuso.

– Tudo bem... Pode falar.

– Bom, escute. Sei que você só está tentando cuidar de mim e adoro saber que você se importa tanto a ponto de fazer isso, mas você precisa parar de bancar o irmão superprotetor.

Ele abriu a boca para falar, mas eu a cobri com a mão.

– Me deixa terminar. Você e Amber sabem tudo que aconteceu com a minha mãe, então você sabe que eu sou mais do que capaz de me virar sozinha. Você precisa me deixar ter minha vida, Logan. Vou fazer uma idiotice de vez em quando, vou me ferrar. Poxa, eu posso até ficar de porre, ser estúpida e participar de uma orgia louca, mas são os meus erros e eu preciso cometê-los. Você não pode me proteger de tudo e, sinceramente, você me mata me sufocando assim. – Tirei a mão de sua boca e esperei que ele falasse.

Ele suspirou e seus ombros se curvaram.

– Não percebi que estava te sufocando, Chloe. Prometo que vou tentar me controlar, mas às vezes não consigo evitar. Proteger você é natural para mim.

– Só peço que você tente.

Ele me puxou e me abraçou.

– É só isso que você queria falar?

Eu me afastei dele gentilmente enquanto continuava.

– Não, quero te pedir para tentar ser mais legal com Drake. Parece que ele gosta de sair com a gente, o que quer dizer que ele vai estar por perto. Eu me sentiria muito melhor se não tivesse medo de você arrancar a cabeça dele sempre que me viro. Dá para você tentar se entender com ele, por mim? Ele é um cara muito legal, vocês até podem ser amigos, se você tentar ser gentil com ele.

Logan franziu a testa.

— Não gosto do jeito que ele olha para você quando você não está olhando. Ele quer você e qualquer um que enxergue consegue ver.

Balancei a cabeça, embora eu começasse a pensar no que Drake fez depois de eu dançar com ele ontem à noite.

— Somos só amigos. Por favor, tente se entender com ele, por mim.

Ele suspirou e passou a mão pelo rosto.

— Tudo bem, vou tentar. Mas não estou prometendo nada.

Sorri para ele.

— Obrigada, é só isso que estou pedindo. Agora, que porre foi aquele ontem à noite? Nunca vi você bêbado.

— É que algumas coisas estavam rolando na minha cabeça. Comecei a conversar com Chastity e acabei bebendo mais do que pretendia. Desculpe se eu agi feito um idiota, não me lembro de muita coisa depois de estar no bar com ela.

— A garota que mostrei a você é a Chastity?

Ele assentiu.

— É, ela parecia legal, pelo que me lembro.

Eu ri.

— Que bom. Então você não se lembra de nada depois que estava no bar?

— De nada. Me lembro de você me levando para o carro, Drake me arrastando para cá... Sem muita delicadeza, devo acrescentar... E você tirando meus sapatos. Só isso.

Meu estômago se contraiu quando percebi que ele não se lembrava de ter me beijado. Eu não sabia se devia contar a ele ou não.

— Qual é o problema, Chloe? Sua cara está esquisita.
— Hmmmm, não se lembra de nada depois disso?
Logan negou com a cabeça.
— Não, nada. Por quê? Fiz alguma idiotice? Eu fiz, não foi? Estou vendo no seu olhar. — Ele pegou a minha mão. — Me conta o que fiz. Por favor.
Olhei para nossas mãos enquanto sussurrava:
— Você me puxou para cima de você e me beijou.
Ele largou minha mão e pulou da cama.
— Eu fiz o quê?
— Você me beijou.
Ele passou as mãos pelo cabelo e andou de um lado para outro na minha frente.
— Eu não tentei mais nada, não é?
Balancei a cabeça em negativa enquanto ele se ajoelhava diante de mim e colocava a cabeça nos meus joelhos.
— Me desculpa se deixei você constrangida, Chloe. Eu não estava normal. Por favor, diga que não está chateada comigo.
— É claro que não estou chateada. Só não entendo por que você fez aquilo.
Ficamos sentados em silêncio por um momento enquanto eu esperava que ele falasse. Como ele não falou, levantei a cabeça para olhá-lo.
— Logan? Por que você me beijou?
Ele ergueu os olhos para encarar os meus e tive que me obrigar a respirar. Drake tinha razão, precisei chegar até aqui para perceber. Quando olhei nos olhos de Logan, vi amor. Não o amor fraterno, mas algo inteiramente diferente, algo que vinha acompanhado pelo desejo. Perdi o ar enquanto ele se curvava e roçava a boca de leve na minha antes de se afastar.

— Eu te digo por anos que te amo, você só não entendeu o tipo de amor que eu sinto.

Fiquei petrificada na cama, incapaz de processar o que ele me dizia.

— Olha para mim, Chloe.

Ergui os olhos para encontrar os dele.

— Isso não muda nada entre nós, entendeu? Se você não sente o mesmo, eu compreendo. Só pense nisso, tá bom?

Assenti, enquanto ele me dava um beijo na testa.

— Vou matar a aula da manhã. Encontro você na hora do almoço.

— Tá, é melhor eu ir, ou vou chegar atrasada. — Eu me levantei e peguei a bolsa ao meu lado na cama. — A gente se vê depois, Logan.

Minha mente ainda estava em disparada pela conversa com Logan enquanto eu me sentava na sala de aula. O quanto eu perdi em todos esses anos? E embora ele tivesse me dito que isso não mudava nada, para mim, mudava tudo. Nunca pensei em Logan como nada mais do que um amigo. É claro que eu o achava bonito, mas nunca pensei realmente nisso. Para mim, ele era só o meu Logan, meu melhor amigo. Agora eu nem tinha certeza de como deveria agir perto dele, ou se qualquer sentimento que eu tinha por ele se transformaria em mais alguma coisa.

— No que você está pensando tanto? Tentando resolver a fome do mundo?

Dei um pulo ao ouvir a voz de Drake.

— Você quase me matou de susto! De onde você saiu?

Ele ergueu as sobrancelhas.

— Pelo que aprendi em anatomia, saí da minha mãe. Mas se está se referindo a agora, da porta.

Não pude deixar de rir da resposta.

— Você se acha muito engraçado, né?

— É, e já me disseram isso várias vezes. Então, voltando à pergunta, no que você estava tão concentrada quando eu cheguei?

Mordi o lábio e me questionei se contava a ele o que aconteceu entre mim e Logan. Decidindo que preferia evitar um longo *eu te disse*, dei de ombros.

— Na verdade não é nada, só estava preocupada com Logan. — O que era a verdade, mesmo que Drake não soubesse exatamente por que eu me preocupava.

— Sei. O garoto bonito ainda está de ressaca?

— Está, dei uma olhada nele antes de vir para cá. Ele vai matar aula esta manhã e dormir. Está um trapo.

Drake riu.

— Vendo como ele mal conseguia ficar de pé ontem à noite, aposto que um trapo é pouco.

— Deixa Logan em paz, ele teve uma noite ruim.

— Tudo bem, vou deixá-lo em paz, porque ele não está aqui para se defender. Você se divertiu ontem à noite?

Meu estômago se apertou quando pensei em nós dois dançando juntos e olhei para minha mesa enquanto respondia.

— É, eu me diverti.

Ele se curvou até ficar a apenas alguns centímetros de mim e levantei a cabeça para olhar em seus olhos cheios de desejo.

— Eu também. Que pena que fomos interrompidos antes que as coisas ficassem interessantes. Vamos ter que repetir um dia desses.

Fui salva de responder quando duas meninas se aproximaram de nós.

— Ei, você é daquela banda, Breaking the Hunger, com Adam e Eric, né? Drake?

Drake se afastou de mim para abrir o sorriso sensual que era sua marca registrada.

— Eu mesmo. O que posso fazer por duas lindas senhoritas?

A morena que tinha falado aproximou-se dele e colocou uma folha de papel em sua mão.

— Por que não me liga uma hora dessas, talvez eu possa te ajudar. — Ela sorriu com doçura e voltou às amigas, indo se sentar do outro lado da sala.

Olhei o bilhete na mão dele.

— O que foi tudo isso?

Ele me olhou e sorriu antes de abrir e ler o bilhete dobrado.

— Isso — ele gesticulou para onde a menina estava sentada e olhava feio do outro lado da sala — foi Xanda e, pelo visto, se eu ligar para ela neste número, ela vai me distrair muito.

Revirei os olhos e os desviei, tentando esconder a mágoa que sentia. Ele não era meu e eu não devia me aborrecer com outras garotas lhe dando o número de telefone.

— Legal, já experimentou muita coisa, né?

Ele sorriu enquanto colocava o bilhete no bolso.

— Já te falei, impossível não gostar das fãs.

O resto da manhã passou voando e logo eu estava indo para o refeitório me encontrar com Logan e comer alguma coisa. Ele estava parado do lado de fora, pálido, com óculos de sol para esconder os olhos.

— Está se sentindo melhor?

— Na verdade não, mas imaginei que deveria aparecer em pelo menos duas aulas hoje.

Ele segurou a porta aberta para mim enquanto eu passava por ele e entrava no refeitório. Pegamos a comida e nos sentamos a uma mesa vazia ao lado das portas. Devorei a comida como se não comesse há semanas, enquanto Logan me olhava com certo nojo.

— De jeito nenhum vou conseguir comer. Toma, fica com o meu. — Ele passou seu sanduíche para mim.

— Você precisa comer, vai se sentir melhor.

— Não, obrigado, prefiro assim.

Ficamos sentados num silêncio desagradável, com ele me olhando. Eu não conseguia pensar em nada para dizer que não envolvesse nossa conversa da manhã. A cadeira ao meu lado foi puxada para trás e Drake surgiu nela.

— Cara, você está uma bosta.

Escondi o sorriso enquanto Logan apertava os lábios.

Drake se virou para mim.

— O que vocês vão fazer mais tarde? Pensei que a gente podia ir ao bar onde eu toco. — Ele olhou para Logan com um sorriso diabólico se espalhando pelo rosto. — Tomar umas cervejas e comer alguma coisa.

Logan pareceu meio enjoado e se levantou.

— Preciso ir. Te mando um torpedo mais tarde, Chloe.

Ele já tinha saído antes que eu pudesse responder e me virei, olhando feio para Drake.

— Isso não foi muito legal.

— O que eu disse?

— Nem tenta bancar o inocente, você sabe exatamente o que fez.

— Tanto faz. E aí, o que você me diz? Quer ir ao bar esta noite? Pode levar a Amber também.

Balancei a cabeça.

— Não, obrigada, eu saí nas duas últimas noites, preciso estudar de verdade em algum momento da minha vida de universitária.

Ele deu de ombros enquanto se levantava.

— Como você quiser, mas, se mudar de ideia, tem meu telefone.

Vi Drake sair pela porta com a morena da turma, talvez Xanda, indo atrás dele. Não tive dúvida de que ele encontraria alguém que o divertiria enquanto eu estivesse estudando.

CAPÍTULO SEIS

MEU HERÓI

O resto da semana passou voando e, quando me dei conta, eu estava sentada no meu quarto numa noite de sexta-feira repassando alguns trabalhos que devia entregar na segunda. Cumpri com minha palavra, fazendo meus trabalhos e estudando na quarta e na quinta à noite, e parecia que eu faria o mesmo naquela noite também. *Que jeito de passar a noite de sexta-feira*, pensei comigo mesma enquanto suspirava pela milésima vez e fechava o livro.

Amber tinha um encontro com Alex, o cara que ela conheceu na festa da irmandade, e Raquel estava por aí, então eu estava sozinha. Eu me levantei, decidindo que podia pelo menos dar um pulo na Starbucks e arrumar alguma cafeína para a sessão de estudos da noite. Peguei a chave do carro e fui para a porta, deixando um bilhete para Rachel, caso ela chegasse e estranhasse minha ausência. Estava descendo a escada, sonhando com um Pumpkin Spice latte, quando encontrei Logan.

– Ei, aonde você vai? – perguntou ele, animado.

– Vou à Starbucks. Preciso de cafeína, porque preciso terminar uns trabalhos hoje.

Ele revirou os olhos.

— Você e seu vício em cafeína... Com tanto café que você bebe, não sei por que tanta dificuldade em se arrastar para fora da cama no horário pela manhã.

— Não há nada de errado com meu vício em cafeína, mas, como você está sendo tão grosseiro, posso garantir que não vou te trazer um copo.

— Acho que vou sobreviver.

Ri comigo mesma enquanto acenava uma despedida e ia para o carro. As coisas ficaram menos tensas entre a gente nos últimos dias e eu estava agradecida por ter voltado ao normal com ele. Nós dois estivemos muito ocupados, mas ainda conseguíamos pelo menos trocar uns torpedos algumas vezes ao longo do dia.

Liguei o carro e fui para a cidade pegar meu remédio de cafeína. Para minha sorte, o percurso era curto e, quando me dei conta, eu estava passando pelo drive-through e pegando meu latte. O cara abriu a janela para pegar meu dinheiro e quase desmaiei com o cheiro do café que vinha de dentro. Eu moraria aqui, se pudesse! Ele me entregou o café e notei uma placa *Procuramos funcionários* pendurada na janela.

— Ei, posso preencher um formulário também, por favor?

Ele sorriu e pegou o formulário embaixo do balcão.

— Aqui está. Entregue assim que puder, estamos desesperados!

Peguei o formulário e agradeci a ele. Decidi estacionar e preencher todas as informações ainda no estacionamento. Era pura sorte que eu tivesse um forte vício na Starbucks e, como trabalhei numa loja na minha cidade natal no último ano do ensino médio, já sabia preparar a maioria das bebidas.

Saí do carro e fui até a porta. Assim que a abri, fui assaltada de novo pelo cheiro de café. É, sem dúvida alguma eu poderia trabalhar aqui. Eu me aproximei do balcão e entreguei meu formulário à mulher que estava na caixa registradora. Seu crachá indicava que ela se chamava *Janet* e ela olhava o formulário, notando que eu já trabalhara em uma Starbucks.

– Pode começar na segunda-feira às cinco da tarde em ponto? Precisamos de alguém para o turno da noite e, com base em suas preferências de horário, seria perfeito.

Quase pulei ali mesmo. Estava pensando em arranjar um emprego e este simplesmente caiu no meu colo.

– Claro, estarei aqui!

Ela me disse o que eu devia vestir e agradeci, praticamente pulando até o carro. Acho que meu vício em café finalmente recompensou. Eu estava louca para contar ao Logan.

Entrei no meu carro e parti para a saída. Assim que arranquei, notei um bar do outro lado da rua – o Gold's Pub, onde Drake disse que sua banda tocava toda sexta à noite. Olhei meu painel. Eram quase nove horas, então certamente sua banda estaria tocando em breve. Tomei uma decisão numa fração de segundo, atravessei a rua e entrei no estacionamento do bar. Estava lotado e tive que procurar uma vaga, encontrando uma no fundo, ao lado de um Mustang preto 1969. Acho que isso respondia à pergunta sobre ele estar ali.

Peguei meu café e entrei. Como o cara da porta – que parecia ser um condenado foragido da justiça – me deixou passar sem pedir identidade, consegui encontrar uma mesa no fundo. Assim que me sentei, vi Drake e os amigos da banda subirem ao palco. Prendi a respiração quando o vi. Ele parecia ficar ainda mais sensual a cada vez que eu o via.

Feliz por estar escondida ao fundo, em meio às sombras, eu o observei sem vergonha enquanto ele começava a primeira música. Era rápida, mais pesada e me deixou em transe logo de cara. Na festa, eles fizeram cover de outras bandas, mas esta era uma música que eu não conhecia e, entendendo de rock pesado, supus que fosse composição própria. Sua voz era incrível, como eu me lembrava, e ele sabia disso. Drake lançou um olhar convencido ao balcão e à mulher que estava próxima do palco. Quando ele chegou ao refrão, deixou a letra fluir, quase aos gritos.

> *Just follow me*
> *I'll take you there,*
> *Stand by me,*
> *Have no fear,*
> *When we're together the world stands still,*
> *Just follow me,*
> *Stand by me,*
> *I'll make it worth your while,*
> *Have no fear,*
> *Just follow me,*
> *I'll take you there*

A letra era muito boa e de imediato a música me fez começar a me balançar na cadeira. Drake sem dúvida nenhuma sabia ganhar uma plateia – seus olhares intensos e sensuais faziam as mulheres comerem na palma de sua mão. Quando a música terminou, todas começaram a gritar seu nome. Ele sorriu para elas, gesticulando para o guitarrista começar a próxima música. Logo a baterista – uma garota, o que era incrível –, começou, seguida do cara do baixo.

Era uma música mais lenta e, enquanto Drake começava a cantar, seu rosto assumiu uma expressão pensativa, quase indefesa. Ele fechou os olhos ao cantar, quase sussurrando parte da letra. Era a música mais bonita e sentida que ouvi na vida. Na segunda vez que ele cantou o refrão, eu já sabia a letra de cor.

Hold me close,
I need to feel you there,
When the rest of the world's gone,
All I need is you in my arms,
So hold me close,
Keep me safe,
I need to feel you there

Adorei a música e adorei ver Drake se apresentar. Ele era absolutamente incrível e eu queria dizer isso a ele. Enquanto ele terminava a canção e começava outra acelerada e pesada, decidi que podia encontrá-lo depois do show para falar. A banda tocou mais algumas músicas e, em seguida, pegaram os instrumentos e saíram do palco enquanto eu me espremia pela multidão para me aproximar deles.

Drake não notou minha presença no início, uma vez que havia mais mulheres do que eu podia contar reunidas em volta dele e dos outros caras. Vi a garota que tocava bateria sorrir e revirar os olhos enquanto o baixista segurava uma menina e ia para a porta, levando o instrumento numa das mãos e ela na outra. Drake tinha o braço em volta de uma loura com a saia mais curta do que o meu vestido na noite do tombo, quando enfim me viu. Ele se desvencilhou dela, cochichando algo em seu ouvido e olhando para mim.

Ela fez beicinho e me olhou de cima, mas assentiu e foi para a mesa com as amigas, de cara feia para mim.

Ele se aproximou com um sorriso imenso.

– Ei! Você veio!

Sorri timidamente para ele.

– É, eu estava por aqui e pensei em dar uma passada. Vocês foram demais, ainda melhor do que na festa.

Ele me abriu um daqueles sorrisos arrasadores que deixavam meus joelhos bambos.

– Valeu. Vou ficar aqui, tomar umas cervejas. Quer vir comigo?

– Hmmm, tá, claro, posso ficar por um tempo. – Meu estômago deu um nó quando ele pegou minha mão e me levou pelo salão até a mesa onde estava a baterista.

Drake gesticulou para mim.

– Jade, esta é a Chloe. Jade é baterista da nossa banda.

Sorri e assenti para ela.

– É, eu vi você tocar! Você é demais!

Jade me olhou rapidamente de cima a baixo, sorrindo como se aprovasse.

– Ah, obrigada! Eu toco desde que tinha 10 anos. A bateria sempre foi a minha praia.

Jade tinha um lindo sotaque do Sul e de imediato gostei dela. Era uma garota bonita, de olhos castanhos calorosos e cabelo tingido de preto com mechas vermelhas, que caía pelo meio das costas em cachos suaves. Eu já tinha percebido que ela era magra, provavelmente oito ou dez centímetros mais baixa do que os meus 1,67m, mas exalava um ar de confiança que indicava que ela não se intimidava fácil.

Drake se levantou e foi ao balcão.

– Vou pegar uma cerveja pra gente e volto logo.

Eu o vi indo ao bar e a barwoman deixou de lado as pessoas que já estavam esperando para atendê-lo diretamente. Pegou três cervejas e passou pelo balcão, curvando-se o bastante para dar a ele uma visão total de sua blusa bem decotada. Revirei os olhos e me virei para Jade antes que vomitasse meu café.

Jade percebeu meu desconforto e abriu um sorriso solidário, mas não disse nada. Eu sabia, pelo curto tempo que passamos juntos, que Drake costumava ter um monte de mulheres em volta dele o tempo todo. Isto é, um monte de mulheres oferecidas. Fiquei sentada em silêncio enquanto ele voltava à mesa. Percebi como ele ficava gato com a camiseta preta justa e o jeans desbotado abaixo dos quadris. Não havia como negar que o cara tinha um corpo gostoso e me vi pensando mais uma vez em como ele ficaria sem a camisa.

Afugentei a ideia, sabendo que provavelmente cada mulher presente pensava o mesmo ou, em alguns casos, não precisava nem imaginar. Afinal, eu o tinha visto saindo com a loura e, como ele era tão charmoso, devia arranjar mulheres sempre.

Finalmente ele chegou à mesa e colocou as cervejas na nossa frente.

– Aí está, gente. Então, vejo que as duas estão conversando e não quero atrapalhar.

Jade e eu rimos, sabendo que nenhuma de nós tinha dito uma única palavra na ausência dele. Não foi culpa dela, eu sempre me intimido perto de gente nova e nunca sei o que dizer.

Jade começou a falar com Drake sobre um show que eles teriam em duas semanas e eles se envolveram numa conversa longa, me ignorando completamente. Sentada ali, vendo-os conversar tão à vontade, eu me senti deslocada. Olhei o salão, tentando me distrair, e percebi uma placa de *Toalete* do outro lado. Eu me levantei, pedindo licença, e corri até o bar, entrando no banheiro.

Parei em frente à pia, olhando meu reflexo no espelho. Sem maquiagem e com meu moletom velho da universidade e jeans rasgado, eu estava inteiramente deslocada ali. Todas as outras mulheres no bar se vestiram para impressionar e eu não sei como Drake notou a minha presença com o salão cheio delas.

Suspirei, tentando entender por que Drake me convidou para sentar com ele e depois me ignorou por completo. Se isso era algum joguinho, eu não tinha intenção de participar. Eu sabia que fiquei a fim dele assim que o vi e o sentimento ficou mais forte com o passar da semana, cada vez que eu falava com ele, mas eu não ia me meter nessa só para me magoar, se para ele era só um jogo.

Saí do banheiro e ia em direção à mesa, quando passei pelo balcão do bar e um cara me pegou pelo braço.

Parei e olhei para ele, inquisitiva.

– Oi? Posso te ajudar em alguma coisa?

Ele sorriu para mim.

– Eu só estava pensando se podia te pagar uma bebida.

Comecei a recusar, mas decidi pelo contrário.

– Ah, claro, mas só uma. Tenho que dirigir para casa daqui a pouco.

Eu me sentei no bar e pedi rum com Coca.

O cara me olhou, surpreso.

– Porra, a maioria das garotas bebe drinques de garotas.

Dei de ombros.

– Eu não sou a maioria das garotas.

Ele sorriu enquanto a barwoman colocava a bebida na minha frente.

– É óbvio que não. Meu nome é Nick, aliás.

– Chloe, é um prazer te conhecer, Nick.

Tomei um gole da bebida e estremeci um pouco quando o líquido abriu caminho queimando pela garganta. Não sabia por que fiquei tão aborrecida por Drake me ignorar e achei que alguma coisa forte me relaxaria. Nick e eu ficamos ali conversando por um tempo, principalmente sobre a faculdade, meu novo emprego e coisas à toa. Ele me contou que tinha se formado recentemente e trabalhava em uma agência de publicidade local como contador. Fiquei impressionada que ele já tivesse arrumado um emprego tão bom logo depois de se formar.

Enquanto conversávamos, ele pediu outra bebida para mim, depois uma terceira. Nas duas primeiras, eu fiquei bem, mas a terceira me deixou nervosa. Afinal, eu teria que dirigir e disse isso a ele.

– Esqueci. Eu peço desculpas. Mas você já bebeu duas e tenho certeza de que o efeito vai passar logo, então você pode muito bem curtir a terceira. Eu te pago o táxi, assim você fica em segurança.

Ele parecia sincero, então concordei.

– Tudo bem, isso parece aceitável, mas não vou beber mais depois desta.

As outras duas doses, além da cerveja antes, já começavam a me deixar tonta e, embora Nick parecesse um cara legal, eu não ia ficar com ele só porque estava bêbada. Continuamos conversando e comecei a sentir que flutuava. Eu ria de tudo que ele dizia, mesmo que não fosse engraçado. De algum jeito a mão dele acabou parando na minha perna e não senti o impulso de tirá-la dali.

Eu me virei, olhei pelo bar e peguei Drake nos encarando com a irritação estampada no rosto. Acenei para ele, mas ele não retribuiu o gesto, e continuou apenas nos olhando.

Eu me virei de novo para Nick, de repente pouco à vontade.

– Acho que gostaria que você chamasse meu táxi agora. Está ficando meio tarde.

Ele ficou decepcionado, mas assentiu e pegou o celular, ligando para uma empresa especializada. Desligou um minuto depois e se levantou.

— O carro vai chegar daqui a pouco. Vou esperar lá fora com você.

Assenti.

— Tudo bem, parece bom. Vamos.

Eu me levantei e fui em direção à porta quando lembrei que minha bolsa tinha ficado na mesa de Drake.

— Espera, preciso pegar minha bolsa na mesa de um amigo. Volto já.

Atravessei o salão e fui à mesa de Drake, trôpega. Percebi que eu estava muito bêbada.

— Ei, vou para casa. Obrigada por me convidar para ficar.

Jade sorriu e deu boa-noite, mas Drake me olhava feio.

— Você não vai dirigindo para casa, Chloe... Mal consegue ficar em pé!

Estremeci com a fúria de suas palavras.

— Eu não vou dirigindo. O Nick me chamou um táxi. O carro deve estar esperando lá fora, então a gente se vê depois.

Peguei a bolsa e tentei marchar pelo salão antes que pudesse dizer mais alguma coisa. Consegui alcançar Nick sem cair, mas foi por pouco. Cambaleei até ele e partimos para a porta, e ele precisou me segurar pela cintura para me firmar. Manteve o braço em minha cintura enquanto atravessávamos o estacionamento.

— Obrigada pela noite, foi divertido. — Eu nem tinha terminado a frase quando tropecei de novo. — Talvez divertido demais.

Nick riu de mim e me levou até um carro ao lado do estacionamento.

— Podemos ficar aqui perto do meu carro até o táxi chegar.

Ele passou os braços por mim e me puxou para perto, erguendo minha cabeça para ver meu rosto. Antes que eu me desse conta do que estava acontecendo, ele se curvou e me beijou rudemente. Tentei afastá-lo, mas ele era mais forte do que eu e não consegui me soltar.

— Para! — gritei em sua boca, mas ele se limitou a rir e me empurrou contra seu carro.

Ele passava as mãos pelo meu corpo e apertou minha bunda. Comecei a gritar enquanto tentava afastá-lo de novo.

— Por favor, pare. Por favor — eu implorava, mas ele ignorava.

Isso não podia estar acontecendo comigo, de novo, não. Eu não podia estar no estacionamento de um bar sendo abusada por um cara gentil que tinha acabado de conhecer.

— Cala a boca. Você pediu isso.

Ele me segurou pelos quadris e me imprensou o suficiente para colocar as mãos na frente da minha calça. Ele usou o corpo para me prender contra ele e colocou a mão na minha boca enquanto começava a abrir os botões. Eu chorava sem cotrole e ainda tentava empurrá-lo, mas estava tonta por causa do álcool. Eu sabia o que ia acontecer e queria morrer antes de ele me tocar. Fiz uma última tentativa de me soltar, quando de repente alguém o jogou para longe. Deslizei pela lateral do carro até o chão e vi um vulto segurá-lo no chão, esmurrando sua cara repetidamente.

— Seu babaca de merda! Vou te matar se você chegar perto dela de novo, seu filho da puta.

Meu coração se acelerou quando percebi que Drake tinha acabado de me salvar. Nick tentava revidar, mas eu sabia que ele não era páreo para Drake. Drake montou nele, mantendo-o preso no chão e desferia um golpe após outro no rosto de Nick. Depois do que pareceram horas, ele deu um último soco em Nick, que ficou desacordado. Drake se levantou, se virou para mim e se aproximou lentamente, como se tivesse medo de que eu fugisse.

— Chloe, sou eu, Drake. Está tudo bem, gata?

Assenti quando ele finalmente me alcançou e se sentou ao meu lado, me puxando para um abraço enquanto eu ainda chorava descontroladamente.

Ele ficou sentado ali, abraçado a mim, e ensopei sua camisa com minhas lágrimas até meu choro começar a diminuir. Mesmo depois de ter me acalmado, fiquei encostada nele, sem querer me afastar da segurança que seus braços ofereciam.

— Chloe, precisamos chamar a polícia antes que ele acorde, o que acho que vai acontecer logo.

Olhei para Nick no chão e um arrepio percorreu minha espinha. Se a polícia fosse chamada, eu teria que prestar queixa, contar toda a minha história a um monte de policiais, ir para o tribunal e levar bronca de algum advogado. Eu não queria passar por tudo isso, tendo outras pessoas percebendo como eu podia me tornar vulnerável. Simplesmente não podia fazer isso.

Olhei para ele e neguei com a cabeça.

— Não, não posso fazer isso. Só quero ir para casa. Nós dois bebemos e tenho certeza de que ele não teria agido assim se não fosse pelo álcool.

Drake parecia ter levado um tapa na cara.

— Tá de sacanagem comigo? Esse merda tentou estuprar você. Bêbado ou não, não importa... O que ele fez foi errado.

Não conseguia olhá-lo nos olhos e ver a decepção. Baixei o olhar enquanto balançava a cabeça de novo.

— Não, não vou fazer isso. Só quero ir para casa. Vou chamar um táxi e sair antes que ele acorde.

Peguei o celular no bolso e comecei a procurar o serviço de táxi mais próximo.

— Está mesmo falando sério, não é?

Olhei para ele e vi a raiva irradiando de seus olhos.

— Sim, estou.

Eu começava a digitar o número quando ele arrancou o celular da minha mão.

— Bom, você não vai para casa sozinha. Eu moro bem aqui perto e você pode passar a noite na minha casa.

Se Nick não tivesse aparecido, eu praticamente estaria pulando para ter essa oportunidade, mas agora me recusei a ir com ele. Estava com muita vergonha, porque ele sabia o que quase aconteceu comigo. Além disso, eu tinha medo. Embora ele tivesse me salvado, também era um homem e eu não o conhecia tão bem assim.

— Não, obrigada. Prefiro ir para casa. Não estou mais bêbada, mas minha cabeça começou a latejar e só quero ir para a cama.

Ele se aproximou, pegou meu braço e praticamente me arrastou pelo estacionamento.

— Bom, não vou aceitar um não como resposta. Você não pode ficar sozinha depois do que aconteceu esta noite. Pode ir para minha casa e dormir na minha cama.

Soltei meu braço de sua mão.

— Eu *não vou* dormir com você.

Ele suspirou e deu as costas para mim.

— Sei que você não vai dormir comigo. Pode ficar com a minha cama, eu vou dormir no sofá.

CAPÍTULO SETE

BEM-VINDA EM CASA

Drake finalmente me convenceu a ir com ele depois de eu criar muito caso. Assim que paramos perto de uma casa a uma quadra de distância, percebi que ele não estava brincando quando disse que morava logo ali.

– Por que você vai de carro? Podia chegar mais rápido a pé.

Ele sorriu, o primeiro sorriso desde que viu Nick.

– Eu poderia, mas assim não conseguiria mostrar meu carro às mulheres.

Revirei os olhos ao sair do carro e fui para a casa. Por fora, parecia pequena e, pelo que podia dizer na luz fraca da rua, parecia azul-clara ou cinza. Ele destrancou a porta e a manteve aberta para eu entrar. Drake acendeu a luz enquanto fechava a porta, revelando um pequeno hall que ficava entre uma cozinha e a sala de estar. Um corredor levava a uma escuridão além de mim, onde eu supunha que ficavam o banheiro e o quarto. Ele pendurou o casaco ao lado da porta e entrou na cozinha.

– Quer beber alguma coisa? – perguntou por sobre o ombro.

– Hmmm, não, estou bem – respondi examinando sua cozinha. Não era imensa, mas também não era mínima e, embora os eletrodomésticos não fossem novos, eram legais.

– A casa é sua?

Ele balançou a cabeça.

– Não, eu alugo do meu tio Jack. Ele está em outro país, então estou morando aqui sozinho até ele voltar, provavelmente por mais um ano.

– Ah, sei. Bom, é uma casa bem legal.

Ele sorriu e se recostou na bancada.

– Obrigado – ele disse parecendo pensativo. – Você está mesmo bem?

Olhei os ladrilhos quadriculados do piso enquanto concordava com a cabeça.

– Sim, estou ótima. Só quero esquecer tudo isso.

E queria mesmo. Também queria esquecer Nick largado no estacionamento, ainda inconsciente quando saímos. *Espero que ele seja assaltado*, pensei com crueldade.

– Por favor, não conte a ninguém o que aconteceu. Por favor.

Drake concordou com a cabeça.

– Não vou contar, mas você deveria mesmo chamar a polícia antes que seja tarde demais. Ele merece ficar atrás das grades. Queria matá-lo pelo que ele tentou fazer com você.

A raiva em sua voz acalmou meu coração. Este homem parecia realmente se importar, embora mal me conhecesse.

– Não, deixa isso pra lá.

Ele bufou, afastou-se da bancada e foi para a porta.

– Tudo bem, vou te mostrar onde fica o banheiro. Sei que você está cansada. Pode tomar um banho também, se quiser.

Um banho parecia maravilhoso. Eu queria esfregar e arrancar da minha pele cada lembrança desta noite.

– É, eu podia mesmo tomar um banho, mas não tenho roupa para vestir.

Ele pareceu pouco à vontade por um minuto, quicando de um pé ao outro enquanto falava.

— Pode usar minhas roupas e eu, hmmm, tenho calcinha e sutiã que alguma garota deixou por aqui.

Meus olhos se arregalaram e tive que perguntar por que ele tinha roupa íntima de mulher em sua casa.

— Bom, algumas deixam roupas, mas nunca vêm buscar. Mas não se preocupe, a maioria ainda está com a etiqueta.

Senti meu rosto esquentar. Eu tinha suposto que ele pegava todas, mas isto era uma prova em renda preta e branca.

— Tudo bem, tá legal. É só me mostrar o banheiro e onde elas estão.

Ele me levou pelo corredor e acendeu uma luz dentro do quarto. O cômodo não era como eu imaginei, mas lembrei que Drake o alugava. As paredes eram em tom de creme claro, sem nada familiar, quase como se ele realmente não morasse ali.

Ri ao ver a cor do carpete.

— Sério? Rosa? Você nunca me pareceu esse tipo de cara.

Ele revirou os olhos enquanto vasculhava uma gaveta e pegava um short masculino e a roupa íntima.

— Para com isso. É alugada, lembra?

Sorri.

— É claro.

Ele jogou a calcinha para mim e voltou a procurar. Havia um monte de calcinhas possivelmente de seda ali.

— Qual é o seu tamanho de sutiã?

Minha boca se abriu com a pergunta.

— Isso não é da sua conta, muito obrigada.

Ele me olhou com ironia.

— Estou tentando encontrar alguma coisa para você. Acho que vou ter que adivinhar.

Ele olhou para meus peitos descaradamente por mais tempo que o necessário. Meu rosto corou e cruzei os braços.

Ele sorriu e se voltou para a gaveta.

– Vamos ver, estou achando que é tamanho 42.

Será que meu rosto podia ficar mais vermelho? Eu sempre ficava sem jeito quando ele estava por perto.

Por fim ele pegou um sutiã na gaveta, algo muito mais sensual do que eu costumava usar, e o jogou para mim. Olhei a etiqueta e sorri comigo mesma. Número 42, ele acertou na primeira tentativa. Ele pegou uma calça de moletom e uma camiseta em outra gaveta e me entregou também.

– O banheiro fica do outro lado do corredor. Grite se precisar de alguma coisa.

Eu me virei e andei pelo corredor até o banheiro. Quando comecei a fechar a porta, sua mão a segurou. Ele tinha uma expressão sacana.

– Parece que escolhi o sutiã certo. – Ele riu e fechou a porta na minha cara.

...

Rapidamente tomei um banho e vesti as roupas emprestadas. Senti o cheiro de Drake na camisa quando a vesti. Ele sempre tinha um cheiro tão bom, uma mistura de seu sabonete líquido e o cheiro masculino natural. Isso está ficando ridículo, até o cheiro dele me excitava. Saí do banheiro e gritei um boa-noite pelo corredor antes de ir para o quarto. Eu me embolei nas suas cobertas, que também tinham aquele cheiro maravilhoso de Drake, e fechei os olhos.

Fiquei me revirando, mas não consegui relaxar. Não era a cama, mas os meus pensamentos que estavam no caos do que tinha me acontecido. Se Drake não tivesse saído daquele bar, quem sabe o que teria acontecido comigo, além do óbvio. *Estupro*. É uma palavra suja e encheu meus olhos de lágrimas. *Não!*

Você não vai chorar de novo. Funguei ao me revirar nas cobertas mais uma vez.

Em algum momento durante a noite, acordei aos gritos enquanto imagens do meu pesadelo tomavam minha consciência. Eu me sentei reta na cama e tentei controlar os soluços que abalavam meu corpo. Revivi tudo, só que desta vez eu estava fugindo dele. De repente, senti braços em volta de mim e gritei de novo, pensando que Nick estava realmente ali.

– Shhhh, sou eu. Está tudo bem, Chloe. Não vou deixar que ele toque em você, eu prometo. – Drake murmurou no meu ouvido enquanto me balançava nos braços.

Ao ouvir sua voz, relaxei. Eu devia muito a ele – ele me manteve em segurança antes e estava aqui novamente, me protegendo.

– Obrigada, é sério. Se você não estivesse lá... Se você não estivesse aqui agora... – parei de falar, incapaz de continuar. Ele me abraçou mais forte e beijou o alto da minha cabeça.

– Não se preocupa com isso, Chloe. Estou aqui com você. Deite-se, e vou ficar até que você durma.

Parei de desconfiar dele e, em vez de sentir medo de ele ficar na cama comigo, me senti melhor, mais segura. Voltei a me aconchegar nas cobertas ao lado dele e deitei a cabeça em seu peito, passando o braço por ele.

– Vai passar a noite comigo? Não quero pensar em acordar sozinha de novo.

Ele me abraçou com força.

– É claro que vou. Feche os olhos e durma um pouco, gata. Estarei aqui quando você acordar.

Sorri para ele e fechei os olhos, aninhada ao máximo possível. Minutos depois, senti medo de novo. Ficar assim tão perto dele, sentindo seu cheiro, sendo abraçada por ele, ia me deixar louca. As ideias que passavam pela minha cabeça também não ajudavam em nada. Nunca me senti tão confortável e desconfortável ao mesmo tempo. Desci a mão do seu peito para a barriga, tentando me deixar à vontade e o senti enrijecer.

Subi a mão de repente.

– Desculpa, eu não queria deixar você desconfortável, Drake. Você só precisa avisar e eu me afasto.

Ele segurou meu braço enquanto eu começava a rolar para longe.

– Não, não é isso, Chloe. É que eu estou com uma garota linda na minha cama, usando minhas roupas, aconchegada em mim e não posso tocar em você, por mais que eu queira. Eu nunca faria isso com você depois do que aconteceu.

Meu coração palpitou com força. Ele queria? Eu não entendia o que ele enxergava em mim quando tinha todas aquelas mulheres correndo atrás o tempo todo. Ele só podia estar brincando comigo; não havia outra explicação. Levantei a cabeça e olhei, sorridente.

– Tá legal, aposto que você diz isso para todas as garotas que deitam na sua cama.

Em vez de rir de mim, ele franziu o cenho.

– Eu não estava brincando, Chloe. Eu quis você no minuto em que te vi naquele primeiro dia na aula. Nunca vi alguém tão bonita como você.

Senti meu rosto arder e afastei o olhar antes que ele percebesse o quanto suas palavras me atormentaram. Ele riu ao colocar os dedos sob meu queixo e levantar meu rosto para que eu o olhasse.

– E eu nunca vi uma mulher ficar tão vermelha quanto você.

Senti meu rosto ficar ainda mais quente, mas ele me segurava, então não consegui desviar.

– Drake...
– Não, está tudo bem. Eu não tentaria nada com você, especialmente agora. Volte a dormir, Chloe. Eu estarei aqui quando você acordar.

Ele soltou meu queixo, mas não consegui virar o rosto. Ele era tão gentil comigo e me fazia sentir tão especial. Ergui um pouco o corpo para encostar a testa na dele.

– Obrigada, Drake, por tudo.

Ele abriu um pequeno sorriso e me olhou nos olhos. Sem pensar, eu me aproximei mais alguns centímetros e rocei os lábios gentilmente nos dele. Ele ofegou enquanto eu me afastava e segurou meu rosto, me puxando para perto. Sua boca encontrou a minha e ele me beijou como nunca fui beijada na vida. Havia tanta força em seu beijo que me assustou, mas não de um jeito ruim. A sensação de ter seus lábios nos meus provocou arrepios pelo meu corpo.

Eu me aproximei mais, ansiosa para aprofundar o beijo enquanto sentia seu piercing roçar meu lábio. Foi a sensação mais erótica da minha vida. De repente, ele se afastou de mim, ofegante.

– Chloe, pare, por favor. Não posso fazer isso.

Baixei os olhos para o cobertor, tomada de vergonha e constrangimento. No que eu estava pensando ao beijá-lo daquele jeito?

– Desculpa, não sei o que deu em mim. Estou muito sem graça.

Ele respirou fundo antes de falar.

– Escuta, eu quero te beijar. E muito. Mas não vou me aproveitar de você esta noite. Você está vulnerável, sem raciocinar direito depois do que aconteceu.

Concordei, ainda olhando para a cama.

– Tem razão, mas acho que seria melhor se você voltasse para o sofá. Já estou melhor.

Olhei para ele e vi tristeza em seus olhos.

– É, talvez seja uma boa ideia. Se precisar de mim, sabe onde me encontrar.

Ele se levantou e saiu do quarto, olhando para trás enquanto fechava a porta. Soltei a respiração que não percebi estar prendendo e caí de volta nos travesseiros. No que eu estava pensando? Senti um choque no estômago quando me lembrei dele dizendo que queria me beijar. Será que ele estava falando sério, ou só queria ser gentil e não me machucar ainda mais? Fechei os olhos e por fim adormeci, sendo meu último pensamento a sensação da sua boca na minha.

Na manhã seguinte, consegui me arrastar para fora da cama e entrar no banheiro. Ao me olhar no espelho, gemi. Não havia nada como a Chloe ao acordar para fazer os homens fugirem, gritando de pavor. Vasculhei as gavetas, na esperança de encontrar uma escova e um elástico para o cabelo. Na terceira gaveta, encontrei o que procurava. Penteando o cabelo, conseguia amarrá-lo em um coque para domar as mechas. Em seguida, peguei a pasta de dente e uma escova nova que ele deve ter colocado ali para mim durante a noite e cuidei do hálito.

Um pouco melhor com a minha aparência, saí do banheiro e fui até a sala. Drake ainda dormia no sofá e, meu Deus, ele usava apenas um short de basquete. Sem camisa. Tentei não olhar, mas era impossível. Ao vê-lo seminu, senti o formigamento familiar entre as pernas que sempre me aparecia quando ele estava por perto. Eu estava certa, ele era mesmo sarado.

Ele se mexeu no sofá e percebi algo brilhando em seu peito. Minha boca se abriu ao ver que ele tinha piercing nos dois mamilos. Precisei de toda força de vontade para não me aproximar dele e passar as mãos pelos músculos definidos de sua barriga, mas não antes de puxar delicadamente aqueles aros nos mamilos. Rapidamente me virei e fui para a cozinha antes de fazer papel de idiota. Olhando em volta, decidi ver se ele tinha alguma comida para preparar um café da manhã para nós.

Surpreendentemente, ele tinha comida de verdade – ao contrário da maioria dos homens. Peguei alguns ovos na geladeira e procurei uma frigideira nos armários. Encontrando uma, joguei os ovos nela e coloquei algumas fatias de pão na torradeira. Depois de fritar os ovos e passar manteiga na torrada, procurei copos para servir o suco de laranja. Assim que estendi o braço para abrir o armário no alto, senti mãos envolvendo meus quadris, e gritei enquanto virava o corpo, dando um soco nos braços de quem me segurava. Minha mão atingiu o músculo e ouvi um grito de dor.

– Merda! Chloe, sou eu! Ai, droga, para!

Drake segurou minhas mãos enquanto eu batia mais nele. Meu coração estava a mil e o olhei de baixo.

– Meu Deus, Drake! Você quase me matou de susto!

Ele sorriu.

– Ah, é? Achei que você gostava de ser bruta.

Revirei os olhos para sua indireta.

– Que doçura. É sério, pega leve, eu mal consigo me segurar aqui. – Eu me virei para o armário e peguei dois copos. Ao virar para ele, coloquei-os em suas mãos. – Vá servir o suco. Fiz o café da manhã.

– Nossa, café da manhã para mim? Não precisava.

Eu o ignorei ao pegar os pratos e levá-los à mesa. Sentei numa cadeira enquanto ele trazia o suco e se sentava de frente para mim.

– Isso parece ótimo, Chloe. Obrigado.

Eu o olhei e sorri, mas perdi a fala ao notar que ele ainda não estava de camisa. Os piercings nos mamilos brilhavam com o reflexo dos raios de sol que entravam pela janela e eu não sabia como parar de olhar para aquele peito. Era a coisa mais sensual que vi na vida e, mentalmente, eu me abanei.

Ele deu um pigarro e meus olhos se fixaram nos dele. Estavam ardendo com malícia e percebi que fui flagrada.

– O que está olhando, Chloe?

Baixei os olhos para o prato antes de encará-lo de novo. Gesticulei primeiro para o seu peito, depois para os piercings na sobrancelha e no lábio.

– Esses seus piercings... eles devem doer.

– Eu estaria mentindo se dissesse que não doem pra caramba, especialmente esses dos mamilos, mas as mulheres gostam, então, acho que valem totalmente a pena.

– Você só pensa numa coisa, não é?

Seus olhos se iluminaram e ele me deu aquele sorriso irônico e sensual.

– Sempre.

Comemos em silêncio por alguns minutos antes de ele falar.

– E você?

– O quê?

– Você não me respondeu antes, quando perguntei se você tinha outro piercing além daquele do umbigo. Então, tem algum piercing escondido?

Engasguei com o suco de laranja ao perceber seus olhos percorrendo meu peito.

– Não, é claro que não. Prefiro conseguir passar por detectores de metal, obrigada.

– E tatuagem? Você deve ter alguma escondida.

Neguei com a cabeça.

– Não, mas eu adoraria ter uma. Mas não tenho coragem suficiente. Não consigo lidar muito bem com a dor.

Ele revirou os olhos.

– Mas que fresca! A dor não é tão ruim. Eu fiquei cochilando enquanto fazia essa.

Ele apontou para a tatuagem nas costas. Eu me levantei e contornei a mesa, parando bem atrás dele. As tatuagens que despontavam pelas mangas de suas camisas na realidade eram uma grande tatuagem que se estendia pelo braço, atravessava a parte superior das costas e descia pelo outro braço, parando pouco acima dos cotovelos. Passei o dedo por ela e o senti se contrair. Era uma espécie de desenho tribal abstrato com as iniciais *D* e *L* bem no meio.

– Por que você fez isso?

Ele deu de ombros enquanto eu tirava a mão e voltava para a cadeira.

– Só achei que precisava de alguma coisa para impressionar as garotas. Quer dizer, quem toca numa banda de rock e não tem tatuagens?

Ele parecia pouco à vontade e eu tinha certeza de que estava mentindo para mim, mas deixei passar. Ele tinha o direito de ter segredos e eu não o pressionaria. Olhei para ele e notei que ele me encarava.

– Que foi?

Ele balançou a cabeça.

– Nada, só estou imaginando que desenho você escolheria se criasse coragem e fizesse uma.

Meu estômago doeu e fiquei sem saber se contava a verdade. Afinal, ele tinha acabado de mentir para mim. Respondi, sabendo que ele não entenderia nada.

– *Nunquam amavit.*

Saiu num sussurro e rapidamente me levantei e levei nossos pratos para a pia, na esperança de evitar as perguntas dele. Senti Drake vindo atrás de mim, enquanto colocava os copos na pia junto com os pratos. Seu corpo irradiava calor e estremeci com a sensação.

Ele se curvou e senti seu hálito no meu pescoço.

– O que isso significa?

Meu estômago doeu de novo com a pergunta e fechei os olhos para recuperar o fôlego.

– Nunca amada – sussurrei.

Peguei o prato e comecei a lavá-lo enquanto rezava para ele esquecer o assunto. Como sempre, não tive sorte alguma.

– Pode me explicar?

Balancei a cabeça e continuei a esfregar o prato, que já estava limpo.

– Na verdade, não é nada. Eu tive uma vida de merda, mas não é um assunto em que eu costume me abrir.

Ele me segurou pelos ombros e me virou lentamente. Seus dedos seguraram meu queixo e ele ergueu meu rosto.

– Você sabe que estou do seu lado, não é? Como Amber e Logan. Você é minha amiga e pode falar comigo.

Concordei enquanto as lágrimas enchiam meus olhos.

– Obrigada, Drake, isso significa muito para mim. Não gosto de falar nisso, mas digamos que minha mãe nunca seria eleita a mãe do ano.

Ele me puxou para seu peito e me abraçou forte.

– Eu entendo. Como eu disse, se e quando você estiver disposta a falar sobre isso comigo, estarei aqui.

– Eu sei. É que é complicado e muito chato. Enfim, é melhor eu ir para casa antes que a Rachel mande uma equipe de busca atrás de mim. Eu nunca dormi fora e sei que ela deve estar em pânico.

Eu me afastei dele e fui até o quarto pegar minhas coisas. Depois de reunir tudo, me virei para sair e o notei parado na porta do quarto.

– Olha, sobre ontem à noite... – começou ele, mas eu o interrompi.

– Sei o que você vai dizer e, é sério, está tudo bem. Eu estava bêbada e tinha muita coisa rolando na minha cabeça depois de tudo que aconteceu no bar. Sei que você não sente nada daquilo, não precisa mentir, só deixa pra lá e voltamos a ser como era antes de eu ter agido como idiota.

Ele olhou para o carpete rosa e assentiu.

– Tudo bem, tá legal. Vou tentar esquecer que você se atirou em cima de mim feito uma vagabunda. Exatamente como você é.

Ri com a provocação e atravessei o quarto para dar um soco em seu braço.

– É bom saber o que achamos um do outro, galinha.

Ele me olhou e sorriu.

– Agora que já acertamos isso, vou expulsar você. – Ele gesticulou para a porta. – Anda logo, eu tenho o que fazer.

Olhei feio para ele enquanto caminhava pisando duro até a porta. Eu me virei enquanto a abria e dava um "Tchau, idiota!" por sobre o ombro. Eu sorri ao andar pela calçada e ir até o bar, onde meu carro ainda estava estacionado.

CAPÍTULO OITO

SURPRESAS

Não faço ideia de como fui dirigindo até o alojamento e subi ao meu quarto, com Drake e tudo que aconteceu nas últimas 24 horas martelando na minha cabeça. Não foi divertido quase ter sido estuprada. Se Drake não tivesse ido atrás da gente, minha noite e minha vida teriam sido transformadas para sempre. Serei eternamente grata pelo que ele fez e prometi a mim mesma nunca mais beber sozinha com um desconhecido.

Um calafrio percorreu minha espinha ao pensar no que Nick me fez e senti o vômito subir à garganta. Reprimi o estremecimento e jurei não deixar que Amber, Rachel e especialmente Logan soubessem o que tinha acontecido. Drake prometeu manter segredo e eu acreditava nele. Só o que precisava fazer era empurrar as lembranças para o fundo da minha memória e fingir que foi só um pesadelo.

Endireitei as costas e coloquei um sorriso no rosto enquanto abria a porta. Assim que entrei, Rachel pulou da cama e partiu para cima de mim.

— Ah, graças a Deus! Onde você estava e por que não atendeu minhas ligações?

Conseguia afastá-la e sorri, pedindo desculpas.

— Desculpa, meu telefone ficou sem bateria e eu não tinha carregador. Fui à Starbucks e acabei passando no bar onde o Drake ia tocar. Fiquei completamente bêbada e, como Drake mora a uma quadra do bar, ele me levou para dormir na casa dele.

Seus olhos se arregalaram quando contei que passei a noite toda com Drake.

– Drake? O Drake do Breaking the Hunger?

Fiz que sim.

– Você passou a noite com o sr. Gato Rabugento em pessoa? – Ela deu um gritinho antes de continuar. – O que aconteceu? Você transou com ele? Por favor, pelo amor de todas as coisas sagradas, conta o que vocês fizeram.

Fui até minha cama e me joguei nela antes de sorrir para Rachel.

– Desculpa, eu não transei com ele. Ele foi o perfeito cavalheiro. Além disso, somos apenas amigos.

Ela soltou um suspiro teatral.

– Depois de toda a preocupação, você podia pelo menos ter trazido uma história picante.

Minha mente imediatamente se voltou para Nick e meu estômago doeu.

– Sinto muito, mas nada picante.

Peguei o telefone na bolsa e conectei o carregador antes de ligá-lo. Havia vários recados de voz e mais de vinte torpedos. Cliquei nos textos e vi que maioria deles era de Logan.

Rachel olhava por cima do meu ombro.

– Ah, sim, talvez você queira ligar para o Logan e a Amber. Eles também ficaram em pânico.

Olhei feio para ela.

– Você ligou para o Logan? Você sabia que ele ia pirar!

– E você pode me culpar? Cheguei em casa e você tinha sumido. Você deixou um bilhete dizendo que ia à Starbucks, uma saída de vinte minutos, mas não voltou para casa. Liguei para ele e para Amber querendo saber se você estava com eles. Agora liga para ele antes que ele arrume confusão pelo campus. A gente sabe que ele vai fazer isso.

Rapidamente digitei o número de Logan e ele atendeu ao primeiro toque.

— Chloe? Você está bem? Onde você está?

— Eu estou ótima, Logan, calma. Fiquei sem bateria no celular, mas estou em casa agora. Encontrei Drake ontem à noite.

Seguiu-se um longo silêncio antes de Logan finalmente responder.

— *Com Drake?* — Sua voz estava mortalmente baixa.

— É, eu bebi demais e ele me ajudou.

Eu quase podia ouvir os pensamentos de Logan. Ele ficou calado por um momento.

— Estou aí em dez minutos.

Antes que eu pudesse responder, ele já tinha desligado na minha cara.

— Incrível. Simplesmente incrível. — Caí na cama e olhei para Rachel. — Ele vai chegar daqui a pouco. Isto vai ser agradável.

Rachel pelo menos teve a decência de demonstrar culpa.

— Desculpa, garota. Vou sair para vocês poderem conversar. Prevejo muita gritaria, então, tô fora.

Ela pegou a chave e disparou porta afora mais rápido do que eu já a vi se mexer.

— Traidora — resmunguei.

Alguns minutos depois de Rachel fugir, ouvi uma batida alta na porta. Eu sabia que era Logan, então gritei da cama para ele entrar. Assim que ele entrou, entendi que estava com problemas. Ele bateu a porta e veio pisando duro até minha cama.

– Mas que merda você estava pensando, Chloe? Saiu para beber sozinha com um cara que mal conhece? E depois passou a noite com ele?! – ele gritou, alto o bastante para me fazer pular.

De imediato, também fiquei com raiva.

– Antes de tudo, sou adulta, Logan! Posso cuidar de mim mesma, tenho feito isso há anos. Você não tem direito nenhum de me dizer o que fazer. Já conversamos sobre você ser superprotetor e você prometeu que ia tentar se controlar! Se eu quiser sair para beber e andar por aí nua com metade dos homens do campus, você não tem o direito de se intrometer!

Evidentemente foi a coisa errada de dizer, porque seu rosto ficou vermelho e seus olhos, frios.

– Então, era isso que você estava fazendo com ele? *Andando por aí nua*, como você disse? – Sua voz saiu num sussurro e nunca o vi tão chateado comigo.

Decidi que ser legal talvez ajudasse um pouco.

– Olha, Logan, eu sei que você ficou preocupado, mas é importante superar esse lance da superproteção. Eu não fiquei nua com ele... Ele é meu amigo, assim como você.

Eu me senti mal por mentir para ele, mas, se ele soubesse que eu estava apaixonadinha por Drake, as coisas só ficariam piores.

Logan torceu o rosto como se sentisse dor, mas continuou em silêncio.

Eu me levantei da cama e estendi a mão para abraçá-lo.

– Desculpa por ter deixado você preocupado, tá bom? Eu te amo mais do que a própria vida, Logan, e não quero brigar com você. Por favor, não fique chateado comigo. – Olhei para ele e fiz minha melhor cara de boa menina.

Seus lábios se curvaram e os olhos se abrandaram.

– Não faça essa cara para mim, Chloe Marie. Você sabe que não consigo lidar com isso.

Sorri e me estiquei para lhe dar um beijo no rosto.

– O plano era esse, grandão. Agora vem, vamos almoçar. Além disso, preciso ligar para Amber e dizer a ela que ainda estou viva.

Ele franziu a testa ao me seguir pela porta.

– Não é nada pouco engraçado.

Depois de uma ligação rápida para Amber e dizer que eu estava bem e prometer muitos detalhes para quando Logan não estivesse perto, fomos a um restaurante mexicano almoçar. Logan parecia mais calmo durante o almoço e fiquei feliz com isso. Logan e eu raras vezes brigávamos e eu detestava quando isso acontecia. Sem ele, minha vida teria sido dez vezes pior.

Terminamos o almoço e fomos ao seu quarto fazer alguns trabalhos para a aula. Logan se sentou em sua cama e fiquei à mesa ao lado enquanto abria o livro. De vez em quando eu olhava para ele e o via me encarando com uma expressão estranha.

– Que cara é essa? – perguntei quando o flagrei pela terceira vez.

Ele balançou a cabeça, como se clareasse os pensamentos, e sorriu para mim.

– Nada, só estava pensando em como fiquei feliz por você estar bem.

Sorri para ele e continuei lendo o capítulo. Em vez de ler as palavras na página, eu via o rosto de Drake surgir diante dos meus olhos. Beijá-lo foi uma tremenda sensação. Ele disse que me queria, mas, se estivesse falando a verdade, teria feito o que quisesse comigo ontem à noite. Em vez disso, ele me afastou. Nunca fui de correr atrás de um cara, especialmente por não ter me interessado por alguém antes dele, e não ia começar agora. Eu tinha que aceitar que sempre seríamos amigos, mesmo que isso fosse uma merda.

Afastei Drake dos meus pensamentos e voltei à leitura. Eu só havia lido algumas páginas quando meus olhos ficaram pesados e decidi baixar a cabeça para descansar por um minuto. Acordei sentindo alguém me puxar da cadeira. Olhei pelas pálpebras e vi Logan me carregando.

– O que você está fazendo? – murmurei, ainda meio adormecida.

– Shhhhh. Vou deitar você um pouco para descansar.

Ele se sentou na cama comigo e se enroscou em mim. Eu me aconcheguei mais perto e senti seu calor e seu cheiro gostoso. Ninguém nesse mundo me deixava mais segura do que Logan, embora Drake tivesse chegado perto. A última coisa que lembro antes de dormir foi Logan beijando minha testa e me puxando para mais perto.

Acordei grogue e desorientada. Senti alguém colado em mim e meu coração acelerou. Logan estava dormindo tranquilamente ao meu lado. Ao vê-lo, meu coração diminuiu o ritmo e relaxei. Eu o observei dormir por alguns minutos e sorri, gostando de vê-lo calmo e tranquilo. Logan estava sempre muito tenso quando acordado e era bom ver um lado diferente dele.

Olhei o relógio na mesa de cabeceira e gemi. Já passava da meia-noite e eu estava na cama de um aluno homem. Se o colega de quarto dele chegasse ou alguém mais nos pegasse, nós dois teríamos problemas. Mesmo o alojamento sendo misto, eles deixaram claro que não poderia haver confraternização com o sexo oposto. Tentei sair de baixo dele, mas nossas pernas se entrelaçaram enquanto dormíamos.

Tive medo de acordá-lo, mas sabia que precisava ir embora, então deslizei pelo seu braço lentamente e me sentei. Tirar suas pernas foi um pouco mais difícil e ele gemeu, dormindo, antes de jogar o braço por cima da minha cintura e me puxar. Suspirei e o empurrei de novo. Felizmente ele rolou de lado e eu fiquei livre.

Eu me levantei devagar e coloquei os livros na bolsa no maior silêncio possível. Depois de ter pegado todas as minhas coisas, fui até Logan e lhe dei um beijo na testa.

Ele gemeu dormindo e sorriu.

– Te amo, minha Chloe. Muito.

Franzi o cenho para essas palavras, agora que entendia o verdadeiro significado delas, enquanto saía de seu quarto e voltava ao meu.

...

Gemi e rolei na cama com o telefone tocando na mesa ao lado. Eu o peguei e vi o número de Amber.

– É melhor que isso seja bom. Ainda nem é meio-dia de domingo e já estou acordada.

Amber riu por causa da minha rabugice.

– Ih, alguém está muito alegrinha esta manhã. Troque de roupa e me encontre naquela cafeteria pequena perto do campus. Quero te contar sobre o meu encontro! E quero saber tudo o que você ainda não me contou sobre o Drake. Vinte minutos, cretina!

Ela desligou antes que eu pudesse chamá-la de louca. Eu não queria participar de um interrogatório sobre Drake na hora de acordar, especialmente quando partia de Amber. Meu telefone tocou de novo e, enquanto eu me levantava, atendi sem verificar o identificador de chamadas.

– Pelo amor de Deus, Amber, já levantei!

Ouvi um homem rir do outro lado da linha.

– Nossa, que bom humor. Mas, só para que você saiba, eu não sou a Amber.

Suspirei.

– Parece que todo mundo quer falar comigo hoje. E aí?

– Pode vir na minha casa hoje lá pela uma hora? Quero levar você a um lugar e, antes que você pergunte, não vou te contar aonde vamos. É surpresa.

O convite dele me pegou de guarda baixa. Drake não parecia ser do tipo que fazia surpresas e desconfiei de onde ele me levaria.

– Uma pergunta: você não vai me levar para a mata e me assassinar, não é?

Ele riu.

– Não, não faz parte dos meus planos. Não vamos a uma mata escondida, então eu não poderia matar você, nem fazer qualquer outra coisa.

– Tudo bem, vou acreditar. Mas se você estiver de sacanagem comigo, vou cortar aquela sua parte de que você gosta tanto.

– Fechado. A gente se vê daqui a pouco. Não se atrase.

Minha mente imaginou vários lugares diferentes para onde ele poderia me levar, mas não concluí nada. Como eu ia vê-lo, levei um tempinho me maquiando e até ajeitando o cabelo. Quando cheguei à cafeteria para encontrar Amber, ela já tinha me ligado duas vezes, mandando eu me apressar.

Entrei na lojinha e a vi sentada a uma mesa longe da maioria dos clientes, com dois copos de café. Peguei um copo e comecei a beber enquanto me sentava na frente dela.

– Até que enfim, você levou uma eternidade. – Ela me olhou e sorriu. – O que há com você? Está toda mulherzinha.

Revirei os olhos.

– De vez em quando eu posso ficar mulherzinha, mas vou me encontrar com Drake depois daqui. Tudo bem, eu caprichei um pouquinho mais no visual.

– Isso explica tudo. E aí, me conta sobre ele e começa do início. Não temos conseguido conversar sozinhas!

Comecei de quando o vi pela primeira vez e contei tudo, deixando de fora a parte sobre Nick. Enquanto eu falava, ela arregalava os olhos e deu gritinhos como uma menina de 10 anos quando contei da dança com ele na boate e o beijo.

– Ah, Chloe! Isso é demais! Eu achava mesmo que ele estava a fim de você pelo jeito como agia, mas, ouvindo tudo isso agora, tenho certeza. Ele gosta mesmo de você!

Neguei com a cabeça.

– Se gostasse de mim, não teria me afastado quando eu o beijei.

– Você estava bêbada. Se ele tivesse feito qualquer outra coisa, você teria ficado chateada assim que ficasse sóbria. Ele ter te afastado só o torna muito melhor. Além disso, você sabe que ele não está só tentando transar com você.

– Não sei, Amber. E todas as garotas? Quer dizer, o homem tem uma gaveta no quarto com calcinhas de outras meninas, pelo amor de Deus!

– Bom, eu não diria que ele é perfeito, é claro que gosta das mulheres, mas talvez, se vocês ficarem juntos, ele se afaste delas. Você precisa se sentar e conversar com ele, dizer o que sente.

– De jeito nenhum eu vou me abrir desse jeito. Se ele me rejeitar, ficará totalmente esquisito.

Ela suspirou.

– Chloe, se você nunca se abrir, como ele vai saber o que você sente?

Amber tinha razão. Olha só por quanto tempo Logan escondeu seus sentimentos de mim e eu não fazia a menor ideia. Mordi o lábio e olhei meu copo de café quase vazio.

– Tem outra coisa que não te contei e sei que você vai ficar tão chocada quanto eu.

Sua franja cobriu as sobrancelhas.

– O que pode me chocar depois de você me contar tudo isso?

– Lembra a outra noite, quando Logan ficou bêbado?

Ela assentiu.

– Lembro, o que tem?

– Drake me ajudou a levá-lo para o quarto e depois nos deixou sozinhos. Eu ajudei Logan a ir para a cama e, quando eu estava saindo, ele me beijou. Falei sobre isso com ele no dia seguinte e ele admitiu que gosta de mim, mas não ia me pressionar a nada. Tentei ignorar a história toda, mas isso está acabando comigo. É o Logan, como ele pode gostar de mim desse jeito?

Amber evitou meu olhar enquanto mexia num guardanapo que tinha nas mãos.

– Amber? O que é?

– Eu sabia.

– Como assim, você sabia? Como você podia saber de uma coisa e não me contar? O que aconteceu com todo o papo *Vou te dar meu par preferido de All Star se Chloe e Logan um dia ficarem juntos*, que você disse outro dia para o Drake?

Ela me olhou de baixo e vi a raiva em seus olhos.

– Eu sei há algum tempo. Eu fiquei a fim do Logan assim que ele começou a frequentar a nossa escola, pouco antes de Chad e eu ficarmos juntos. Naquele verão em que você viajou com sua mãe, fui a uma festa e bebi. Ele me deu uma carona para casa. Eu tentei beijá-lo, mas ele me empurrou e disse que gostava de você. Ele me fez prometer que guardaria segredo, mas eu não tinha intenção de contar a você depois do que aconteceu naquela noite.

Eu a olhei, incrédula.

– Eu não tinha a menor ideia do que você sentia por ele. Você... Você ainda gosta dele?

Ela balançou a cabeça.

– Não, já esqueci. Logan é só meu amigo. Mas a questão não é essa. O que você sente por ele?

Para ser franca, eu não tinha ideia do que sentia por ele. Era tudo muito novo e minha mente tinha dificuldade de enxergá-lo como outra coisa além de meu melhor amigo.

– Não sei, isso tudo é muito confuso. Eu sei que ele quer mais, mesmo que não esteja pressionando, mas não sei se posso dar isso a ele. Olha para mim, eu sou uma fodida e ele merece coisa melhor do que isso.

Ela balançou a cabeça.

– Você não é uma fodida, Chloe. Você só viveu mais merdas do que pessoas com o dobro da sua idade. Isso fez você amadurecer rápido e, sim, você é meio chata, mas de jeito nenhum é fodida. Você realmente precisa pensar nessa história com Logan e com Drake. Os dois querem você, não tenho nenhuma dúvida disso, então precisa decidir quem você quer e partir pra cima.

Não havia dúvida de quem eu queria. Drake. Mas se eu começasse alguma coisa com ele, sabendo sobre os sentimentos de Logan, eu tinha certeza de que Logan se magoaria muito.

– Talvez eu deva aceitar seu conselho de antes e virar freira.

Ela riu.

– É, você leva jeito pra isso.

Ficamos em silêncio, nós duas perdidas em pensamentos. Por fim, ela levantou a cabeça e sorriu.

– Já chega de você, quero falar do meu encontro com Alex.

Fiquei aliviada com a mudança de assunto e me lancei à conversa para me distrair.

– Trate de me contar tudo! Aonde ele levou você?

– Foi tão romântico! Ele me levou a um restaurantezinho italiano logo depois da divisa. Ficamos ali algumas horas e só conversamos, depois ele me levou ao cinema. Ele viu um filme romântico comigo!

– Que legal, Amber. Estou muito feliz que você tenha encontrado alguém que não seja um babaca. Acha que vão se encontrar de novo?

– Espero que sim. Ele disse que me ligaria na semana que vem. Ele é tão diferente do Chad. Chad sempre foi legal, mas às vezes eu não sabia se ele queria mesmo ficar comigo. Quando estou com Alex, ele presta atenção em tudo que eu digo e temos muita coisa em comum. Ele até já ouviu algumas bandas menos conhecidas de que nós duas gostamos.

– Bom, por mim, faz toda diferença... Você precisa se casar com ele.

Ela riu.

– Imaginei que você diria isso. E por falar em bandas, um dia desses quero muito ouvir Drake tocar de novo. Andei perguntando por aí e todo mundo parece adorar a Breaking the Hunger. Por que não vamos vê-lo no fim de semana que vem?

Forcei um sorriso. Ela não tinha ideia do que aconteceu no bar com Nick e, se eu me recusasse a ir, ela saberia que estou com algum problema.

– É, parece divertido. Vou falar com ele que vou te levar. Talvez Logan queira ir com a gente.

– Ótimo, vou perguntar ao Alex se ele quer ir, depois podemos fazer um encontro duplo. – Franzi a testa para o que ela disse e Amber suspirou. – Ou podemos chamar de encontro apenas para mim e Alex. E você pode ficar com seus melhores amigos.

– Assim parece melhor. Não quero colocar esse rótulo ou isso pode dar uma ideia errada a Logan. Preciso de tempo para entender tudo antes de começar alguma coisa com qualquer um dos dois.

Pedimos dois cafés e passamos a hora seguinte conversando sobre as aulas. Era legal passar um tempo à toa com Amber e eu aproveitei o máximo que pude. Enfim, ela olhou o relógio e gesticulou para a porta.

– É melhor você ir, se não quiser se atrasar. Acho que Drake não gostaria de ficar esperando.

Assenti, me levantei e joguei o copo vazio na lixeira.

– Ainda não sei aonde vamos. Se eu não voltar amanhã à tarde, chame a polícia. Ah, e você pode ficar com todos os meus CDs.

Ela riu.

– Drake pode ser muita coisa, mas não acho que serial killer seja uma delas.

– Nunca se sabe, aquele cara é cheio de surpresas.

Acenei para ela ao sair da loja e fui para o carro. Depois de entrar, fiquei sentada ali pensando se deveria ir para casa e deixar Drake na mão. Eu sabia que estava sendo covarde, mas não podia evitar. Ele mexia comigo e, sempre que estava com ele, eu perdia minha capacidade crítica.

CAPÍTULO NOVE

TATUADA

Decidi me arriscar, dei a partida no carro e atravessei a cidade até a casa dele. Quando passei pelo bar, senti um tremor percorrer minha espinha. Eu não tinha ideia de como ia conseguir voltar lá. Afastei o pensamento enquanto estacionava na frente da casa de Drake. Ele abriu a porta antes mesmo que eu saísse do carro.

– Bem na hora. Pensei que você tivesse mudado de ideia. – Seus olhos percorreram meu corpo de cima a baixo. – Putz, você está gata demais.

Sorri do elogio dele.

– Obrigada, e de jeito nenhum... Se eu combinei de ser assassinada por um cara gato, cheio de tatuagens e atitude, eu cumpro com minha palavra.

– Então você acha que eu sou um gato, é?

Mentalmente me dei um tapa ao perceber meu lapso.

– Você deixou passar toda a parte de eu ser assassinada, não é?

Ele se aproximou de mim e passou a mão pela minha cintura, me levando até seu carro. Senti o formigamento descer pelas minhas costas quando ele me tocou.

– Eu sempre me concentro no que é importante. Agora, entre.

Ele me conduziu gentilmente para a porta do carona, deu a volta até seu lado e entrou. Fiquei de pé ali, sem saber se fugia dele, quando ele baixou minha janela.

– Entre. Saiba que vou jogar você dentro deste carro. Eu até caio por cima de você para te prender aí, se for necessário. E confesso que a ideia não me desagrada.

Gemi ao abrir o carro e entrar, batendo a porta.

– Você é muito mandão.

– É, mas você adora.

– Na verdade, não, isso só te faz mais irritante.

Ele sorriu enquanto saía da rua e partia para o bairro comercial.

– Eu não sabia que eu tinha um lado irritante. Por favor, me explique.

Olhei para ele, assombrada.

– Quer mesmo que eu relacione seus defeitos?

Ele deu de ombros enquanto costurava pelo trânsito.

– Claro, por que não? Além disso, nenhuma das outras garotas com quem eu falo diz nada ruim sobre mim. Na verdade, elas costumam gritar como eu sou bom, várias vezes seguidas.

Senti meu rosto ficar quente.

– Tenho certeza de que gritam. Tudo bem, vamos ver se consigo relacionar todos os seus defeitos durante o trajeto. Isso vai demorar um pouco.

Ele sorriu, mas ficou em silêncio, esperando que eu começasse.

– Bom, primeiro, você é mandão. E se recusa a me dizer aonde vamos. Você também é egocêntrico e arrogante. Anda por aí como se fosse dono do mundo e espera que todo mundo se curve para você.

Ele me interrompeu antes que eu pudesse continuar.

— Eu não espero que todo mundo se curve para mim, só a população feminina. Quer dizer, pode me culpar por isso? Você mesma disse, eu sou um gato e transbordo sensualidade.

— Não me lembro de dizer que você transborda nada, mulherengo.

— Eu leio seus pensamentos e sei no que você está pensando agora. Aposto que você gostaria de arrancar minhas roupas ou minha cabeça.

— Segunda opção — grunhi enquanto ele parava o carro no pequeno estacionamento. Olhei e notei que estávamos numa loja de tatuagem. — O que vamos fazer aqui?

— Esta é sua surpresa, você vai fazer aquela tatuagem.

Neguei com a cabeça e o olhei em choque.

— De jeito nenhum, eu te falei que não consigo lidar bem com a dor.

— Vou ficar com você o tempo todo e até deixo você segurar a minha mão, se quiser.

Olhei a loja novamente e mordi o lábio.

— Não sei, Drake. E se ele começar e eu não conseguir suportar? Vou ficar com metade de uma tatuagem pelo resto da vida.

— Você quer dizer *ela*.

— O quê?

— Você disse, *e se ele começar*. É minha amiga Katelynn que vai fazer a tatuagem.

Ergui as sobrancelhas para ele.

— Então, você acha que se uma das suas vagabas fizer a tatuagem, a probabilidade de você me levar lá para dentro vai aumentar? Eu posso pegar uma DST dela ou coisa assim.

Ele reagiu como se eu o tivesse insultado, o que acho que fiz mesmo.

– Ela não é uma das minhas vagabas. É alguém que conheço há um bom tempo e faz um ótimo trabalho. Eu telefonei e ela tirou o dia de folga para receber você, então tire sua bunda do meu carro e vamos fazer a tatuagem.

– Eu vou entrar, mas não estou prometendo nada.

Abri a porta e saí, minhas pernas literalmente tremendo de medo. Dei um passo e cambaleei. Drake surgiu de repente do meu lado para me segurar.

– Você não estava brincando quando disse que era sem jeito, não é?

– Vai se danar.

Eu me libertei de sua mão e andei lentamente até a loja. Eu não sabia por que tinha saído do carro... de jeito nenhum podia fazer uma tatuagem. Olhei para Drake. Era por causa dele, minhas decisões sempre tinham algo a ver com ele. Ao chegarmos à loja, tentei abrir a porta, mas estava trancada.

– Bom, olha só isso, está fechada. – Eu me virei e ia voltar ao carro, mas ele me pegou pelo braço e me puxou de volta.

– Está fechada, mas ela veio aqui para nos receber.

Ele bateu na porta e um instante depois uma mulher alta com cabelo rosa berrante apareceu. Ela destrancou a porta e a abriu, gesticulando para entrarmos. Assim que entramos, ela a trancou e se virou para nós dois.

– Oi, você deve ser a Chloe. Eu sou Katelynn.

Ela parecia bem legal, mas eu não estava inteiramente convencida.

– É um prazer te conhecer. Olha, não sei o que Drake te disse, mas não quero fazer tatuagem nenhuma.

Ela ergueu uma sobrancelha com piercing e olhou de relance para Drake.

— Sério? Drake me deu a impressão de que você estava toda animada. Posso te mostrar o que tenho e, se você ainda não quiser, não vou te obrigar a nada.

Assenti enquanto ela nos levava por um corredor coberto de fotos de tatuagens. Algumas eram mesmo incríveis e evidentemente exigiram horas de trabalho. Uma delas se destacava entre as demais: era um retrato em preto e branco de uma mulher. O artista foi tão detalhista que tive a sensação de ser possível estender a mão e tocar seu rosto. Era praticamente real.

— Essa é incrível.

Katelynn olhou para trás ao abrir a porta no fim do corredor e gesticulou para entrarmos.

— Obrigada, é uma das minhas. O homem que pediu queria o desenho em memória da sua noiva. Ela morreu num acidente maluco.

— Nossa, isso é muito triste, mas a tatuagem é tão linda.

Ela assentiu e apontou uma cadeira.

— Sente-se perto da mesa e vou lhe mostrar o que desenhei.

Eu me sentei e olhei a sala. Como o corredor, havia várias fotos de tatuagens nas paredes e um álbum fotográfico descansava na mesa diante de mim. Abri e folheei os vários exemplos. Parei em uma página coberta de diferentes desenhos de coração e tive uma ideia. Sorri para Drake enquanto Katelynn se sentava ao meu lado com uma folha de papel na mão.

— Vou fazer um acordo com você, Drake. Eu vou aceitar fazer a tatuagem, se você fizer uma comigo. Mas eu escolho o que você vai fazer e em qual parte do corpo vai ser.

Ele ergueu a sobrancelha e sorriu.

— É mesmo?

— Com certeza, mas você será o primeiro.

Katelynn nos olhava com um ar divertido.

— Vocês estão namorando?

Virei o rosto rapidamente para ela.

— Não! Por que você pensaria isso?

— Desculpa, é que realmente pareceu.

— Não, é claro que não. — Eu me virei para Drake. — Temos um acordo?

Ele me olhou fixamente por um minuto antes de responder.

— Tudo bem, fechado.

Sorri enquanto olhava para Katelynn.

— Que bom, agora que isso está resolvido, me mostre minha nova tatuagem.

Ela me estendeu a folha de papel. Eu a peguei e olhei o desenho na página. Era bem simples, só meu *Nunquam Amavit* em uma linda escrita cursiva e floreada, com a silhueta de um passarinho negro ao lado.

— Adorei. Qual parte do corpo você sugere?

— Bom, depende, se você quer esconder ou não.

Balancei a cabeça enquanto olhava para Drake.

— Não, não quero esconder, quero me lembrar deste momento para sempre.

Ela deu um sorriso malicioso enquanto me flagrava olhando para Drake.

— Então, vou sugerir o pulso ou o pescoço. Onde você se sentir confortável.

Pensei por um momento ao olhar o desenho.

— Acho que quero no pulso.

— Boa decisão. Vou fazer bem pequeno, para caber perfeitamente. — Ela tirou o papel da minha mão e o estendeu no meu pulso. – É, vai ficar perfeito. Agora, que tatuagem você escolheu para ele?

Sorri ao apontar a tatuagem na página diante de mim.

– Essa.

Ela deu uma gargalhada ao ver o que eu havia escolhido. Era de uma borboleta pousada numa flor em forma de coração. Por baixo dela, as palavras *Menina Bonita*.

– Adorei! Agora, de que tamanho você quer e em qual parte do corpo?

Olhei para Drake, que estava sentado do outro lado da sala, com uma expressão irônica.

– Não quer ver sua nova tatuagem?

– Não, vou ver quando estiver pronta.

Abri para ele um sorriso diabólico.

– Vai precisar de um espelho.

– É mesmo? E por quê?

– Porque vai ficar na sua bunda.

...

Eu me sentei na cadeira ao lado de Drake enquanto ela preparava nossos desenhos. Olhei para ele, para ver se ele estava me observando.

– Está nervosa?

– É claro que sim. Estou prestes a ganhar uma tatuagem permanente no pulso e provavelmente vai doer e vou chorar feito um bebê.

Ele sorriu e passou o braço em volta de mim, me puxando para perto.

– Eu é que devia estar assustado. Vou fazer uma tatuagem na bunda, imagina só, e nem mesmo sei como ficará. Eu não aceitaria isso de qualquer um, sabia?

Eu me aninhei mais junto dele e respirei fundo. Senti seu cheiro e respirei fundo de novo enquanto meu corpo começava a reagir pela nossa proximidade. Ele descansou o queixo na minha cabeça e deslizou a ponta dos dedos pela minha coluna. Encostei a cabeça em seu peito e o gesto me distraiu, enquanto eu me concentrava em cada roçar dos seus dedos na minha pele. Senti minhas pálpebras pesadas, quase se fechando

Momentos assim me faziam adorar o lado gentil dele. Drake sempre bancava o machão quando os outros estavam por perto, mas quando estávamos só nós dois, ele mudava totalmente. Admitindo ou não, eu adorava os dois lados dele e isso me assustava. Eu estava ficando íntima demais, com muita rapidez, e sabia que acabaria cheia de machucados no final.

Katelynn deu um pigarro e meus olhos se abriram, vendo que ela nos olhava com um sorriso malicioso.

– Vamos lá, Drake, você é o primeiro.

Ele me soltou e se levantou, tirando o casaco e o colocando na cadeira. Enquanto andava até onde Katelynn estava de pé, ele abriu os botões do jeans aos poucos e tirou a calça, e pude ter uma visão clara da sua bunda. Minha boca se abriu e baixei os olhos ao chão. Ele riu e levantei a cabeça, vendo que ele me olhava.

– Qual é o problema, Chloe, está vendo alguma coisa de que gosta?

Lá estava o Drake presunçoso de volta.

– Na verdade virei a cara porque a sua bunda é tão branca que dói os olhos.

Katelynn riu e gesticulou para Drake se deitar.

– Gostei dessa, ela tem coragem.

Ele olhou para mim.

– É, eu meio que gosto dela também.

Brinquei com os anéis em minhas mãos enquanto Katelynn fazia o contorno na pele dele e pegava a pistola.

– Está pronto?

– Sim. Chloe, venha olhar. Assim vai ver que não é tão ruim.

Eu me levantei lentamente da cadeira e me coloquei ao lado de Katelynn. A vista dali era incrível e tentei me concentrar enquanto Drake falava, mas meus olhos estavam grudados nele, e eu não conseguia raciocinar.

Dei um pulo quando Drake gritou meu nome.

– Desculpa, que foi?

Ele sorriu com malícia para mim.

– Se parar de encarar a minha bunda, vai ouvir o que estou dizendo. Eu disse para você olhar para o meu rosto enquanto ela estiver trabalhando. Assim você vai ver que não sinto dor alguma.

Dei outro pulo quando a pistola foi ligada. Ela esticou a pele dele e lentamente baixou a pistola. Assim que a agulha tocou a pele de Drake, ele gritou em agonia. Minhas mãos voaram ao meu rosto para controlar um grito enquanto Katelynn dava um salto para trás.

O corpo de Drake se sacudia pelas risadas.

– Vocês são tão frouxas.

Eu me aproximei dele e dei um tapa atrás de sua cabeça.

– Seu babaca! Isso não teve graça!

Ele ainda ria.

– Ai, desculpa. Vai em frente, vou tentar me controlar.

– Ria agora, mas se eu estragar isso a culpa é sua, e não minha – disse Katelynn enquanto o fuzilava com os olhos.

– Já pedi desculpas. Agora, pode me tatuar.

Bati nele de novo.

— Mas por que isso?

— Está sendo mandão de novo, então fique deitado aí de boca fechada.

Katelynn baixou a pistola devagar e trabalhou no contorno da tatuagem. Olhei para o rosto de Drake enquanto ela trabalhava e não vi mais sinais de dor, exceto por uma ou outra pontada. Em menos de meia hora, ela havia acabado. Ele se levantou devagar e foi até o espelho no canto da sala. Eu esperava que ele começasse a gritar comigo ao se virar e ver o desenho, mas ele só ficou parado ali, em silêncio. Drake ficou daquele jeito por alguns minutos e finalmente eu não suportei mais.

— Drake, diga alguma coisa. Está muito puto comigo?

Ele parou de observar seu reflexo e me olhou. Atravessou em silêncio a sala, ainda com o jeans solto nos quadris, e parou diante de mim com uma expressão séria.

— Quer saber o que eu acho?

Assenti enquanto ele se curvava para perto de mim. Fechei os olhos, esperando que ele gritasse comigo.

— Acho que é a coisa mais engraçada que vi na vida.

Abri os olhos e olhei para ele.

— Como é?

Ele riu ao se afastar de mim.

— Eu adorei e, sempre que olhar, vou pensar em você.

Comecei a rir.

— Hmmm, exatamente com que frequência você olha a própria bunda?

— Normalmente não olho, mas com esse pedacinho de você aqui atrás, acho que vou fazer isso com mais frequência.

— Nossa, como eu já disse... Você é mesmo encantador.

Ele sorriu enquanto Katelynn se aproximava e cobria sua nova obra de arte com um curativo.

– Você conhece a rotina, deixe o curativo por algumas horas e coloque vaselina algumas vezes por dia por uns três dias.

Ele assentiu, subiu a calça e a abotoou.

– Entendi. Agora é sua vez, Chloe. Coloque seu traseiro ali.

Passei por ele e me sentei na cadeira enquanto Katelynn limpava e começava a preparar tudo para mim. Depois de tudo pronto, ela aplicou o contorno. Respirei fundo enquanto ela ligava a pistola e a mergulhava na tinta.

– Está pronta?

Neguei com a cabeça e gesticulei para Drake se aproximar. Ele veio até mim e virou de frente para ela.

– Pode segurar minha mão enquanto ela faz isso?

Seus olhos ficaram serenos e ele sorriu.

– É claro que sim.

Ele colocou uma cadeira ao meu lado, sentou-se e entrelaçamos os dedos. Olhei nossos dedos daquele jeito e sorri enquanto ela começava a passar a pistola pela minha pele. Senti meu corpo se retesar um pouco com a picada antes de conseguir relaxar.

– É só isso?

Ela ergueu os olhos para mim e sorriu.

– Só isso. Veja, toda essa preocupação por nada.

Comecei a soltar minha mão da mão de Drake, mas ele me impediu.

– Eu estou bem, não precisa segurar minha mão.

– Bom, se você decidir que precisa dela, ela não estará aí. Vou segurar, só por precaução.

Katelynn terminou a minha muito mais rápido do que a de Drake, porque havia muito menos detalhes. Colocou um curativo e me entregou uma folha de papel com as instruções para os cuidados.

— Isso explica tudo o que você precisa saber. Se tiver algum problema, meu telefone está no rodapé da página.

Eu me levantei e a abracei.

— Muito obrigada por isso.

Katelynn ficou sem reação de início, mas retribuiu o abraço gentilmente.

— Não há de quê.

Eu me afastei e olhei para Drake com um enorme sorriso no rosto. Fui até ele e joguei os braços em seu pescoço.

— E obrigada por me obrigar a fazer isso. Eu nunca teria conseguido sozinha.

Ele sorriu enquanto eu me afastava.

— Claro, raio de sol. Vou pagar e podemos sair daqui.

Meus olhos se arregalaram.

— Não, não precisa pagar por isso, eu pago. Na verdade, vou pagar a dos dois, já que eu obriguei você a se tatuar também.

— Eu sei que não preciso pagar, mas eu quero. — Ele se virou para Katelynn. — Quanto te devo?

Ela balançou a cabeça.

— Nada, foram por minha conta.

— Tem certeza?

— Tenho, agora dá o fora daqui antes que eu mude de ideia.

Drake a abraçou rapidamente, apoiou a mão na base das minhas costas e me levou para o carro.

CAPÍTULO DEZ

DEMÔNIOS

Drake me levou para sua casa, onde ficamos juntos pelo resto da tarde sentados no sofá, vendo televisão e conversando sobre a faculdade, a banda dele e qualquer outra coisa em que pudemos pensar. Foi legal ficar sozinha com ele. Depois de algumas horas, perguntei se podia tirar o curativo para ver a tatuagem. Ele concordou e me ajudou a tirá-lo lentamente.

Quando vi a tatuagem, senti os olhos ardendo de lágrimas. Aquelas duas palavrinhas representavam tudo sobre o meu passado – toda a dor, o medo.

Olhei para Drake com os olhos embaçados de minhas lágrimas.

– Muito obrigada, você não sabe o que isso significa para mim.

Ele colocou a mão no meu rosto e enxugou as lágrimas.

– Não precisa agradecer, fico feliz de poder fazer alguma coisa por você. Vai me dizer o que significa?

Olhei para ele, confusa.

– Eu já disse, significa *Nunca amada*.

– Sei o que as palavras querem dizer, quero saber o significado por trás delas.

Baixei os olhos para o meu pulso enquanto as lágrimas começavam a cair mais rápido.

– Eu já te falei que minha mãe não era das melhores.
Ele assentiu enquanto eu continuava.
– Ela me teve muito nova e se ressentia de mim por isso. Ela foi obrigada a amadurecer para me criar. Conseguiu parar de usar drogas enquanto estava grávida e ficou sóbria por um tempo depois disso, mas teve uma recaída e voltou a curtir todas as festas. Quando eu era pequena, ela me levava às festas e me deixava sozinha no lugar, ou simplesmente me largava sozinha em casa durante dias seguidos, e geralmente voltava chapada ou bêbada. Eu tentava ficar fora de vista, mas ela sempre me encontrava e ficava muito irritada. Gritava comigo porque eu tinha estragado tudo, a vida dela, e dizia o quanto queria que eu nunca tivesse nascido. Algumas vezes era pior e ela me batia. Se ela trazia o namorado para casa, geralmente ele me batia também. Teve um cara, John, que ela levou para casa quando eu tinha 13 anos. Em vez de me bater como os outros, ele só se sentou e olhou minha mãe me dar uma surra. Fiquei aliviada por ele não ter me batido também. Naquela noite, depois que minha mãe desmaiou, ele foi até meu quarto. Não parecia estar bêbado nem doidão, e chegou de mansinho na minha cama e começou... – Reprimi um soluço. – Ele tentou me tocar. Eu acordei, percebi o que estava acontecendo e comecei a gritar.

Parei e respirei fundo, mas ele falou antes que eu conseguisse.

– Chloe, ele machucou você? Ele te estuprou?

Neguei com a cabeça.

– Não, meus gritos devem ter acordado minha mãe e ela veio ver o que estava acontecendo. Deu uma olhada em nós dois na minha cama e gritou comigo, me chamando de puta. Ela não disse nada ao cara, e ele se levantou e saiu quando ela começou a me bater. Na manhã seguinte, minha mãe saiu e fiquei sem vê-la por quase seis meses. Eu ficava com Amber na maior parte do tempo quando minha mãe desaparecia. Quando ela voltava, parecia melhor e eu torcia para que as coisas mudassem. Num verão, ela me chamou para viajarmos juntas. Passei os três meses seguintes com ela, que ia a festas e ficava chapada, e acabamos na casa da minha tia. Ficamos ali por mais um mês antes de ela desaparecer de novo. Minha tia ajudou a me criar e, desde então, eu só via minha mãe talvez uma ou duas vezes por ano e ela só me bateu algumas vezes. Eu praticamente me mudei para a casa dos pais da Amber, e depois vim para cá para fugir dela. Não quero vê-la nunca mais e tenho medo do que ela vai fazer comigo se eu a encontrar.

Ele me puxou para seus braços enquanto meu corpo se sacudia pelos soluços.

– Gata, sinto muito que você tenha passado por tudo isso. Se conhecesse você na época, eu a teria protegido. Você é preciosa demais para ter vivido isso.

Afundei o rosto em sua camisa enquanto ele falava.

– Olhe para mim.

Neguei com a cabeça, mas ele se afastou e segurou meu rosto com as mãos em concha, me erguendo para que eu o olhasse. Seu olhar demonstrava um misto de emoções. Raiva, preocupação, tristeza e, por fim, mas não menos importante, pena.

– Não quero sua piedade, Drake.

Ele puxou meu rosto e me beijou gentilmente, me pegando de surpresa.

– Não é piedade o que estou sentindo, é uma fúria inexplicável. Eu quero matar sua mãe pelo que ela fez com você. Obrigado por me contar, fico feliz em saber que você confia em mim.

Abri um sorriso sem jeito enquanto ele me puxava de novo para me beijar. Em vez de se afastar como antes, ele aprofundou o beijo. Senti meu corpo ganhar vida enquanto sua língua deslizava para dentro da minha boca e acariciava gentilmente a minha. Algo duro bateu nos meus dentes e eu recuei.

– Você também tem um piercing na língua?

Ele sorriu, mostrou a língua e notei um haltere prateado.

– Meu Deus, Drake, onde é que você não tem piercing?

Seu sorriso sumiu e seus olhos ficaram escuros de desejo.

– Que tal se eu te mostrar onde mais tenho piercing?

Meus olhos se arregalaram.

– Hmmm, não, obrigada, eu acredito em você.

Ele riu enquanto se curvava e me beijava de novo, depois se afastou e relaxou no sofá.

– O que estamos fazendo, Chloe?

– Não sei. Eu tinha esperanças de você me contar.

Ele suspirou e passou a mão no cabelo.

– Eu também não sei. Somos amigos, não é?

Concordei.

– É, somos amigos que aparentemente se beijam.

– Eu nem sei como dizer isso, então vou fazer o melhor possível. Eu gosto de você, Chloe, é claro que me sinto atraído por você, mas também a considero uma amiga. Não quero estragar tudo e, se levarmos isso mais adiante, é exatamente o que vai acontecer. E eu não namoro ninguém, mas com você, às vezes, eu quero. Além disso, negue o quanto quiser, mas Logan gosta de você. Se alguma coisa acontecer entre vocês dois, não quero atrapalhar.

Balancei a cabeça de novo enquanto apreendia suas palavras.

– Eu também não quero estragar nossa amizade, mas sinto alguma coisa por você e não sei o que fazer com isso. Vale a pena estragar nossa amizade para se arriscar numa coisa que pode não dar certo? E você tem razão sobre Logan gostar de mim, ele me contou tudo outra noite. Não sei o que quero dele, minha cabeça está totalmente dividida entre vocês dois.

Examinei a estampa do sofá com desenhos em espiral enquanto esperava que ele falasse. O silêncio na sala era ensurdecedor.

– Você deveria ficar com Logan. Ele te ama e cuidaria de você. Eu não sou uma boa pessoa, nem finjo ser. Eu quero você, mas não posso te ter – disse ele em voz baixa.

Assenti enquanto as lágrimas voltavam a se acumular nos meus olhos.

– E se eu não quiser o Logan? E se eu quiser você?

Ele se curvou e beijou minha testa.

– Você não pode me ter, não deste jeito.

Suspirei e me levantei.

– Tem razão. Somos ótimos como amigos, mas qualquer outra coisa seria um desastre. Vou para casa tirar um cochilo, estou acabada.

Ele se levantou e me acompanhou até a porta.

– E aí, vou te ver mais tarde?

– É claro, Drake, somos amigos... Essa conversa não muda isso.

Ele me deu um beijo no rosto e fui para o carro.

...

A caminho do alojamento, as lágrimas escorriam pelo meu rosto. Eu sabia como Drake era, mas ouvir isso diretamente dele magoava mais do que eu estava disposta a admitir. Parei no estacionamento e subi a escada até meu quarto, pretendendo tirar o cochilo mais longo do mundo. Logan estava na frente da minha porta quando cheguei ao alto da escada.

– Ei, eu ia bater e ver se você quer sair para comer alguma coisa. – Ele me olhou e correu até mim. – Qual é o problema? Por que você está chorando?

Balancei a cabeça enquanto erguia os braços para enxugar as lágrimas.

Ele pegou meu braço recém-tatuado e o ergueu.

– O que é isso?

– Nada, só uma lembrança de tudo.

– O que isso quer dizer, Chloe?

Olhei para os meus sapatos.

– Nunca amada.

Ele me puxou nos braços.

– Ah, garota, por que você faz isso com você mesma? Você precisa se esquecer dela. O que ela fez foi horrível, mas, Chloe, você é amada. Amber ama você e eu também.

Ele achou que minhas lágrimas eram por causa de todas as lembranças dolorosas do meu passado e eu não ia corrigi-lo. Se ele soubesse que tinham tudo a ver com o presente, com Drake, Logan se afastaria. Ele se curvou e me beijou com gentileza. Eu sabia que não devia deixar, mas Drake não me queria, enquanto Logan, sim. Drake tinha razão – Logan sempre estaria ao meu lado, cuidaria de mim, como fazia há anos.

Correspondi seu beijo por uma fração de segundo antes de me afastar.

– Obrigada, Logan. Não sei onde eu estaria sem você e Amber. Nunca me deixe.

– Eu não deixaria você, independentemente de qualquer coisa. Agora enxugue as lágrimas e vamos jantar, estou faminto.

Dei a ele um sorriso fraco enquanto ele me levava pela escada até seu carro. Ele tentou puxar conversa por todo o caminho até o restaurante e parecia genuinamente animado quando lhe contei sobre meu novo emprego.

– Que ótimo, Chloe. Que bom que você encontrou alguma coisa.

No carro, ri enquanto ele tentava me animar com piadas ruins sobre café. Senti meu coração mais leve. Ficar com Logan sempre parecia tão certo. Eu o observei dirigindo. Ele era mesmo bonito, mas de um jeito masculino. Eu sempre achei isso, mas agora via Logan com novos olhos. Ele era uma boa pessoa e já sabia tudo do meu passado, sabia que eu tinha machucados.

Ele me olhou de relance e viu que eu o observava.

– Está olhando o quê?

Voltei minha atenção para o rádio e fiquei mudando de estação até encontrar alguma coisa boa.

– Nada, você é meio bonito.

Ele riu.

– Hmmm, valeu, eu acho.

– Foi um elogio.

– Bom, então, obrigado... Você também é meio bonita.

Corei enquanto parávamos na frente do restaurante.

O lugar estava quase vazio quando entramos e nos sentamos rapidamente. Fiquei ali, olhando o cardápio, tentando decidir o que pedir.

– O que você vai comer? Tudo parece bom e não consigo me decidir.

Ele apontou para o alto do cardápio.

– Por que não comemos o hambúrguer de salsicha? É seriamente imenso e podemos dividir.

Concordei enquanto uma garçonete aparecia para pegar nossos pedidos. Ela ficou um pouco mais do que o necessário, dando em cima de Logan descaradamente. Eu a fuzilei com os olhos quando ela se virou de costas para voltar à cozinha e entregar nosso pedido.

— Por que ela acabou de receber o seu olhar de Chloe assassina?

— Ela estava dando em cima de você.

Ele inclinou a cabeça e riu.

— Não, não estava.

Olhei para ele, chocada por ele não ter percebido.

— Logan, quando uma mulher não para de piscar e mexe no cabelo daquele jeito, ela está dando em cima. Eu sou mulher, sei dessas coisas.

Seu olhar ficou sério.

— Incomoda você quando outras garotas dão em cima de mim?

Abri a boca para dizer não, mas parei. Vê-la jogando charme para ele me incomodou e eu não sabia por quê. As garotas davam em cima dele desde que nos conhecemos e nunca me incomodei com isso. Eu até o obriguei a falar com aquela menina no bar na outra noite.

— Eu... Acho que sim.

Ele sorriu ao estender a mão pela mesa e colocá-la por cima da minha.

— Eu estaria mentindo se dissesse que isso não me faz feliz. Você pensou no que eu disse outro dia?

Baixei os olhos para as nossas mãos entrelaçadas enquanto eu falava.

— É, pensei, mas simplesmente não sei o que estou sentindo. E se nós tentarmos e isso nos destruir? Acho que não vou sobreviver sem você, Logan. Eu te amo demais, só não sei como amo. Você entende o que estou tentando dizer?

Ele assentiu.

– Sei exatamente o que você quer dizer e penso a mesma coisa. Por que você acha que esperei tanto tempo para te contar? – Ele virou a minha mão e passou a ponta do dedo gentilmente pela minha tatuagem. – Mas acho que no fim vale a pena tentar, se você estiver disposta. Acho que seremos ótimos juntos.

Afastei a mão e comecei a brincar com o canudinho do refrigerante.

– Só me dê algum tempo para pensar nisso. Não quero apressar nada, especialmente agora.

Ele me olhou inquisitivamente.

– O que quer dizer com *especialmente agora*?

Percebi meu lapso e rapidamente pensei em uma resposta que não envolvesse meus sentimentos por Drake.

– Hmmm, só quis dizer com a gente começando a faculdade. É tudo muito novo e não quero me precipitar.

Ele sorriu.

– É claro. Como eu já te disse... Sem pressão, Chloe. Quando você estiver pronta para me dar uma resposta, eu estarei aqui, esperando.

A garçonete apareceu com nossa comida, encerrando nossa discussão. Soltei um suspiro de alívio quando dei uma dentada na minha parte do sanduíche.

– Caramba, isso é demais! Ótima escolha!

– Comi aqui alguns dias atrás e a garçonete sugeriu isso. Eu também fiquei maluco.

Ficamos sentados num silêncio tranquilo e comemos, os dois curtindo demais a comida para falar. Quando terminamos, Logan pagou a nossa conta, apesar de meus protestos.

– Eu pago. Foi minha a ideia de sair – disse ele enquanto me levava de volta ao carro com o braço em meu ombro.

Eu me aconcheguei ao seu lado e senti o seu calor.

– Obrigada pela noite, eu precisava disso.

...

Na manhã seguinte, Drake sentou-se em sua carteira ao meu lado enquanto eu tirava as coisas da bolsa para a aula. Meu estômago de imediato se contraiu ao vê-lo. Rezei para que ele não falasse nada sobre nossa conversa da noite anterior na frente de Logan.

– Bom-dia. Como está a tatuagem?

Estendi o braço para mostrar a ele.

– Está boa, passei um pouco de creme. Mas achei que ia coçar.

– E vai, espere só um pouco. Quando coçar, não faça nada, por mais que irrite você, e não mexa nela quando começar a descascar.

Logan virou-se para Drake.

– Como você sabe que ela fez uma tatuagem?

Drake ergueu uma sobrancelha.

– Fui eu que a levei lá para fazer.

Senti Logan me olhando.

– É mesmo? Ela não contou essa parte.

Olhei para Logan com um sorriso sem jeito.

– Desculpa, devo ter esquecido.

Logan ainda nos olhava.

– Ela te disse o que significa?

Olhei de relance para Drake, que tinha uma expressão presunçosa.

– É, ela disse. Ela me contou tudo.

Logan ficou aborrecido em saber, mas não fez mais nenhum comentário. Soltei um suspiro de alívio quando a aula começou. O resto do tempo foi tenso em nossa pequena bolha, mas tentei ignorar enquanto tomava notas.

Quando a turma foi dispensada, Drake se virou para mim.

– Quer me ajudar naquele trabalho para entregar amanhã? Podemos nos encontrar na minha casa esta noite.

Balancei a cabeça.

– Não posso, vou começar no meu novo emprego na Starbucks hoje.

Ele balançou a cabeça e se levantou para sair.

– Tá legal, vou ver se encontro mais alguém para me ajudar. – Ele olhou em volta e viu uma das meninas da nossa turma. – Bingo. Tenho coisas para fazer depois, então não voltarei para o almoço. Tchau.

Acenei enquanto ele ia até a garota e passava os braços em volta dela. Reprimi um rosnado porque Logan estava ao meu lado, me olhando com atenção.

– Então, você contou a ele? – perguntou Logan enquanto saíamos juntos.

– Contei.

Ele franziu a testa.

– Não quero ser um imbecil, mas posso perguntar por quê? Quer dizer, você mal o conhece e nunca contou a ninguém, só a mim e a Amber.

Dei de ombros.

– Não sei. Eu simplesmente confio nele, não consigo explicar.

Minhas palavras pareceram incomodá-lo e ele fechou a cara.

– Está acontecendo alguma coisa entre vocês?

Meu estômago se contraiu e me recusei a olhá-lo nos olhos.

– Não, somos só amigos e é assim que sempre será.

Ele parecia satisfeito com minha resposta ao se curvar e me dar um beijo no rosto.

– É bom saber. Só queria ter certeza de que não tenho concorrentes.

– Nunca.

CAPÍTULO ONZE

HORA DO CAFÉ

Eu estava diante do espelho, me analisando, querendo saber se estava bem para o meu primeiro dia de trabalho. Janet me disse para usar calça preta e uma camiseta branca ou preta. Puxei o cabelo num coque elegante para tirá-lo do rosto e me maquiei pouco. Eu me sentia ansiosa quando entrei no estacionamento e na loja.

Janet estava atrás do balcão e me recebeu com um sorriso.

– Chegou cedo! Que ótimo, tenho uma papelada para você preencher.

Ela me levou até uma sala nos fundos e fechou a porta. Eu me sentei na cadeira em frente a ela enquanto ela pegava uma pasta e me entregava os papéis.

– Se você puder preencher isso para mim, são apenas formulários básicos de contato de emergência e informações fiscais.

Ela se sentou em silêncio enquanto eu preenchia os formulários e os devolvia a ela. Coloquei Logan como meu contato de emergência. Ela olhou os formulários e parou no nome dele.

– Não quero parecer grosseira, mas pode não ser uma boa ideia colocar um namorado como seu contato.

Sorri.

— Ele é meu melhor amigo.

— É bom saber. Vou colocar você com a Veronica esta noite. Se tudo der certo, vou agendar você para segunda, terça e quinta-feira, das cinco da tarde até o fechamento. Está bom para você?

— Parece perfeito. Agradeço muito por este emprego.

— Não tem problema, mas precisamos mesmo de ajuda e como você trabalhou em outra loja, podemos pular a parte dos treinamentos. Agora vamos, vou apresentar você à Veronica e você pode começar.

Eu a segui de volta ao balcão. Uma garota bonita estava atrás da caixa registradora e sorriu quando nos aproximamos.

Janet gesticulou para mim.

— Veronica, esta é a Chloe. Quero que a ajude esta noite. Deixe que ela cuide do caixa e do estoque enquanto você e Anna preparam as bebidas.

Sorri ao estender a mão a Veronica.

— É um prazer.

Ela era alguns centímetros mais baixa do que eu, com cabelos castanho-escuros. Suas feições e a pele morena me fizeram pensar que tinha ascendência hispânica. Ela gesticulou para eu dar a volta no balcão quando Janet nos deixou.

— Ainda bem que você está aqui, nossa última garota acaba de se demitir e nos deixou na mão. Vou te mostrar como cuidar do caixa, depois te mostro onde guardamos o estoque.

Ela levou alguns minutos explicando sobre a caixa registradora e observou enquanto eu atendia alguns clientes. Ficou impressionada com a rapidez com que aprendi.

— Nada mau.

Abri um sorriso.

– Obrigada. Trabalhei numa Starbucks na minha cidade, então conheço a maior parte dessas coisas.

Ela assentiu ao me levar ao estoque no fundo, ao lado da sala de Janet.

– Todos os xaropes estão aqui. Guardamos o leite e o creme batido na geladeira ali, os cafés para as máquinas estão aqui, e os sacos que vendemos estão nas prateleiras ali, ao lado da geladeira. Os itens da padaria são comprados logo de manhã cedo, então você não precisa se preocupar com isso, porque trabalha no turno da noite.

Assenti, tentando acompanhar enquanto ela me explicava tudo.

– Todos os suprimentos do banheiro e de limpeza são guardados lá, longe da comida, é claro. Se tivermos pouco movimento, você limpa as mesas e verifica os banheiros. Quando fecharmos, depois de você fechar o caixa, você precisa virar cada mesa e reabastecer o xarope e o café para o turno da manhã. É bem simples, não?

– É, acho que entendi.

– Que bom. Aqui está seu avental. Vamos voltar para a frente da loja antes que Anna coma meu fígado.

As horas seguintes voaram enquanto eu recebia os pagamentos e Veronica e Anna preparavam os pedidos. No fim da noite, meus pés estavam me matando. Fechei o caixa e levei tudo para o escritório de Janet.

Ela sorriu quando entrei.

– Como foi sua primeira noite?

– Foi boa, mas agora estou morta.

Ela me abriu um sorriso solidário.

– É melhor se acostumar com isso, sempre temos movimento.

Acenei um boa-noite enquanto voltava à frente e começava a virar as mesas. Veronica e Anna abasteceram tudo e, quando terminei com as mesas, limpei o toalete das mulheres enquanto Anna atacava o dos homens. Depois de tudo terminado, dividimos as gorjetas, eu lhes dei boa-noite e fui para o carro. Peguei o telefone no bolso e desliguei a vibração. Havia uma mensagem de texto de Drake.

Drake: Espero que esteja gostando da sua noite enquanto eu trabalho como um escravo.

Sorri ao digitar minha resposta.

Eu: Sim, gostei muito de servir café a clientes malucos a noite toda, mas meus pés estão morrendo aos poucos. Você não devia ter esperado até a última hora para terminar seu trabalho.

Drake: Acho que tem razão, eu fiquei distraído.

Eu: Aposto que ficou mesmo. Como está sua bunda?

Drake: Dolorida, graças a você.

Ri quando chegou outro torpedo.

Drake: Isso não saiu direito.

Eu: Não saiu mesmo.

Drake: Para com isso. Preciso terminar, falo com você amanhã.

Eu: Boa-noite.

Os dias seguintes se passaram em um turbilhão de aulas, tarefas de casa e trabalho. A noite de terça-feira no trabalho foi como na segunda, eu cobrando os pedidos enquanto Anna e Veronica os atendiam. Na quinta-feira, Veronica decidiu que eu estava pronta para começar a cuidar das bebidas e me colocou com Anna, enquanto ela ficava no caixa. Eu estava meio enferrujada e me atrapalhei com alguns pedidos. Tirando um homem que gritou comigo porque tentei matá-lo colocando leite em seu café, a maioria dos clientes foi compreensiva.

Eu estava me entendendo muito bem com Anna e Veronica. Na verdade não falei muito com Anna enquanto estava no balcão, mas quando troquei com Veronica, passei a noite rindo com ela. Enquanto Veronica era morena, Anna era o extremo oposto – olhos verdes e luminosos, pele clara e cabelo louro quase branco. Ela era meio animada demais para mim, mas eu sabia que tinha bom coração.

— E aí, o que vai fazer amanhã à noite, no seu dia de folga? – perguntou Veronica enquanto limpávamos as máquinas depois de fechar.

— Vou com minha colega de quarto e meus amigos ver Drake, outro amigo, tocar com sua banda.

Rachel me ouviu falar com Amber sobre o show outra noite e perguntou se poderia ir também. Alex tinha outra coisa para fazer, então Amber ia sem ele.

Veronica ficou boquiaberta.

— Quer dizer o Drake que toca na Breaking the Hunger?

Concordei enquanto ela dava um gritinho.

— Você é amiga do Drake Allen? E como eu não sabia disso? Ele anda exalando sexo por aí e tem a voz mais incrível que já ouvi.

Ri da sua cara de fã.

– Não deixe que ele a ouça dizendo isso, ele já se acha demais.

– Posso ajudá-lo a se achar quando ele quiser.

Soltei uma gargalhada de sua mente poluída.

– Nunca pensei que você fosse uma fã. Mas, sério, ele é um bom amigo, mas é uma bosta com as mulheres.

Ela franziu o cenho.

– É, foi o que me disseram. Que pena que seja verdade. As coisas que eu queria fazer com esse cara...

Eu sorri e acenei quando partimos para nossos carros. Peguei o telefone e mandei um torpedo rápido para Drake, lembrando a ele que estaríamos lá amanhã à noite. Eu tinha dito a ele na véspera, durante a aula, que pretendíamos ir e ele me olhou sério, mas não conseguiu dizer nada porque Logan estava conosco. Antes que eu pudesse dar a partida no carro, Drake me ligou.

– Alô?

– Oi, acabei de receber seu torpedo. Tem certeza de que vai ficar bem indo ao bar depois do que aconteceu da última vez?

Minha mão livre se agarrou ao volante até que os nós dos dedos ficaram brancos.

– Eu vou ficar bem. Não vou deixar que um babaca controle a minha vida.

Ouvi a cama de Drake ranger enquanto ele se deitava.

– Tudo bem, mas prometa que vai ficar com Logan enquanto eu estiver tocando.

– Eu prometo. Preciso ir para casa. A gente se fala amanhã, tá legal?

– Boa-noite, Chloe. Tenha bons sonhos.

...

Drake não estava na aula na manhã seguinte, mas o vi sentado à nossa mesa de sempre com uma garota desconhecida no colo quando Logan e eu entramos no refeitório.

— Você perdeu um monte de coisas importantes esta manhã. Onde você estava? — perguntei ao me sentar de frente para ele, ignorando a garota em seu colo.

— Tive uns problemas com o carro e me atrasei, então Adam foi me buscar. Preciso ir à biblioteca esta tarde depois da aula, assim, se não tiver problema, vou pegar uma carona com vocês até o bar.

Assenti e me levantei, indo para a fila da comida.

— Está tudo bem. Vamos todos juntos no meu carro, tem espaço suficiente.

Enquanto estava na fila, olhei para a mesa e vi que a garota tinha sumido e Logan estava envolvido numa conversa com Drake, os dois com os rostos bem próximos. Quando me aproximei da mesa, eles se afastaram e me olharam. Enquanto Logan exibia um sorriso tranquilo e parecia relaxado, Drake estava com o corpo tenso ao franzir a testa para mim.

— Do que vocês dois estavam falando?

Logan passou o braço pelos meus ombros e me puxou para perto enquanto Drake seguiu cada movimento com os olhos.

— Nada, só conversando sobre o show desta noite. Estou curioso para ver se ele é bom como todo mundo diz.

Olhei para Drake, mas ele tinha baixado os olhos, os ombros rígidos de tensão. Não consegui acreditar que o assunto tinha sido esse.

— Já o vi tocar, ele é demais. Vocês vão conseguir muita coisa, já posso dizer.

Drake me abriu um leve sorriso, e não me olhou nos olhos.

– Obrigado, o Adam conseguiu marcar uma turnê durante o verão, depois das aulas. Ele nos conseguiu umas apresentações em Virgínia, Maryland, Pensilvânia e até em alguns lugares pequenos em Nova York.

Meu sorriso se iluminou.

– Que incrível, Drake! Você vai ver só, depois que o verão acabar, você será um astro do rock e vai se esquecer de nós, as pessoinhas.

– Não precisa se preocupar com isso, acho que nunca vou conseguir esquecer você.

Logan me abraçou apertado enquanto eu sentia meu rosto esquentar.

– Aposto que você diz isso para todas.

Ele riu ao afastar a cadeira e se levantar.

– Tem razão, digo mesmo. Preciso dar uns telefonemas sobre o meu carro. Vejo vocês à noite.

Senti o aperto de Logan relaxar enquanto Drake ia embora.

– Às vezes eu não gosto desse sujeito.

Dei uma cotovelada nas costelas dele.

– Ele é gente boa, só não sai exibindo isso.

– Ainda não significa que eu precise gostar dele. – Olhei feio para Logan e ele riu. – Tudo bem, retiro o que disse, afinal prometi tentar me entender com ele. E aí, depois que a gente sair do bar, pensei em ver um filme no meu quarto. Meu colega de quarto não vai estar lá, como sempre, então você pode ficar na cama dele.

– Não sei, e se alguém me pegar lá?

– Como eu disse, meu colega de quarto não vai dormir lá e ninguém mais vai aparecer. Por favor, parece que não vejo você há semanas.

De imediato, me senti mal. Andei deixando Logan de lado por causa de tudo que acontecia na minha vida.

– Tudo bem, mas só se eu puder escolher o filme.

Ele sorriu ao se recostar e me deu um beijo no alto da cabeça.

– Muito justo, temos um encontro.

Fiquei tensa com essas palavras, mas de início não respondi. Talvez pudéssemos entrar de mansinho e ver aonde nos levaria, em vez de pular com os dois pés.

– Temos um encontro.

CAPÍTULO DOZE

TUDO MUDA

Fiquei sentada na minha cama com Logan, Amber e Rachel, conversando enquanto esperávamos Drake aparecer. Passamos os últimos vinte minutos no meu quarto, aguardando por ele, e até agora só fomos obrigados a esperar. Olhei ansiosamente entre o relógio e um Logan bastante irritado antes de decidir ligar para ele.

– Alô?

– Onde você está? São quase oito horas e você entra no palco às nove.

– Estou acabando na biblioteca agora. Pode passar aqui para me pegar?

Suspirei.

– Tá, espera a gente do lado de fora. Chegaremos em alguns minutos. – Desliguei e me virei para todos. – Vamos, temos que buscá-lo na biblioteca.

Logan pegou minha mão enquanto andávamos até meu carro. Vi Amber nos olhando e lhe dei um sorriso sem graça. Ela riu e balançou a cabeça, entendendo, mas felizmente não disse nada. Paramos na frente da biblioteca alguns minutos depois e vimos Drake esperando por nós. Abri a mala para ele guardar o casaco e a guitarra.

Rachel se espremeu mais perto de Amber com uma cara de fã enquanto Drake se sentava ao lado dela. Ele a olhou de cima a baixo e abriu aquele sorriso de matar que deixava meus joelhos bambos.

— Acho que não nos conhecemos. Meu nome é Drake.

Rachel parecia prestes a desmaiar ali, olhando para ele.

— Sei quem é você. Eu sou Rachel, colega de quarto de Chloe.

Meu estômago se retesou enquanto eles continuaram a se paquerar por todo caminho até o bar. Drake deixou muito claro sua posição, mas, ainda assim, eu não conseguia me livrar dos ciúmes quando ele dava atenção a alguma garota.

Estacionei o mais longe que pude de onde estive naquela noite com Nick. A bile subiu à minha garganta enquanto eu olhava para aquele lado, quase esperando que ele ainda estivesse jogado ali, sangrando. Comecei a tremer ao andarmos para a entrada. Drake, que estava me observando sem eu perceber, de imediato se colocou do meu lado.

Ele passou o braço por mim e me puxou para perto.

— Está tudo bem, estou aqui. Ele não vai mais machucar você, eu prometo.

Fiquei sem fala, então não respondi. Quando chegamos à entrada e alcançamos nossos amigos, ele me soltou e entrou primeiro, me dando um minuto para me recompor. Eu sentia os olhos dele em mim enquanto nós dois atravessávamos a multidão e assenti rapidamente para ele saber que eu estava bem.

Carregando sua guitarra, Drake nos levou a uma mesa vazia ao lado do palco.

— Pedi para reservarem esta para vocês. Preciso ir lá atrás me encontrar com os caras e Jade.

Rachel ficou olhando em êxtase a figura de Drake se afastando e meu lado ciumento voltou a gritar.

– Terra chamando Rachel, chamando Rachel – eu disse, estalando os dedos na frente do seu rosto.

– Que foi, ah, desculpa.

Balancei a cabeça enquanto Logan ria.

– Não caia nessa, Rachel. Se você transar com ele, vai ficar esquisito para mim quando ele te jogar no meio-fio.

Rachel franziu a testa.

– Eu não pretendia transar com ele.

Eu a olhei sem acreditar.

– Me engana que eu gosto.

Amber deu um pulo antes que Rachel pudesse responder.

– Chloe, vem ao bar comigo e me ajuda a pegar as bebidas?

Eu me levantei e fui com ela ao bar. Ela virou-se para mim assim que estávamos fora de alcance.

– Mas o que foi aquilo?

Olhei para ela, confusa.

– Do que você está falando?

– Você sabe exatamente do que estou falando. Você foi grossa com a Rachel sem motivo algum.

Dei de ombros enquanto pedia nossas cervejas.

– Não, não fui grossa. Só vi o jeito dela olhando para Drake. Se eles ficarem, vai ser esquisito sempre que todos nós estivermos juntos.

– Tem certeza de que é só isso? Porque vi como você estava olhando para ele. Pelo amor de Deus, Chloe, trate de se controlar. Você estava de mãos dadas com Logan antes.

– Você está imaginando coisas. Eu já esqueci Drake e não dei nenhuma resposta a Logan, estamos pegando leve.

Ela balançou a cabeça.

– Eu não sou cega, Chloe. Pode mentir para si mesma, mas não para mim. Você ainda gosta do Drake e está enrolando Logan. Você gosta mesmo dele ou só está tentando esquecer o Drake?

Peguei as cervejas e me virei, olhando feio para ela.

– Sim, eu gosto do Logan, e estou tentando me acertar. Quero dar uma chance a ele, mas estou com medo, tá legal? Eu não quero perdê-lo.

– Acha mesmo que ele abandonaria você se tudo desse errado? Ele gosta demais de você para deixar que isso aconteça. Você precisa tirar Drake da cabeça e enxergar o que está bem na sua cara.

– Acha que não sei como Logan é incrível? Porque eu sei, então pare de me empurrar para ele e deixe as coisas acontecerem! – Eu praticamente gritava ao voltar à mesa. Coloquei a cerveja de Logan na frente dele e forcei um sorriso.

Ele puxou minha cadeira para mais perto e colocou a mão na minha coxa.

– Por que vocês demoraram tanto?

Olhei para Amber, que olhava para todo lado, menos para mim.

– Tivemos que esperar, desculpa.

Nós nos sentamos e conversamos enquanto esperávamos que Drake e o resto da banda subissem ao palco. Logan mal tocou na cerveja, mas nossa garçonete trouxe mais duas para mim durante a espera. Por fim, baixaram as luzes e a banda veio por uma porta lateral e subiu ao palco. Vi Drake apresentando a banda e começando a primeira música. Como antes, fiquei hipnotizada com sua voz e os pelos da minha nuca se arrepiaram. Sua presença no palco exigia que você parasse o que estava fazendo para ouvi-lo.

Balancei a cabeça com a música quando eles tocaram canções mais pesadas. Um grupo de meninas apareceu na frente de Drake enquanto ele cantava. De vez em quando ele as olhava e piscava, e elas gritavam seu nome. Revirei os olhos com a tentativa delas de chamar atenção.

Ele terminou a música e esperou que todos parassem de gritar seu nome para falar.

– Tá legal, vamos mais devagar com uma música nova. Compus essa no início da semana, espero que todos vocês gostem. – Ele sorriu para as mulheres paradas a seus pés. – É para todas as mulheres no salão.

Elas começaram a gritar enquanto Jade iniciava uma batida lenta, seguida por Eric e Adam. Drake veio por último com sua guitarra, fechou os olhos e cantou a letra mais linda que já ouvi. Fiquei sem rumo quando seus olhos se abriram e se fixaram nos meus.

I've searched high and low for someone like you,
Feeling like there was no one around
Until I saw you
You took my breath away, made me smile
Stole my heart and blinded me with your beauty
I'm raw when you're not around
Lost when you're gone you see, but that's how it has to be
Such beauty could never be wasted on me
I hope you'll understand why
I push you away and hide inside myself
I'll never be good enough, I'm caged inside myself
Please forgive me
Please forgive me.

Meus olhos arderam de lágrimas enquanto eu o ouvia cantar para mim.

Logan me cutucou e cochichou no meu ouvido.

– Quer dançar?

Eu não queria, não enquanto Drake estivesse no palco revelando sua alma para mim, mas assenti e deixei que Logan me levasse ao espaço onde outros casais já dançavam.

Ele me puxou para perto, colocou as mãos nos meus quadris e vi Drake ao fundo. Ele ainda me olhava com a mais pura dor no rosto e isso me machucou. Se ao menos as coisas pudessem ser diferentes... Logan me abraçava apertado enquanto nos balançávamos de um lado ao outro e me beijou no rosto. Desviei os olhos de Drake para Logan, me curvei e gentilmente dei um beijo em sua boca. Eu precisava seguir em frente e Logan estava bem ali na minha frente, esperando por mim, com os olhos cheios de amor. Eu precisava aceitar que jamais teria Drake.

Logan correspondeu meu beijo ansiosamente antes de se afastar.

– Por que você me beijou?

– Só me pareceu o certo.

Ele sorriu enquanto Drake terminava a música e dava boa-noite a todos. Logan e eu pegamos algumas cervejas e voltamos à mesa. A banda guardou os instrumentos e foram com Drake até nossa mesa.

Jade sorriu para mim ao puxar a cadeira de uma mesa vizinha e se sentar ao meu lado.

– Oi, Chloe, é bom te ver de novo.

– É, pra mim também.

Todos se mexeram em volta da mesa para que Drake, Eric e Adam se espremessem em nosso espaço apertado enquanto

Drake apresentava os caras. Essa era a primeira vez que eu via qualquer um deles de perto. Eric tinha cabelo castanho-claro no mesmo estilo bagunçado de Drake, mas não tinha piercings. Parecia surpreendentemente certinho para quem toca numa banda de rock. Tinha algumas tatuagens espalhadas pelos braços descobertos, mas isso era o máximo que eu podia ver.

Adam, por outro lado, era um bicho diferente. Seu cabelo era tingido de azul elétrico no estilo moicano com vários centímetros de altura. As sobrancelhas tinham dois piercings cada uma e mais dois no lábio. Gritava *rebelde* e dei um chute sutil em Amber por baixo da mesa quando vi que ela o olhava como se ele fosse um deus.

Caímos numa conversa tranquila enquanto todos se acomodavam em volta da mesa. Eu me recusava a olhar para Drake enquanto conversava com Jade, com medo do que veria em seus olhos. Fomos interrompidos quando umas meninas apareceram e se sentaram no colo dos homens da banda. Pelo visto, Jade estava acostumada a isso; ela as ignorou e continuou fazendo perguntas sobre minhas aulas e meu emprego. Não pude deixar de notá-las, que riam de algo que foi dito.

Drake passava as mãos pela coxa de uma ruiva, sussurrando em seu ouvido. Meu estômago se revirou e procurei pela nossa garçonete, precisando de outra bebida. Finalmente chamei sua atenção e indiquei que queria mais duas cervejas.

– Não acha que deve ir mais devagar, Chloe? Você já bebeu cinco – perguntou Logan, preocupado.

– Quero me divertir esta noite, qual é o problema?

Ele balançou a cabeça ao me ver beber uma das cervejas que a garçonete trouxe para mim.

– Pode beber, mas não vai dirigir o carro.

Eu lhe entreguei minha chave.

— Tudo bem, dirija você.

Logan pegou a chave e comecei a segunda cerveja.

— Boa ideia.

Enquanto a noite passava, senti o álcool fazer efeito e constantemente me pegava olhando Drake e a ruiva. Sempre que os olhava, as mãos dele estavam correndo pelo corpo dela, que se encostava a ele. Quando não suportei mais, me levantei e gesticulei para Logan se levantar também.

— Estou pronta para ir embora, se você quiser.

Demos boa-noite a todos enquanto Logan me levava para o carro, me segurando quando eu tropeçava. A ida para casa foi barulhenta porque Amber e Rachel estavam esfuziantes, dizendo o quanto a banda era incrível. Fiquei em silêncio e olhava pela janela com a cabeça a mil. Quando paramos, Logan me ajudou a sair do carro.

— Ainda quer ver um filme esta noite?

Olhei para ele e sorri.

— É claro.

...

Logan cumpriu com sua palavra e me deixou escolher o filme. Eu não dava a mínima, então peguei um de ação qualquer e dei a ele. Eu me sentei e tirei os sapatos aos chutes enquanto ele colocava o DVD e se acomodava ao meu lado. Quando chegamos, ele tirou a camisa e vestiu a calça do pijama e senti sua pele nua, quente e macia contra meu rosto quando deitei a cabeça em seu peito, e coloquei a mão em sua barriga. Meus dedos traçaram círculos nos músculos definidos de sua barriga enquanto víamos o filme. Quando comecei a subir e descer a mão pelo *V* fundo de seu abdome, ele pulou da cama e foi para o outro lado do quarto.

– Acho que preciso beber alguma coisa. Quer?

– Claro – murmurei ao me sentar.

Ele pegou uma garrafa e dois copos no armário e nos serviu a bebida.

Bebi e devolvi o copo.

– Mais uma.

– Tem certeza? Você já está bem bêbada.

Minha mente estava enevoada enquanto eu o observava com olhos afetados pelo álcool. Ele era mesmo bonito e eu tinha sorte por ter alguém como ele gostando tanto de mim.

– É, eu estou legal.

Ele me serviu outra dose e me entregou, guardando a garrafa no armário. Coloquei o copo na mesa de cabeceira enquanto ele voltava a se acomodar ao meu lado, e me enrosquei em volta dele. Comecei a passar as mãos pela sua barriga de novo e senti seu corpo se retesar.

– O que está fazendo, Chloe?

Balancei a cabeça e continuei explorando seus músculos definidos.

– Não tenho a menor ideia.

– Você precisa parar.

Ergui a cabeça e o olhei. Seus olhos estavam vidrados com o desejo que ele tentava controlar.

– Por quê? – sussurrei.

– Porque, se você não parar, não vou conseguir me controlar.

Sorri com inocência enquanto roçava beijos pelo seu peito.

– Talvez eu não queira que você se controle.

Ele puxou o ar enquanto eu passava a língua em seu mamilo.

— Chloe, você está bêbada e vai se arrepender disto de manhã.

Rolei até ficar por cima dele, montada em seu corpo.

— Sei exatamente o que estou fazendo.

Era mentira, mas algo tomava conta de mim e eu não conseguia controlar o que estava acontecendo. Eu me curvei e beijei desde seu pescoço até a orelha, depois chupei o ponto sensível atrás dela.

Ele gemeu enquanto rolava e me prendia na cama embaixo dele.

— Tem certeza de que é isso que você quer? Eu te falei que posso esperar e foi sério.

Assenti e levantei a cabeça para beijá-lo.

— Sim, por favor, eu preciso de você.

Bastou minha permissão para ele entrar em ação. Ele me ergueu e tirou minha blusa.

— Não sabe há quanto tempo eu quero você. Se mudar de ideia é só me dizer e eu paro. Mas, se não mudar, não tenho a intenção de parar, eu quero você demais.

Gemi enquanto ele abria meu sutiã e pegava meus peitos, acariciando-os gentilmente. Ele curvou a cabeça e chupou e mordeu meu mamilo duro. Suas mãos desceram lentamente pela minha barriga para abrir a calça. Ele a tirou e me tocaram entre as pernas. Seus dedos encontraram minha abertura e entraram lentamente, e, com delicadeza, ele os metia e tirava, fazendo meu corpo arquear no dele.

— Você é tão linda, Chloe, e você é minha.

Gemi e me apertei mais nele.

— Por favor, Dra... Logan, eu quero mais forte.

Meu corpo se retesou enquanto eu tentava acobertar meu lapso. Eu quase o chamei de Drake no calor do momento. Ele não pareceu perceber enquanto assentia e metia os dedos com mais força, tirando-os depois.

– O que você está fazendo?

– Diga que você é minha. Eu preciso ouvir isso. – Seus dedos circularam minha abertura, me deixando louca, sem intenção de enfiá-los de novo. – Quero ouvir você dizer isso, Chloe.

– Eu sou sua. Agora, por favor...

Ele me beijou rudemente e tirou a camisa do pijama. Pegou uma camisinha na gaveta e se abaixou lentamente para me penetrar. Eu não fazia sexo há muito tempo e senti uma pequena onda de dor com o seu tamanho, mas, bêbada, logo reagi e movi os quadris para encontrar cada investida dele. Logo a dor se transformou em prazer e senti que eu ia gozar enquanto ele passava a mão entre minhas pernas e acariciava meu clitóris.

Corri as unhas pelas suas costas enquanto seus movimentos ficavam cada vez mais fortes e cheios de pressão. Minhas mãos agarraram seu cabelo quando gozei e o ouvi gritar com seu próprio alívio. Ele saiu lentamente de dentro de mim e jogou a camisinha longe, voltando a se acomodar ao meu lado, me puxando para perto.

– Isso foi demais, Chloe. Você é demais.

Ele beijou minha cabeça e adormeceu rapidamente. Fiquei deitada ali, enroscada em seus braços, enquanto uma única lágrima escorria pelo meu rosto.

CAPÍTULO TREZE

A TRAIÇÃO

Acordei confusa, sentindo dedos subindo e descendo delicadamente pela minha coluna, sem saber onde estava. A noite anterior me voltou de repente e fingi dormir enquanto tentava me recompor. Eu tinha dormido com Logan e, numa noite, mudei tudo na nossa vida.

Sua respiração fez cócegas no meu ouvido quando ele falou.

– Acorde, Bela Adormecida.

Fiquei parada por alguns momentos antes de me espreguiçar e rolar para olhá-lo. Eu nunca o vi tão feliz, sua pele praticamente brilhava e os olhos azuis perfeitos cintilavam. Abri um sorriso fraco e ele roçou a boca na minha.

– Bom-dia, linda. Dormiu bem?

Assenti, rolei e olhei o relógio.

– Ainda nem são oito da manhã, por que você me acordou?

Ele se levantou e rapidamente desviei os olhos de sua nudez enquanto ele vestia uma cueca samba-canção.

Ele riu ao me olhar.

– Não me venha bancar a tímida agora. – Ele se curvou e me deu um beijo demorado. – Ontem à noite foi incrível, a melhor noite da minha vida.

Ele se afastou e pegou uma calça jeans e uma camisa no armário.

– Achei que a gente poderia tomar o café da manhã, mas você pode voltar a dormir, se quiser.

Eu me sentei e segurei a cabeça quando a dor me atingiu.

– Ai, que ressaca.

Ele riu ao pegar dois comprimidos de analgésico e me entregar com um copo de água.

– Toma, pegue estes... Vão ajudar.

Rapidamente os engoli e procurei minhas roupas pelo seu quarto. Coloquei o sutiã e a calcinha e lutava com o jeans quando meu telefone tocou na mesa ao lado de Logan. Ele pegou e, depois de olhar a tela, atendeu com uma expressão presunçosa.

– Alô? – Ele ficou em silêncio por um momento. – Aqui é o Logan, Chloe está ocupada.

Olhei indagativa para ele, mas ele apenas sorriu para mim.

– Espera um minuto, ela está se vestindo.

Meus olhos se arregalaram de surpresa por ele contar isso a alguém.

Ele atravessou o quarto e me passou o telefone.

– É para você.

– Argh, o telefone é meu. – Coloquei o celular ao ouvido. – Alô? – Seguiu-se um silêncio e pensei que a pessoa do outro lado tinha desligado. – Alô? Tem alguém aí?

– Desculpe, eu não queria interromper nada. Só queria saber como você está se sentindo hoje. Você ficou meio bêbada ontem à noite.

Meu coração parou quando ouvi a voz de Drake. Por isso Logan fez questão de falar que eu estava me vestindo com ele ali. Dei um pigarro antes de lançar um olhar feio para Logan.

— Eu estou bem, só com dor de cabeça. Logan me deu uns comprimidos para me ajudar.

Ele ficou em silêncio por um momento.

— Você dormiu com ele, Chloe?

Olhei para Logan e notei que ele me observava atentamente.

— E isso importa?

— Não, não importa, mas por algum motivo eu quero saber.

Suspirei e esfreguei as têmporas que latejavam.

— Sim.

Eu o ouvi respirar fundo antes de falar.

— É melhor eu ir, falo com você mais tarde.

Coloquei o telefone na cama e vesti a blusa, evitando o olhar de Logan.

— O que foi?

Peguei a bolsa e joguei no ombro.

— Nada, ele só queria saber como eu estava depois de beber tanto ontem à noite.

— Ele tem o hábito de ligar para você de manhã tão cedo?

Eu me virei para olhar feio para ele.

— Não, não tem. É assim que vamos ficar agora? Você com ciúme de cada amigo que tenho?

Ele atravessou o quarto e me puxou num abraço.

— Não, é que ele me deixa nervoso. E não conversamos realmente sobre o que vamos fazer a partir daqui. Não sei se você acha que a noite passada foi um erro, se você me quer.

Eu me afastei e segurei seu rosto.

— A noite passada não foi um erro, Logan. Pensei que você soubesse disso. Quero ver onde isso vai dar.

Um sorriso enorme se espalhou pelo seu rosto.

— Eu também quero isso, você não sabe o quanto. — Ele me puxou e me beijou rudemente.

– Preciso tomar um banho antes de tomar café. Pode me encontrar lá embaixo em uma hora?

Ele assentiu enquanto eu fechava a porta e ia para o meu quarto.

Levei mais tempo do que o necessário no banho, tentando mandar pelo ralo todas as minhas emoções confusas. Drake não tinha o direito de me telefonar e agir daquele jeito. Ele tinha me rejeitado, me disse para ficar com Logan e foi o que fiz. Minha decisão estava tomada e eu não ia mudá-la agora. Eu o esqueceria enquanto me concentrasse em Logan. Era justo com Logan que nossa relação começasse sem nenhuma dúvida da minha parte e era o que eu pretendia fazer. Se isto significava perder minha amizade com Drake, então, que fosse – ele não era mais uma prioridade.

Eu me vesti rapidamente e encontrei Logan perto de seu carro. Ele me abraçou com força de novo e me beijou profundamente. Foi legal, mas não teve os fogos de artifício que ouvi quando Drake me beijou. Ignorei esses pensamentos, me afastei e sorri para ele.

– O que foi isso? – perguntei.

Ele me deu um leve tapa na bunda antes de ir para o banco do motorista e entrar. Entrei no carro e coloquei o cinto de segurança.

– Eu só queria te beijar. Foram tantas as vezes que me contive e agora pretendo beijar você o máximo possível.

Sorri de suas palavras meigas e me curvei para lhe dar um beijinho no rosto.

– Tá legal, e isso foi por quê?

Ri enquanto ele saía da vaga.

– Porque você é um amor. Posso me acostumar com esse seu lado romântico.

– É melhor que se acostume, porque vai ver muito dele.

Depois do café da manhã, Logan e eu passamos a manhã fazendo compras num shopping local e vimos um filme. Paramos no meu trabalho a caminho de casa para pegar um café. Quando Veronica nos viu, seus olhos se arregalaram e ela deu uma longa olhada em Logan.

– Quem é o seu amigo, Chloe, e onde você o andou escondendo?

Logan abriu um enorme sorriso quando o apresentei como meu namorado.

– Mas o que é isso, mulher? Você é amiga de Drake e agora aparece aqui com esse cara? Acho que eu oficialmente odeio você.

Ri enquanto pagávamos pelas bebidas e saíamos.

Voltamos ao quarto de Logan e passamos o resto do dia juntos na cama, aconchegados e nos beijando. Eu sabia que Logan queria mais, mas ele não pressionou e fiquei agradecida por isso. Eu me abri enquanto estávamos entrelaçados em seus lençóis.

– Não vou te pressionar, Chloe, você sabe disso. Ontem à noite foi incrível, mas entendo por que você está se segurando.
– Ele deu um beijo na minha cabeça e me aconcheguei em seu peito e dormi.

Logan e eu entramos na sala de aula na manhã seguinte juntos, de mãos dadas. Ele deu um tapa nas costas de Drake ao se sentar.

– Bom-dia, Drake, está um lindo dia, não? – Ele me puxou e me beijou em cheio na boca.

Senti meu rosto esquentar enquanto olhava para Drake, que nos encarava com uma indiferença fria.

– É, acho que sim.

Desviei os olhos dele e encurralei Logan com um olhar.

– Que foi? – Ele tinha um sorriso inocente.

– Você sabe, se quiser marcar seu território, só precisa mijar na minha perna.

Ele riu e se recostou na carteira.

– Boa ideia, vou lembrar isso na próxima vez.

Revirei os olhos e tirei as coisas da bolsa. Drake nos ignorou pelo resto da aula e desapareceu assim que fomos dispensados. Também não o vi em lugar algum na hora do almoço. Quando cheguei ao trabalho naquela noite, eu estava seriamente irritada com ele por me ignorar. Se ele não queria nada comigo, tudo bem. Mas ele estava sendo um idiota por agir assim. Minha noite rapidamente foi de mal a pior. Eu estava tão concentrada em ficar chateada com Drake, que errei vários pedidos de bebida até que Veronica me obrigou a ir para a caixa registradora.

– Qual é o seu problema hoje? – perguntou ela enquanto eu despejava outro pedido errado na lixeira e ia ao caixa para receber os pagamentos.

– Nada.

Ela esperou que eu terminasse de registrar com irritação o pedido de um cliente e recomeçou comigo.

– Está na cara que tem alguma coisa te incomodando, porque você destruiu cada bebida que fez hoje e quase quebrou a caixa apertando os botões com tanta força.

– Sinceramente, não é nada. É só um dia ruim.

Ela revirou os olhos, mas deixou passar. Consegui atravessar o resto da noite sem quebrar a máquina ou arrancar a cabeça de nenhum cliente irritante e soltei um suspiro de alívio quando fechamos e fui para o carro. Meu alívio durou pouco quando vi alguém recostado nele. Eu me aproximei devagar e peguei uma lata de spray de pimenta na bolsa.

— Posso ajudá-lo?

Meu corpo relaxou quando a figura se virou e vi que era Drake. Ele sorriu quando me aproximei e me curvei para a porta.

— Você quase me matou de susto! – gritei quando cheguei ao carro.

Ele olhou o spray de pimenta na minha mão e sorriu com malícia.

— Você ia mesmo jogar esse spray em mim?

— Passou pela minha cabeça. Agora sai daí ou eu empurro você — eu disse enquanto tentava afastá-lo da porta. Ele se recusou a se mexer.

— Que foi, dormiu mal? O paraíso já está com problemas?

— Não, não é nada da sua conta, agora sai daí! – Ele se limitou a me abrir um sorriso, sem se mexer um centímetro. Joguei as mãos para o alto. – Por que você está aqui?

— Não posso te visitar no trabalho?

Olhei meu telefone.

— Você sabe que passa da meia-noite e estamos parados num estacionamento escuro, não é?

— Venha comigo, quero dar um passeio de carro.

Neguei com a cabeça.

— Preciso ir para casa, é só me dizer o que você quer.

Ele se afastou do meu carro e parou na minha frente, erguendo a mão para acariciar meu rosto.

— Por favor?

Respirei com dificuldade pelo contato e me afastei.

— Acho que essa não é uma boa ideia.

— Juro que vou manter as mãos longe de você.

Mordi o lábio enquanto pensava no que fazer. Por fim, assenti e caminhamos até seu carro. Ficamos em silêncio enquanto ele dirigia pela Mileground Road e se misturava ao trânsito da interestadual.

— Para onde vamos? — perguntei enquanto costurávamos pelo tráfego.

— Até um lugar onde vou quando preciso pensar ou compor, dependendo do meu estado de espírito.

Fiquei em silêncio. Ele pegou uma saída e uma estrada secundária que nunca vi. Depois de alguns minutos calada, olhei para ele.

— Pensei que já tivéssemos discutido isso. Não quero entrar na mata da Virgínia Ocidental para ser assassinada.

Ele sorriu.

— Eu não vou matar você. Já vamos chegar.

As árvores começaram a rarear até que se abriram numa clareira. Ele parou em um aterro e desligou o carro. Perdi o fôlego quando vi o lago a nossa frente.

— Onde estamos?

Ele saiu do carro e pegou uma manta na mala, abrindo-a no capô do carro. Drake pulou no capô e se virou sorrindo para mim.

— Esse é meu lugar secreto e este — ele gesticulou para a água diante de mim — é o lago Cheat. Agora saia daí.

Saí do carro e me sentei ao lado dele.

— É lindo.

E era mesmo. A lua brilhava forte, refletindo-se na superfície. Não havia luzes por quilômetros a nossa volta e o lugar me trazia uma sensação de paz. Eu me recostei no para-brisa para descansar as costas e o encarei quando ele falou.

— É, é mesmo. Gosto de vir aqui e ficar longe de tudo.

Ficamos sentados em silêncio por alguns minutos, os dois curtindo a vista e a paz que nos trazia.

– Por que você me trouxe aqui, Drake? – perguntei em voz baixa.

Ele se virou e abriu um leve sorriso.

– Não sei. Eu não estava conseguindo dormir e decidi vir para cá. Mas não faço ideia de por que fui parar naquele estacionamento.

Estendi o braço e peguei sua mão, apertando-a um pouco antes de soltar.

– Por que você me ignorou o dia todo? E não diga que você não ignorou, eu sei quando alguém está me evitando de propósito.

Ele deslizou para trás e se acomodou ao meu lado, olhando a lua. O aro em seu lábio brilhou com o reflexo e me obriguei a virar o rosto de seus lábios cheios.

– Eu estava evitando você, não vou mentir.

Fiquei em silêncio, esperando que ele continuasse.

– Você me entendeu mal ontem de manhã. Eu te disse para ficar com Logan, mas não pensei que você entraria de cabeça daquele jeito.

Eu me sentei reta e o fuzilei com os olhos.

– Então, você está me evitando porque transei com alguém? Que idiotice. Se fosse o contrário, eu jamais poderia falar com você de novo, com todas as mulheres que você fica.

– Você é diferente. Eu não tenho moral, você é muito melhor que eu.

– Então agora eu não presto por dormir com um cara? Você é um hipócrita de merda!

Comecei a deslizar do capô para me afastar dele, mas ele me segurou pelo braço e me puxou de volta.

– Não foi isso que eu quis dizer. Sei que você não é nada disso, só não esperava que você fosse transar com ele sem estar namorando.

Eu me sentei em silêncio, furiosa.

– Não fique chateada comigo, Chloe. Só estou cuidando de você.

– Não estou chateada, Drake, estou furiosa. Nada disso é problema seu, então, gostaria que você não se metesse!

Ele segurou meu rosto e me puxou para ele, nossos narizes quase se tocando.

– Você sempre será problema meu, Chloe. Eu gosto muito de você. – Ele me soltou e se recostou novamente no para-brisa enquanto eu fiquei ali, sem fala, olhando para ele. – Então, vocês agora estão juntos, ou foi só uma ficada?

Dei um tapa na barriga dele e ele riu.

– Que foi? Só estou perguntando.

– É, estamos juntos.

Ele assentiu ao voltar o olhar para a água.

– Então, fico feliz por você. – Ele se sentou reto e deslizou do capô, estendendo a mão para mim. – É melhor levar você para casa, está tarde.

Peguei sua mão e deixei que ele me ajudasse a descer. Quando estava em segurança no chão, ele me soltou e pegou a manta. Drake a jogou na mala do carro enquanto eu abria a porta e me sentava em silêncio. Ele entrou e deu a partida, nos levando de volta para a interestadual até meu carro. Ainda estávamos em silêncio quando ele parou.

Olhei para ele ao abrir a porta.

– Estamos numa boa?

Ele me abriu um sorriso triste.

– Sim, Chloe, estamos numa boa.

Eu me virei e o puxei num abraço apertado, sufocando-o. Ele não se mexeu, mas logo relaxou e correspondeu ao abraço.

– Que bom, Drake. Você é importante para mim e não quero perdê-lo.

Ele me beijou de leve no rosto enquanto eu me afastava e saía.

– Você não vai me perder, Chloe. Te vejo amanhã, tá legal?

Sorri ao entrar no carro e dirigir para casa, me sentindo mais leve do que o dia todo.

CAPÍTULO QUATORZE

O MAIOR ERRO DO MUNDO

Os dois meses seguintes passaram num borrão enquanto eu caía numa rotina frenética de trabalho e escola. As aulas ficavam mais difíceis à medida que chegávamos ao final do período e eu passava a maior parte do meu tempo livre fazendo trabalhos ou estudando. Sempre que não estava ocupada, ficava com Logan, Amber, Rachel e Drake.

Depois da noite no lago, Drake e eu continuamos amigos como sempre, vendo com frequência quem irritava mais o outro. A turma toda sempre ia aos shows de Drake toda sexta-feira à noite no Gold's e rapidamente se tornou nosso programa preferido. Jade e os meninos logo se tornaram amigos e se juntavam à nossa mesa depois das apresentações com muita frequência.

Amber e Alex terminaram algumas semanas depois do primeiro encontro e eu a vi olhando para Adam atentamente em várias ocasiões. Isso me preocupava, vendo como ele era mais galinha do que Drake – como se isso fosse possível. Ela não precisava se magoar de novo. As fãs continuavam aparecendo a nossa mesa aos bandos e tentei não deixar que isso me incomodasse, mas me aborrecia, em especial nas noites em que eu via Drake sair com uma delas ou, às vezes, até com duas.

Logan e eu passávamos a maior parte das nossas noites na cama dele, estudando ou namorando, e fiquei feliz de como as coisas começaram a se desenrolar. Não transamos de novo e comecei a me sentir culpada, mas deixei essa ideia de lado. Quando eu me sentisse confortável, iria rolar. De preferência, quando eu estivesse sóbria. E me incomodava nele sua necessidade de ser extremamente carinhoso quando Drake estava por perto. Quando estávamos com Drake, eu mal conseguia tirar as mãos de Logan de mim. Drake não falava nada, mas eu o pegava nos olhando com uma expressão irritada ou aborrecida.

Drake e eu combinamos de estudar juntos na noite antes de uma prova difícil que valia um quarto da nossa nota. Logan não ficou satisfeito com a ideia, mas concordou de má vontade depois que lhe disse, mais uma vez, que ele não tinha motivos para se preocupar. Ele até pareceu relaxar depois de me dar um beijo digno de tirar o fôlego no almoço, na frente de Drake, antes de sair.

Suspirei quando parei na frente da casa de Drake, pensando no showzinho de Logan. Afastei o pensamento ao bater na porta e entrar.

– Oi? Tem alguém em casa? – gritei. Não houve resposta, mas eu ouvia HELLYEAH berrando no som em seu quarto. Fui rapidamente a sua porta e bati, com medo do que veria quando a abrisse. Ainda sem resposta, abri um pouco a porta, espiando pela fresta. Senti uma onda de alívio quando vi Drake na cama sozinho. Abri inteiramente a porta e entrei.

Ele estava deitado na cama só de cueca, olhos fechados, e fiquei um momento analisando fixamente seu corpo. Os músculos dos braços e da barriga eram duros e definidos; ele era a pura perfeição masculina e eu estava ficando excitada só de olhar. Saindo do meu transe cheio de desejo, me aproximei dele e toquei em sua barriga. Seu corpo deu um solavanco enquanto os olhos se arregalavam e ele se sentou num pulo, agitando os braços. Rapidamente recuei, por pouco não levando um soco na cara. Ele me viu e parou.

— Meu Deus do céu, mulher. Não chegue perto de mim assim de mansinho — gritou enquanto se sentava e abaixava a música a um murmúrio baixo.

— Desculpa, eu bati e gritei.

Ele se levantou da cama e passou por mim até a sala de estar, ainda de cueca.

— É um ótimo jeito de ser nocauteada. Não faça isso de novo.

Olhei feio para ele.

— Não me trate como se eu fosse qualquer uma; você sabia que eu viria esta noite. Não é minha culpa que sua música estivesse alta o suficiente para abafar um trem se ele descarrilasse pela sua casa.

Ele se sentou no sofá.

— Tanto faz, vamos acabar logo com isso.

Eu me sentei na poltrona de frente para ele.

— Com o quê, a grosseria?

— Eu não sou grosseiro. Só quero acabar logo com essa merda.

Revirei os olhos enquanto ele abria um livro e me olhava.

— Por mim, tudo bem, mas dá pra você se vestir primeiro?

Ele sorriu pela primeira vez desde que entrei na casa.

— Por que, vai ser uma distração para você?

— Drake, eu sou mulher. Sim, será uma distração para mim.

Ele sorriu com malícia ao se levantar e voltar ao quarto, retornando totalmente vestido alguns minutos depois.

— Melhor assim?

— Muito obrigada. Agora vamos começar.

Passamos a hora seguinte estudando. Ou melhor, eu passei estudando, ele passou olhando o vazio com cara de irritado. Finalmente desisti e fechei o livro numa pancada enquanto o fuzilava com os olhos.

– Já chega! Qual é o seu problema hoje? Você está mais esquisito do que o normal desde que cheguei aqui.

– Não tem nada de errado comigo. Vai embora, tá legal?

Continuei a olhar feio enquanto ele tentava passar por mim e sair da sala. Eu o segurei pelo braço e cravei as unhas em seus músculos duros.

– Não, eu não vou embora. Me diz o que está incomodando você.

Ele se desvencilhou da minha mão e se afastou.

– Você não quer saber a resposta. Me deixa em paz, Chloe.

Joguei as mãos para o alto e bati o pé.

– Me diz qual é a merda do problema, Drake. Não vou sair antes de você falar.

Ele se virou para ficar de frente para mim.

– Tudo bem, quer saber qual é o meu problema? Não suporto ver você com ele todo dia, vê-lo abraçar você, te beijar, quando devia ser eu! – gritou ele enquanto eu ficava sem chão em sua sala.

– Do que você está falando? Foi você que disse que eu não podia ter você, foi você que disse para eu ficar com Logan mesmo quando eu não tinha certeza! Você não me quer, Drake, você só quer trepar comigo!

Ele se aproximou de mim e me jogou contra a parede.

– Tem razão, eu quero trepar com você. Quero pegar você no colo e levar para meu quarto e foder você até você gritar meu nome sem parar enquanto se desmancha embaixo de mim, mas não posso. Eu não faria isso com Logan. Sou um babaca, mas não sou desse tipo. – Ele deu um murro na parede ao lado de minha cabeça e eu pulei.

– Não sei o que você quer que eu diga. Eu já me abri com você e você me empurrou para ele.

– Sei que fiz isso e tenho que conviver com essa ideia desde aquele dia. Eu quero muito você, Chloe, que não consigo me afastar – sussurrou ele ao encostar a testa na minha. – Não entendo nada disso, simplesmente sei que preciso ter você ou nunca vou conseguir relaxar.

As palavras escapuliram da minha boca antes que eu pudesse impedir.

– Então, me pega.

Ele se afastou e me olhou nos olhos.

– O quê?

Eu me curvei para passar os braços pelo seu pescoço e puxá-lo para mim, sem saber o que estava fazendo, mas incapaz de me conter.

– Se você me quer, me pega. Se isto é necessário para a gente tirar o outro da cabeça, então, vamos nessa.

Ele hesitou.

– E Logan?

Fechei os olhos quando a culpa me tomou.

– Não posso continuar com ele sem parar de pensar em você. Por favor, Drake. Eu preciso disso. Faça isso por mim. – Minha boca foi à dele e eu o beijei ansiosamente.

Ele reagiu de imediato com um gemido enquanto correspondia ao beijo.

– Meu Deus, Chloe, seu gosto é sempre tão bom. – Ele voltou a me beijar enquanto me erguia do chão e eu passava as pernas pela sua cintura, sentindo que ele já estava duro contra mim. Ele gemeu. Mexi os quadris para me esfregar nele.

Andando de costas, ele me carregou para seu quarto e me jogou na cama, montando em mim. Sua boca procurou a minha de novo enquanto as mãos deslizavam por baixo da minha blusa. Suspirei e joguei a cabeça para trás ao sentir seus dedos tocando meu mamilo, apertando-o gentilmente entre os dedos. Arqueei as costas para ficar mais junto dele e Drake enfiou a língua dentro da minha boca. Agora que eu sabia do seu piercing, estava preparada e chupei sua língua, o metal batendo nos meus dentes.

Ele gemeu de novo e se apertou em mim.

– Preciso de você nua. Agora.

Ele me ergueu o suficiente para tirar minha blusa e abrir o sutiã antes de desabotoar a calça e tirá-la junto com a calcinha. Estendi a mão para sua camisa, mas ele a tirou antes mesmo que eu a tivesse tocado. Minhas mãos se atrapalharam com seu jeans enquanto ele jogava a camisa pelo quarto. Assim que consegui desabotoar, passei a mão por dentro e envolvi seu membro com os dedos.

Ele estremeceu.

– Chloe, para ou eu vou gozar antes de entrar em você.

Continuei a passar a mão pela sua ereção, deixando-o ofegante. Drake segurou minhas mãos e as colocou acima da minha cabeça.

– Não estou brincando, estou a ponto de gozar e ainda mal toquei em você. – Ele chutou a calça jeans e rastejou por cima de mim até me olhar diretamente nos olhos. – Mexa essas mãos e vou amarrá-las na cabeceira da cama.

Meu corpo tremeu de prazer com a ideia de Drake me amarrando e fazendo o que quisesse comigo.

– Eu serei boazinha, prometo.

Ele baixou a cabeça e lentamente me beijou na boca, depois passou para o meu pescoço. Desceu mordiscando meu pescoço até meus peitos – chupando um primeiro, depois o outro, rolando a língua com o piercing em volta deles.

– Ah, meu Deus, não pare – gemi, arqueando as costas.

Ele os soltou e lentamente desceu a língua pela minha barriga, parando nos meus quadris para lamber ali também. Meu corpo se convulsionou e senti o orgasmo crescendo. Ele segurou minhas pernas e as colocou por cima dos ombros enquanto sua língua lambia com vontade meu clitóris inchado, o piercing aumentando a sensação. Ele meteu um dedo em mim enquanto continuava a lamber e senti meu corpo se retesar em volta dele.

– Drake. Ah, meu Deus, por favor.

– Shhhhhh, goze para mim, gata. Eu quero sentir.

Só precisei de suas palavras para chegar lá. Gritei seu nome e minhas pernas se fecharam em volta dele, segurando sua boca com força contra mim enquanto ele ainda me lambia, prolongando meu orgasmo.

As ondas se acalmaram e gemi.

– Isso foi incrível.

– Que bom que você gostou, mas ainda não terminei.

Levantei a cabeça da cama para olhá-lo.

– Eu nunca... Acho que não posso gozar de novo.

Ele sorriu com malícia.

– Acho que não terei problemas para fazer você gozar de novo. – Ele beijou meu corpo todo antes de se posicionar entre as minhas pernas. – Você toma algum anticoncepcional, não é?

Assenti, mas o impedi antes que ele me penetrasse, rolando até ficar montada nele. Comecei a descer pelo seu corpo aos beijos, parando para passar a língua em cada piercing nos mamilos. Ele deslizou as mãos pelas minhas costas enquanto eu baixava mais a cabeça, mas algo chamou minha atenção e eu recuei.

– Você não estava brincando quando disse que tinha piercing em tudo.

Seu riso foi curto enquanto eu baixava a cabeça e passava a língua várias vezes pelo seu membro, fazendo Drake estremecer.

– Para de me provocar, mulher, e acaba com isso!

Eu ri.

– Muito impaciente?

– Ah... Fode logo! – gritou ele enquanto eu envolvia seu membro com os lábios e o engolia o mais fundo possível sem engasgar. Comecei a chupar delicadamente, passando a língua pela cabeça, desfrutando do gosto enquanto ele gemia. De repente, ele me afastou e me colocou de costas, posicionando-se em minha abertura mais uma vez.

– Já chega disso. Está pronta para mim, gata?

Assenti e ele lentamente deslizou para dentro de mim, um centímetro torturante após outro. Depois de entrar totalmente, ele parou por um momento para dar ao meu corpo a oportunidade de se adaptar ao seu tamanho.

– Meu Deus, Drake, você é enorme.

Ele riu ao meter repetidamente, seu piercing se esfregando em mim de um jeito que me fez gritar.

– Drake, por favor...

– Por favor o quê, gata? Me diz o que você quer.

Joguei a cabeça no travesseiro enquanto ele continuava a meter.

– Me come mais forte, Drake, por favor! Eu preciso mais forte!

Rapidamente ele tirou e me virou. Erguendo meus quadris, ele me comeu por trás.

– Meu Deus, você é tão apertada, tão gostosa, Chloe!

Meus dedos agarraram os lençóis e ergui os quadris para trás, tentando tomá-lo mais fundo. Sentia que ia gozar de novo.

— Está pronta, gata? Quero gozar junto com você – perguntou Drake, ainda indo fundo.

— Sim, por favor, não pare.

Ele colocou a mão entre as minhas pernas e massageou meu clitóris, me fazendo perder o controle. Gritei seu nome quando gozei enquanto o sentia explodir dentro de mim.

Drake desabou em cima de mim e ficou ali por um minuto enquanto tentávamos controlar a respiração. Por fim, ele se afastou e foi ao banheiro para se limpar. Rolei de costas enquanto ele voltava ao quarto e se deitava ao meu lado.

— Você é incrível, Chloe.

Fechei os olhos e me enrosquei nele, deitando a cabeça em seu peito, curtindo seu calor.

Ele me envolveu nos braços e beijou o alto de minha cabeça.

— Você devia ir embora.

Meu corpo se retesou ao ouvir isso enquanto eu me dava conta do que tínhamos acabado de fazer. Eu me afastei e me vesti o mais rápido que pude.

— Tem razão, ainda bem que tiramos isso da cabeça.

Drake se sentou, o lençol caindo em volta da sua cintura.

— Chloe, não foi isso que eu...

— Dá um tempo, Drake. Sei o que você quis dizer. – Eu praticamente corri do quarto até meu carro, com as lágrimas escorrendo pelo rosto enquanto dirigia.

Não voltei ao meu alojamento. Em vez disso fiquei rodando pela cidade, parando num estacionamento vazio enquanto a culpa e a angústia me machucavam. Descansei a cabeça no volante e me permiti chorar. Depois de alguns minutos, consegui me recompor o suficiente para me sentar direito. Não sei quanto tempo fiquei ali, vendo o trânsito passar, soluçando e tremendo. Dessa vez eu realmente estraguei tudo. Em vez de tirar Drake da cabeça, transar com ele só aumentou em dez vezes os meus sentimentos. Evidentemente ele não sentiu a mesma coisa, vendo como me expulsou da sua cama no minuto em que terminamos. Fechei os olhos e deixei a cabeça cair no assento. Nossa amizade tinha chegado ao fim e eu sabia disso.

Afinal, era minha culpa. Ele tentou me afastar e eu me joguei em cima dele. Desde o início sempre soube que Drake me magoaria e segui em frente mesmo assim. Visualizei o rosto de Logan nos meus pensamentos e voltei a chorar. Como eu poderia olhar para ele depois disso? Eu o tinha traído. Estava bem claro que ele era bom demais para mim e eu sabia disso. Não sei quanto tempo fiquei sentada ali, perdida em pensamentos antes de meu telefone apitar com uma nova mensagem de texto. Eu o peguei, no fundo rezando para que fosse Drake. Mas a mensagem era de Logan.

Logan: **Oi, gata, ainda está com Drake?**

Respirei fundo, pensando se diria a verdade. Em vez disso, como uma covarde, deixei minha culpa de lado.

Eu: **Estou, mas vou embora agora. Te vejo daqui a pouco. Bjs.**

Logan: **Tudo bem, passe no meu quarto. Pedi comida chinesa.**

Eu: **Vou passar.**

Enxuguei os olhos, dei a partida no carro e voltei para casa.

CAPÍTULO QUINZE

FUGA

As semanas seguintes se passaram sob uma neblina. Drake voltou a me evitar o tempo todo e eu só falava com ele na aula que fazíamos junto com Logan. Não queria que Logan desconfiasse. Fiquei deprimida e magoada por ver como minha vida parecia estar fora de controle. Quando Logan perguntou o que me incomodava, dei uma desculpa qualquer sobre como as aulas e o trabalho estavam me esgotando. Ele não ficou completamente convencido, mas me deixou em paz por algum tempo.

Drake parou de se sentar com a gente no almoço e fiquei aliviada até começar a vê-lo de novo com outras mulheres. Sempre que o via, ele estava com uma garota diferente e eu sabia quão pouco eu significava para ele. Escolhi trabalhar no turno da noite às sextas-feiras para ter uma desculpa válida e não aparecer mais nos shows de Drake. Todas as outras noites livres eram dedicadas aos estudos, evitando ao máximo possível todo mundo.

Logan finalmente conseguiu um emprego em uma oficina local, fazendo alinhamento e balanceamento de rodas. Significava que íamos nos ver ainda menos do que antes e, no fundo, fiquei feliz. Eu mal conseguia olhá-lo sem morrer de culpa pelo que eu tinha feito. Eu sabia que deveria contar a ele, mas não conseguia me decidir se faria isso ou não. Eu estava bem consciente de que eu era uma pessoa horrível e sentia que precisava sofrer sozinha. Ou talvez eu fosse simplesmente uma covarde. Eu sabia que não haveria volta depois que contasse sobre Drake e eu não só perderia meu namorado, mas também meu melhor amigo. Eu não estava preparada para desistir dele, por mais egoísta que isso me tornasse.

A única coisa boa de toda essa confusão foi ter passado tanto tempo estudando escondida no meu quarto e na biblioteca, porque, quando fiz as provas finais, logo soube que tinha passado em cada matéria com excelentes notas.

As festas de fim de ano se aproximavam e decidi passar o Natal na casa dos pais de Amber. Janet foi muito legal em me dar as folgas necessárias. Ela explicou que, como a maioria dos estudantes ia embora, a loja teria pouco movimento e os outros funcionários poderiam cuidar de tudo sem problemas.

Na noite antes da nossa partida, eu tinha guardado minhas coisas na mala do carro de Amber, assim como os presentes que comprei para ela e seus pais, Dave e Emma. Como tinha acabado de começar no trabalho, Logan decidiu ficar em Morgantown durante as festas para ganhar as horas extras, embora seu chefe tivesse dito que não era necessário. Fiquei meio decepcionada por ele ficar, apesar de eu estar tentando evitá-lo. Era nosso primeiro Natal juntos como namorados e o primeiro que passaríamos longe desde que nos conhecemos. Parecia um prenúncio: ficar juntos nos mantinha separados.

Como Logan precisou trabalhar na noite em que Amber e eu viajamos, ficamos juntos na noite anterior, trocamos presentes e nos despedimos. Comprei para ele um novo videogame que ele queria muito e ele me deu um cartão de presente da Amazon para eu comprar mais livros para o Kindle que Emma tinha me dado de Natal no ano passado. Depois de ele zerar metade do jogo em duas horas, passamos o resto da noite aconchegados e nos despedimos.

Decidi dormir cedo porque viajaríamos ao amanhecer, mas depois de uma hora rolando na cama, sem nenhum sono, troquei de roupa e peguei minha chave. Andei por Morgantown e ao redor da cidade antes de me ver pegando a mesma saída que Drake tomara naquela noite mil anos atrás. Passei pela estrada desconhecida duas vezes antes de finalmente localizá-la.

Dirigi pelo que pareceram horas e comecei a me perguntar se tinha entrado na estrada errada, quando enfim cheguei à clareira. Estacionei no mesmo local que Drake, saí e fui à margem. Senti a mesma paz de antes ao olhar a água batendo delicadamente. Olhei em volta, notei uma pequena trilha que levava à beira da água e desci com cuidado, escorregando de vez em quando.

Quando finalmente cheguei à água, me sentei num tronco apodrecido e tirei os sapatos, mergulhando os pés na água. Faltava pouco para o inverno, a noite estava fria e, a água, um gelo. Fechei mais o casaco no corpo e deixei que a água entorpecesse meus pés e meus pensamentos. Era bom deixar tudo de lado por um tempo, sem sentir o remorso e a culpa pairando pela minha cabeça como uma nuvem escura de tempestade.

A pior parte é que eu me arrependia por ter magoado Logan, mas não senti tanto remorso por ter dormido com Drake. Apesar de como eu e Drake nos afastamos, aquela noite foi uma das melhores da minha vida e, apesar do que estava acontecendo, eu faria tudo de novo. Estremeci ao me lembrar do corpo de Drake junto ao meu e senti excitação.

Balancei a cabeça para clarear os pensamentos, me levantei e puxei as pernas da calça para cima. Entrei na água gelada até deixá-la na altura dos joelhos, depois na minha cintura, ensopando inteiramente a calça jeans. Eu dava outro passo quando alguém me segurou por trás e me tirou dali. Gritei na noite, cortando o silêncio.

— Mas que merda você está fazendo, quer pegar uma pneumonia?

Senti fraqueza nos joelhos e caí no chão quando me soltaram. Levantei a cabeça e vi Drake em pé, me olhando furioso. Tentei me levantar, mas eu tremia tanto que virei de costas no chão.

— Ooooo... O que vooooocê está faaaazendo aqui? – tentei perguntar enquanto meu corpo se convulsionava de frio.

Ele se abaixou e me pegou nos braços, me levando morro acima. Drake me sentou em seu capô ainda quente, foi até a mala e pegou a manta e uma bolsa.

— Meu Deus do céu, Chloe, você está congelando – grunhiu ele, jogando a manta em cima de mim e procurando algo na bolsa até encontrar. Ele pegou uma calça de moletom e me entregou. – Você precisa se trocar, vista isso.

— Táááááá bom, maaaas viiiire-se.

Ele revirou os olhos, mas se virou para me dar privacidade enquanto eu descia do capô e lutava com os botões da calça ensopada. Meus dedos estavam dormentes e eu tremia tanto que mal conseguia me mexer. Suspirei e me virei para ele, com medo de pedir ajuda.

— Pooooode me ajudaaaar?

Ele se virou e tirou minha calça em segundos antes de me ajudar a vestir o moletom seco. Era grande demais para mim, mas de imediato me sentia mais aquecida. Ele me enrolou na manta e me colocou no banco da frente do carro, entrou e girou a ignição, ligando o aquecimento no máximo. Virei a ventilação para mim e estendi as mãos ali, sentindo o calor fluir pelo meu corpo. Ficamos em silêncio por vários minutos até eu me sentir aquecida o bastante para voltar a falar.

— Quer me dizer o que você estava fazendo lá fora além de tentar morrer congelada?

Olhei fixamente para as minhas mãos, mas não respondi. Agora, que conseguia raciocinar de novo, desejei estar em qualquer lugar, menos neste carro com ele. Ficar tão perto dele era fisicamente doloroso e meu peito começou a doer. Cruzei os braços, tentando me conter, sentindo que ele me olhava. Eu não ia desabar na frente deste homem, não podia. Apesar de me salvar da minha própria estupidez, ele não se importava comigo e eu não ia deixar que soubesse como eu estava magoada com ele.

Ele suspirou e o vi passar as mãos no cabelo. Notei que fazia isso quando estava agitado ou chateado.

— Não vamos conversar sobre isso?

Balancei a cabeça e olhei para a água a nossa frente.

— Mas que droga, Chloe, fala comigo, merda! Por que você veio aqui? Por que entrou na água daquele jeito?

Respirei fundo e me virei para ele.

— Eu só queria encontrar a paz. Vim aqui porque queria ficar entorpecida... Não queria sentir nada, mesmo por um tempinho.

— Podia ter encontrado um jeito melhor. Além de tudo, você não devia ficar sozinha aqui tarde da noite. Alguém podia ter encontrado você e você estaria indefesa.

— Sei me cuidar. Faço isso há muito tempo.

— Do que você está fugindo, Chloe?

Senti as lágrimas escorrerem pelo meu rosto ao me virar para ele.
– De você. Estou fugindo de você, mas não posso fugir de você aqui.

Joguei a manta em cima dele e saí do carro correndo. Eu o ouvi gritar meu nome enquanto eu corria até meu carro, mas fugi da clareira antes que ele conseguisse me alcançar. Eu nunca encontraria a paz que procurava, nem mesmo ali.

...

Amber e eu estávamos de volta a Charleston antes do amanhecer no dia seguinte. Fiquei em silêncio na primeira parte da viagem, pensando na noite anterior. Ver Drake foi um choque para o meu coração já fragilizado. Percebi que, embora eu o odiasse, ainda gostava tanto dele que doía. Fiquei vulnerável por ter oferecido meu coração para que ele o machucasse e a vulnerabilidade me assustava mais do que meus sentimentos por ele.

Amber achava que eu estava quieta por causa da hora e me deixou em paz enquanto os quilômetros corriam em silêncio. Paramos no meio do caminho para comer alguma coisa, ir ao banheiro e completar o tanque de gasolina. Meu estado de espírito melhorou muito quando entramos no banheiro. Amber se recusava a se sentar em qualquer privada de banheiro público, em especial uma tão nojenta como esta. As paredes estavam cobertas de manchas que eu me recusava olhar e os reservados tinham mais pichações do que um vagão do metrô.

Ela estava numa cabine ao meu lado, segurando-se nas paredes como um macaco, quando ouvi um barulho alto seguido de um borrifo e alguns palavrões. Reprimi o riso enquanto ela ainda xingava.

– Será que quero saber?

– Cala a boca! Eu caí nessa merda de privada infestada de bactérias! Acho que vou vomitar!

Não consegui conter o riso quando ela saiu da cabine com a parte de trás da camiseta ensopada. As lágrimas escorriam pelo meu rosto enquanto eu me curvava, segurando a barriga.

– Ah, meu Deus, Amber, vou morrer agora. Não. Consigo. Respirar! – Consegui ofegar entre os ataques de riso.

Amber me lançou um olhar mortal, lavou as mãos e voltou para o carro. Pegou uma blusa em uma das bolsas na mala, xingando o tempo todo. Tirou a blusa ali mesmo no estacionamento e vestiu uma limpa.

– Preciso de um banho, e já.

Eu ainda estava rindo quando subimos a rampa de entrada e pegamos o trânsito congestionado. Coloquei um dos meus CDs preferidos no som do carro. Passamos o resto da viagem batendo cabeça e cantando desafinado.

Emma correu para nos receber assim que paramos na entrada, com Dave atrás dela. Ela nos agarrou logo que saímos do carro e nos puxou num abraço de quebrar as costelas.

– Minhas meninas!

Ri ao me afastar e esfregar as costelas agora doloridas.

– Também senti saudade de você, Em.

Ela me deu um beijo no rosto enquanto Dave pegava nossas malas e as levava para dentro de casa. Peguei algumas para ajudá-lo e subi a calçada até a imensa casa. Embora eu tenha vivido grande parte do ensino médio ali, ainda ficava deslumbrada com o tamanho e a beleza da casa.

Era de tijolos, estilo colonial, com dois andares, janelas e molduras brancas. Duas pilastras brancas e grandes na frente escoravam o telhado da imensa varanda, decorada com várias jardineiras de flores. O quintal e o jardim florido na frente eram bem cuidados. Perto do fundo da casa, havia uma quadra de tênis e uma piscina coberta que tomava a maior parte do espaço.

Emma era médica da emergência do hospital local, enquanto Dave tinha sua própria firma de advocacia. É desnecessário dizer que eles nadavam em dinheiro, mas, apesar da grandiosidade de sua casa, nunca conheci duas pessoas mais simples. Entrei no hall espaçoso de piso de mármore e olhei para ver se alguma coisa tinha mudado. Tudo continuava igual, a não ser por algumas fotos nossas na faculdade que Amber tinha mandado para casa e estavam penduradas na parede. Meu coração se apertou com uma foto minha entre Drake e Logan no bar certa noite, todos sorridentes e felizes.

À minha esquerda ficava a cozinha, onde Emma preparava sanduíches para nós. Era clara e alegre, pintada em tons pastel, bonita e branca, o piso de ladrilho e todos os eletrodomésticos pretos e de última geração. A sala de jantar se abria na frente dela. Uma mesa de carvalho polido ficava bem no meio da sala, com tamanho suficiente para acomodar dez pessoas.

À minha direita ficava a sala de estar, o sofá de couro junto da outra parede, de frente para um imenso aparelho de TV de 72 polegadas e um sistema de som impressionante. Havia várias poltronas espaçadas pelo resto da sala, todas combinando com o sofá. Bem a minha frente ficava a escada que levava aos nossos quartos.

Coloquei as bolsas perto da porta enquanto Amber entrava e corremos para comer os sanduíches que Emma nos oferecia. Sentamos e só nos faltou inspirar os sanduíches enquanto Emma sorria e dizia para irmos mais devagar. Depois de beber todo o copo de água que ela me passou, peguei minhas bolsas e subi até meu quarto. Passei a meia hora seguinte guardando tudo, depois me joguei na cama para relaxar. Meus olhos se fecharam e adormeci.

...

Acordei sentindo alguém acariciando meu quadril enquanto lábios macios davam beijos leves no meu pescoço. Abri os olhos e me sentei, vendo Drake de pé com um sorriso sensual nos lábios cheios. Olhei pelo quarto e confirmei que ainda estava na casa de Emma e Dave antes de voltar a olhá-lo.
— Drake? O que está fazendo aqui?
Ele colocou o dedo nos meus lábios e se abaixou, começando a mordiscar minha orelha.
— Shhhhh. Isso não interessa. Estou aqui e é isso que importa.
Caí nos travesseiros enquanto ele subia na cama e montava em mim. Sua boca tomou a minha para um beijo urgente e senti que eu já ficava molhada. Desci a mão pelas suas costas e percebi que ele estava sem camisa. Minhas mãos percorreram sua pele nua enquanto ele tirava minha blusa e meu sutiã. Ele trilhou meu pescoço com beijos, passando pela clavícula e finalmente chegando aos meus seios. Passou a língua em volta dos mamilos, sem realmente tocá-los. Eu fiquei louca de desejo e tentei empurrar sua cabeça para baixo.
Ele riu enquanto se afastava um pouco.
— Não precisa ficar tão impaciente, temos a noite toda.
Gemi quando ele chupou meu mamilo e começou a mordiscá-lo.
— Isso é tão bom.
Segurei sua cabeça e passei os dedos pelo cabelo macio enquanto ele começava a dar a mesma atenção ao outro seio. Ele o soltou com um estalo e foi descendo aos beijos pela minha

barriga até o cós da minha calça. Abriu o zíper e correu a língua por baixo dele, me fazendo estremecer de prazer, e desceu pelos meus quadris para tirar a calça. Ele rapidamente tirou e a jogou na pilha de roupas no chão.

Gemi ao sentir um dedo, depois dois, entrando em mim. Ele enfiava num ritmo acelerado, enquanto o polegar encontrou meu clitóris e começou a traçar círculos lentos em volta dele. Fiquei sem ar enquanto ele me fodia com o dedo e sentia que eu estava a ponto de gozar, gritando seu nome. Minha respiração ainda estava entrecortada quando relaxei e sorri para ele.

– Você é muito bom com as mãos, muito além de tocar guitarra.

Ele riu ao subir pelo meu corpo aos beijos.

– E você sempre responde tão bem, não tem ideia de como isso me excita.

Sorri enquanto o virava de costas e passava as mãos pela sua barriga e seu peito. Eu o senti estremecer quando puxei delicadamente os anéis nos mamilos.

– Isso é bom?

– Você nem faz ideia.

Sorri ao descer e passar a língua desde os músculos definidos da sua barriga até o mamilo. Comecei a traçar pequenos círculos ali antes de brincar com a língua. Voltei minha atenção ao outro mamilo enquanto meus dedos desciam pela barriga para segurá-lo. Afaguei gentilmente seu membro e ele gemeu.

– Me chupa.

Balancei a cabeça enquanto ainda o acariciava.

– Só quando você pedir com educação. – Segurei com mais força e seu corpo se arqueou na cama.

– Chloe, não vai querer me testar.

Eu me curvei e passei a língua pela cabeça do pau.

– Você é que não quer me testar. Agora peça com educação.
Ele gemeu, irritado, e falou.
– Chloe, pode, por favor, me chupar? – Seu tom era sarcástico, mas concordei, deslizando a boca lentamente pela base até engolir totalmente a cabeça.
Recuei e olhei para ele.
– É isso que você quer?
Ele grunhiu e eu sorri ao enfiá-lo novamente na boca e chupá-lo gentilmente. Passei a língua pelo seu piercing e ele agarrou meu cabelo, me empurrando para trás.
– Mudança de planos. Monta em mim antes que eu perca a cabeça.
Subi e deslizei devagar em cima dele. Eu me sentei e comecei a cavalgá-lo lentamente, nos deixando loucos.
– Mais rápido, Chloe.
Eu me recusei, pois queria que nosso momento durasse. Ele grunhiu de novo e nos virou, me deixando por baixo, com ele ainda dentro de mim. Ele começou a meter forte e rápido, tão forte que a cama batia na parede.
– Ah, sim, meu Deus, isso! – gritei enquanto ele se socava dentro de mim sem parar. Ouvi uma batida diferente e percebi que tinha alguém na porta.
– Drake, alguém...
– Não se preocupe com isso.
Olhei enquanto a porta se abria, e Logan estava ali de pé, nos olhando com o pavor estampado no rosto.
– Chloe! Como você pôde?

...

Eu me sentei, ofegante, olhando ao redor do quarto. Foi só um sonho, mas muito real. Eu ainda sentia a pulsação entre as pernas, e percebi que a batida na porta continuava e gritei para a pessoa entrar enquanto eu tentava controlar meu corpo. A porta se abriu e Emma colocou a cabeça para dentro.

– Desculpa acordar você, mas o jantar está pronto.

– Tudo bem. Quanto tempo eu dormi?

– Quase a tarde toda. Não queríamos incomodar. Vocês, meninas, fizeram uma longa viagem. – Ela fechou a porta e atravessou o quarto, sentando-se ao pé da cama. – Chloe, nós precisamos conversar. Eu não queria dizer nada na frente de Amber para não assustá-la, mas você precisa saber.

Meu coração se acelerou quando a vi brincar com um fio do cobertor.

– Qual é o problema? Você e Dave estão bem?

– Não, querida, não é nada disso. É sobre a sua mãe. Ela veio aqui há umas duas semanas procurando você.

Meus olhos se arregalaram. Minha mãe nunca veio aqui e eu sequer tinha ideia de que ela sabia onde os pais de Amber moravam.

– O que ela queria?

Ela balançou a cabeça, perdida em pensamentos.

– Não sei, ela não disse nada. Só exigiu falar com você e, quando dissemos que não estava aqui, ela tentou nos obrigar a contar onde você estava.

– Você não contou a ela, não foi?

– Não, eu disse que a gente não via você há meses e não sabíamos onde estava. O que era verdade, eu não tinha uma ideia exata de onde você estava naquele momento. – Ela me abriu um sorriso diabólico e eu ri.

– Você é o máximo, Emma!

Ela riu antes de dar um pigarro e voltar a falar.

– Tenho certeza de que ela estava drogada, Chloe. Ela estava muito agressiva e hostil. Pensou que a gente estivesse mentindo sobre você estar aqui e tentou entrar na casa à força. Por sorte, Dave também estava aqui e conseguimos mantê-la do lado de fora. Finalmente ela foi embora, depois que ameaçamos chamar a polícia. Não sei o que ela quer de você, mas está decidida a te encontrar. Fico preocupada com você.

Deslizei para me sentar perto dela e a puxei num abraço apertado.

– Não precisa. A probabilidade de ela me encontrar num lugar a seis horas de distância daqui é quase nula. Além disso, eu não tenho nada para ela, se ela me achar.

Ela assentiu enquanto eu me afastava.

– Mas tenha cuidado, querida. Talvez você não saiba, mas eu a considero minha filha também. Dave e eu até conversamos sobre tentar adotar você, mas não queríamos trazer sua mãe para perto.

Senti meus olhos arderem com lágrimas.

– Obrigada por tudo o que vocês têm feito por mim. Para mim, você é minha mãe e eu te amo.

Ficamos sentadas, juntas, partilhando lágrimas de felicidade e tristeza por alguns minutos até que Emma engoliu o choro e me abriu um sorriso lacrimoso.

– E então, o que você tem feito? Mal tive notícias de você desde que começou na faculdade! Amber disse que você e Logan enfim estão juntos. Preciso dizer que você demorou muito.

Olhei para ela.

– Você sabia?

– É claro que sim, qualquer um podia ver como aquele menino olhava para você. Bom, todo mundo, menos você, pelo visto.

Dei um sorriso sem jeito.

– Eu sempre sou a última a saber.

– Você sempre viveu no seu mundinho. Estou surpresa que ele não tenha colocado uma placa em néon na sua frente.

Eu ri.

– Isso teria ajudado.

Ficamos em silêncio por um instante e ela roçou o ombro no meu.

– Então, me conta tudo. Como vocês estão indo?

Dei de ombros.

– Acho que estamos bem.

Ela ergueu as sobrancelhas.

– Ora, ora, só bem?

Comecei a mexer no mesmo fio com que ela brincou antes.

– Não, estamos ótimos.

– Chloe, sabe que pode me contar tudo, não é?

Eu a olhei e reprimi as mentiras que estava prestes a soltar. Esta mulher me amava, eu via isso no brilho em seus olhos. Agora eu sabia só de olhar. Eu não podia contar meus problemas para Amber porque ela também era amiga de Logan e isso a colocaria bem entre nós. Se ela contasse a ele, estaria me traindo; se não contasse a ele, seria ele o traído. Eu não a colocaria nesta situação.

Mas eu poderia contar a Emma sem que ela contasse meu segredo, mesmo sem querer? Eu precisava falar com alguém, isso estava me matando e eu não suportava mais. Não podia ser a única a saber.

– Fiz uma grande idiotice. Eu sou uma pessoa horrível e não mereço Logan. Ele é um cara ótimo e eu não passo de lixo.

Ela colocou a mão nos meus ombros e os acariciou gentilmente.

– Não pode ser assim tão ruim, querida.

Fiz que sim com a cabeça.

– É assim, Emma. Não sei como consigo conviver comigo mesma. Eu o traí, traí o amigo mais maravilhoso que já tive.

Ela parou de acariciar meu ombro e esperei que começasse a gritar comigo. Eu não merecia nada diferente.

– Ah, Chloe, o que aconteceu?

– O nome dele é Drake e me apaixonei por ele no minuto em que o vi. Ele é lindo e, embora pareça meio rude, tem o maior coração que já vi. Ou, pelo menos, pensei que tivesse.

Ela me ouviu desabafar, e eu contei tudo o que aconteceu desde que o conheci. De vez em quando, ela fazia perguntas. Quando terminei, lágrimas escorriam pelo meu rosto de novo e ela me puxou num abraço apertado.

– Você se meteu mesmo numa confusão, não foi?

Concordei, afundando a cabeça em seu pescoço.

– Sei que vai me detestar por dizer isso, mas você precisa contar a Logan. Sim, você pode perdê-lo, mas não pode continuar vivendo deste jeito. E pelo que você me falou sobre Drake, não posso dizer que concordo com sua opinião sobre o que ele sente. Evidentemente ele tem problemas, porque cada hora está com uma mulher diferente, mas isso não quer dizer que ele também não esteja mal. Você precisa conversar com os dois antes que isso saia mais do controle.

Concordei novamente enquanto me afastava.

– Eu sei. E obrigada por me ouvir, mas, por favor, não conte nada a Amber. Não quero colocá-la no meio disso.

Ela concordou com a cabeça.

– Seu segredo está seguro comigo. Agora vá lavar o rosto para a gente jantar. Dave e Amber estão nos esperando.

Ela se levantou e saiu do quarto, me deixando com meus pensamentos. Senti um peso sair dos meus ombros por ter contado a ela. Eu sabia que Emma estava certa. Eu precisava falar com Logan, mas não sabia como. Não podia simplesmente procurá-lo e dizer, *Ah, a propósito, eu dormi com Drake. Não significou nada para ele, mas me deixou arrasada. Só achei que você devia saber.* É, isso ia cair muito bem.

Fui ao banheiro de hóspedes e me lavei, esfregando o rosto para esconder as provas do meu choro. Quando desci, todos já estavam à mesa. Eu me sentei ao lado de Amber e ela me olhou com preocupação.

– Está tudo bem? Parece que você estava chorando.

– Eu estou bem, deve ser porque acabei de acordar.

Passei o resto do jantar contando e ouvindo as novidades. Procurei me esquecer da conversa com Emma enquanto estava ali, rindo com a família de Amber. Com a minha família. Talvez eu não fosse tão sozinha como sempre pensei.

CAPÍTULO DEZESSEIS

FAXINA NO... CARRO?

Amber e eu passamos a maior parte dos feriados de final de ano por aí – fazendo compras, indo ao cinema, e a algumas festas, convidadas pelos nossos antigos colegas de escola que souberam que estávamos na cidade. Até deixei que Amber me arrastasse ao salão para fazer o cabelo, seu presente de Natal antecipado.

Não me importei muito porque não cortava o cabelo há meses, antes de nos mudarmos para Morgantown, e ele já estava na cintura. Amber e a mulher que ela escolheu me convenceram a cortá-lo, mas me recusei a deixá-lo acima das costelas. Acabei com luzes e algumas mechas roxas espalhadas. Precisei admitir que adorei e Amber disse que só acentuava o meu visual de mulher roqueira. Eu sempre ria de sua descrição, mas eu tinha que concordar com sua avaliação do meu cabelo.

O Natal chegou logo e Amber me deu outro cartão de presente da Amazon e ganhei uma conta de poupança com dez mil dólares de Dave e Emma. Quase desmaiei quando Dave me entregou a folha de papel e vi o saldo.

– Não posso aceitar isso!

Dave revirou os olhos.

– É claro que pode. Não precisa gastar, só deixe render juros e faça depósitos quando puder.

Agarrei os dois, chorando descontroladamente pela sua gentileza.

Logan me ligava às vezes e nos falamos no Ano-Novo. Meu estômago se revirava toda vez que eu falava com ele, mas eu me recusava a deixar que isso me dominasse. Eu precisava contar a verdade logo, eu sabia, mas não ia deixar que isso estragasse meu tempo longe de tudo.

Os dias depois do Ano-Novo voaram e logo Amber e eu estávamos arrumando nossas coisas e nos despedindo. Emma me abraçou apertado quando estávamos na frente da casa.

– Se precisar de alguma coisa... Qualquer coisa... Me liga, está bem?

Assenti enquanto entrava no carro para partir. Mal tínhamos chegado ao final da entrada quando Amber se virou para mim.

– Vai me dizer o que está acontecendo?

Tentei bancar a burra.

– Do que você está falando?

Ela revirou os olhos e voltou a atenção para a rua.

– Não brinca comigo, Chloe. Ouvi o que minha mãe disse e sei que você estava chorando na noite em que ela foi ao seu quarto, então, pode abrir a boca.

Mordi o lábio e pensei o que contaria a ela. Decidi escolher o assunto menos pior.

– Minha mãe está tentando me encontrar. Ela foi até sua casa procurando por mim. Não foi exatamente um encontro feliz.

– Por que você não me disse? O que ela queria?

– Não sei, ela não disse a eles. Só queria saber onde eu estava e não contamos a você porque sei como você fica preocupada quando se trata dela.

Ela suspirou.

– Tem razão, eu me preocupo por causa de tudo que aquela vaca maluca fez você passar. Mas eu quero saber o que está acontecendo com você. Sabe que me importo com você, não é?

– É, eu sei. Desculpa não ter contado. Só não queria incomodar com isso.

– Chloe, você é uma idiota. Pode me incomodar com qualquer coisa. Menos contar sobre sua vida sexual com Logan... Esse é o meu limite.

Ri enquanto ela dirigia pelo trânsito da interestadual.

– Ou minha vida sexual inexistente com Logan, quer dizer.

Ela olhou para mim.

– *Como é?* Vocês ainda não fizeram nada?

– Não, já fizemos, mas foi no dia em que a gente ficou junto. Desde então não rolou mais nada... é como se não fosse certo.

– Como é possível o sexo com Logan não ser certo? Ele é meu amigo, mas admito que ele é muito gostoso. Aposto que é ótimo na cama! Ele é? Me fala! Ah, peraí, não diga nada. Ahhhhh, eu preciso saber.

Ri enquanto Amber discutia sozinha.

– Já acabou?

Ela riu.

– Não consigo evitar! Eu quero saber, mas ele é meu amigo também, então não quero saber. Ai, desisto! Pode falar!

– Foi... Foi legal.

Ela ergueu uma sobrancelha.

– Só *legal*? Ah, meu Deus, ele é ruim de cama, né?

Balancei a cabeça. Ficar com Logan foi bom, mas ele não era Drake. Para falar a verdade, eu não achava que alguém poderia superar Drake, embora eu não tivesse muita experiência nessa questão, mas ainda assim até eu sabia que Drake era incrível.

– Não, ele não é ruim, é sério.

Ela ficou em silêncio por um minuto. Justamente quando eu me recostei no banco para relaxar, ela voltou a falar.

– Chloe, está tudo bem com vocês dois? Você mal falou nele durante as festas e não parece nada entusiasmada com essa conversa.

Briguei comigo mesma por deixar que a conversa chegasse a esse ponto. Amber sempre foi a melhor em avaliar minhas emoções e agora não estava sendo diferente.

– Estamos bem. Mas esse é o problema, tudo com ele está sempre bem. Eu o amo, mas não sei se sinto as mesmas coisas que ele sente ou se estou confundindo nossa amizade com outra coisa, porque estar com ele seria o certo.

– Você não acha que devia ter pensado nisso antes de começar a namorá-lo? Na verdade, eu lembro bem de te dizer para se decidir.

– É, eu sei. Eu sou uma idiota. Entendi.

Ela me abriu um sorriso solidário.

– Desculpa, mas você precisa resolver isso. Não é justo prendê-lo desse jeito, se você não tem certeza.

Gemi e afundei ainda mais no banco.

– Acredita em mim, eu sei. Você não tem ideia do quanto eu sei.

Voltamos para Morgantown em tempo recorde, principalmente graças à velocidade com que Amber dirigia. Ela foi com tranquilidade até a casa dos pais, mas no caminho de volta perguntei por que tanta pressa enquanto ela costurava pelo trânsito. As pessoas buzinavam para nós e várias me mostravam o dedo médio quando eu tinha coragem de olhar para elas.

Quando paramos na frente do nosso alojamento, eu quase caí de joelhos e beijei o chão.

— Mas. O. Que. Foi. Isso? — gritei ao sair do carro e abri a mala para pegar nossas coisas.

Ela jogou as bolsas para mim e sorriu.

— Qual é o seu problema?

— Meu... O qu... *Você tentou nos matar!*

— Você é tão mole! Só estava tentando voltar a tempo para o show do Drake e os meninos. E, como você está de folga, pode ir também! Você não vê um show deles há séculos!

Meu estômago doeu enquanto tentava pensar numa desculpa válida para não ir.

— Hmmmm, não posso. Preciso pegar minha grade e guardar todas as minhas coisas.

Ela revirou os olhos ao entrarmos no alojamento.

— Pode fazer isso amanhã. Esta noite, barzinho! Me encontra aqui embaixo daqui a duas horas. Vou atrás de você se tentar escapar dessa!

Ela se virou e andou pelo corredor até seu quarto. Eu gemi ao carregar minhas coisas escada acima. De jeito nenhum eu queria ver Drake esta noite. Mas, quando Amber enfiava uma coisa na cabeça, era melhor você obedecer para poupar tempo e irritação.

Joguei as bolsas no chão e caí na cama. Rachel ainda não tinha voltado, então fiquei apenas com meus pensamentos e o silêncio. Logan e Drake estavam perto de novo e eu precisava lidar com meus medos. Eles me olhavam na cara agora e eu não podia ignorá-los ou afastá-los mais. Jurei contar a Logan tudo que aconteceu quando chegasse a hora certa. A quem eu estava enganando? Essa hora jamais chegaria, assim marquei para a semana que vem, depois que tivéssemos nos adaptado à nova grade de matérias.

Eu me levantei da cama e mandei um torpedo rápido para ele avisando que tinha chegado praticamente intacta e que estaria no bar pelo resto da noite antes de começar a me preparar para o que seria uma noite infeliz. Eu sabia que Amber se arrumaria do jeito mais sexy para chamar atenção dos caras porque Adam estaria lá, então decidi fazer o mesmo. Ao lembrar os olhares de Amber para ele, eu apostaria toda a minha coleção de música que ele foi o motivo por trás da direção enlouquecida.

Peguei um vestido preto curto que mal cobria minhas pernas ou meus peitos no fundo do meu armário e o vesti. Deixei o cabelo solto e decidi me maquiar pelo menos uma vez. Usei sombra escura e um pouco mais de rímel do que o necessário para produzir o look perfeito. Eu queria ficar incrível. Eu me olhei no espelho antes de sair do quarto e descer a escada para encontrar Amber.

Ela já esperava por mim e olhou na minha direção enquanto eu descia a escada.

– Já não era sem temp... Caraca! Puta merda, Chloe, você está linda!

Olhei sua saia supercurta e a meia arrastão.

– Você também não está tão mal. Pronta?

Conversamos até o bar, as duas completamente nervosas.

– Por que você está tão ansiosa hoje, Amber? Hum, deixa eu adivinhar... Começa com *A* e termina com *M*?

Ela riu como se tivesse 15 anos.

– Para! Não é por isso. Bom, talvez um pouquinho. Acha que ele vai me notar com essa roupa?

Olhei para ela, assombrada.

– Tá brincando? Todo homem na porcaria do lugar vai ficar implorando aos seus pés. Ele precisaria ser cego para não ver essas pernas.

Ela sorriu com cara de safada.

– Espero que sim, ele mal olha para o meu lado.

Hesitei antes de falar. Pelo que eu sabia de Adam, ele não era do tipo que ficava com uma mulher só e eu tinha medo de que Amber se magoasse.

– Amber, só estou dizendo isso porque eu te amo. Não tenho dúvida de que ele vai olhar para você, mas ele não é do tipo de ficar com uma garota só. Não quero que você tenha esperanças demais por uma coisa que é praticamente impossível.

Ela bufou ao entrar no estacionamento e manobrar em uma vaga pequena demais.

– Acha que não sei disso? Não quero me casar com o cara. Mas me divertir um pouco? Claro, por que não? Vou dar um tempo nos namoros por enquanto, só quero me divertir!

Assenti ao tentar sair do carro sem bater no enorme caminhão estacionado perto demais.

– Então, tudo bem, isso muda tudo. Vá pegá-lo!

Ficamos de braços dados e rimos a caminho do bar. As pessoas se viraram para nos olhar assim que entramos e senti um sorriso presunçoso curvar meus lábios. A Breaking the Hunger já estava tocando quando fomos para a nossa mesa de sempre. Apesar da nossa ausência nas últimas duas semanas durante as festas, o lugar ainda estava vazio, esperando por nós. O calor dos olhares masculinos tomou conta do meu corpo quando me sentei e levantei os olhos para a banda que tocava no palco.

Senti meu coração se apertar ao ver Drake ali em toda sua glória de deus do rock. Estava de jeans preto e uma camiseta preta justa no corpo, mostrando cada curva dos músculos que eu sabia que havia por baixo. O cabelo estava colado na testa de suor enquanto ele berrava um rock pesado e eu só queria passar os dedos pelos fios.

Drake ainda não tinha nos visto porque estava de olhos fechados, atirando-se mental e fisicamente na música. Tirei plena vantagem deste tempo, apenas para observá-lo. Mesmo depois de vê-lo tocar tantas vezes, ele ainda me maravilhava com sua presença de palco. Cantava uma nota e o mundo parava para qualquer um que tivesse a sorte de ouvir.

Ele terminou o último verso da música com um grito, abriu os olhos e sorriu para a multidão.

– Tudo bem, gente, mais uma música e vocês escolhem. O que querem ouvir?

A multidão enlouqueceu de gente gritando músicas para ele. Antes que conseguisse me reprimir, me levantei e fui à frente do palco. Os olhos de Drake se voltaram para mim de imediato e quase pularam do seu rosto quando ele viu meu vestido. *Engole essa, garoto.*

– Eu tenho um pedido! – gritei mais do que a multidão, que tinha se aquietado um pouco quando notou o olhar que Drake me lançava.

Ele se aproximou e se abaixou até ficar no nível dos meus olhos.

– E qual é?

Abri a ele um sorriso sedutor, sabendo que brincava com fogo.

– "Gentleman", do Theory of a Deadman. Conhece essa, né?

Suas sobrancelhas desapareceram sob o cabelo e as mulheres na multidão começaram a assoviar.

– Claro que sim, sou especialista nela. – Ele voltou ao meio do palco e gesticulou para a banda começar.

Voltei a me sentar com Amber enquanto ele começava pelo refrão e sorri. Ele podia fazer o que quisesse com isso! Ele que soubesse o babaca que eu achava que era. Drake olhava constantemente para nossa mesa com uma expressão estranha enquanto cantava e não pude deixar de sentir que tinha vencido essa batalha.

A banda terminou a apresentação e veio para nossa mesa, precisando abrir caminho entre as mulheres. Drake se abaixou e sussurrou no meu ouvido ao passar.

– Você se acha muito engraçada, né?

Sorri e dei a ele um olhar de completa inocência.

– Não sei do que você está falando.

Ele riu ao se sentar na minha frente.

– É claro que não sabe.

O resto da banda se sentou em volta de nós e Adam terminou na cadeira ao lado de Amber. Eu quase a ouvi gritar de excitação quando ele se virou para falar com ela.

– Amber, né?

– É, e você é Eric?

Eric, que acabara de se sentar ao lado de Jade e Drake, engasgou com a cerveja.

– Cara, agora você se ferrou. Você se sentou à mesa dela, ficou babando no colo dela por meses e ela nem sabe o seu nome!

Eu ri do joguinho de Amber enquanto Adam mostrava o dedo médio a Eric. Ele se virou para Amber e sorriu.

– Não, aquele imbecil ali que é o Eric. Eu sou Adam.

Amber lhe abriu o sorriso constrangido mais falso que vi na vida.

– Epa, desculpe, Adam.

– Tá tudo bem. Posso te pagar uma cerveja?

Ela assentiu enquanto ele gesticulava para a garçonete trazer uma rodada a nossa mesa. Como estávamos com a banda, elas apareciam na nossa frente quase instantaneamente. Olhei para Drake e notei que ele encarava feio alguma coisa atrás de mim. Eu me virei um pouco e vi um grupo de meninos me olhando a algumas mesas de distância. Abri um leve sorriso a eles antes de me virar e tomar um gole da cerveja.

Drake soltou um rosnado baixo quando um dos caras se sentou na cadeira vaga ao meu lado. Ele me abriu seu sorriso mais encantador.

– Oi, meu nome é Chris.

Abri um sorrisinho.

– Oi, Chris. O meu é Chloe.

O cara era bonito, não havia dúvida. O cabelo era castanho-claro e ele tinha olhos verdes incríveis. Tinha um corpo maior do que Drake ou Logan, com músculos volumosos na camisa branca justa.

– Posso te pagar uma bebida?

Balancei a cabeça e ergui a garrafa pela metade.

– Não, obrigada, estou bem.

Ele ficou decepcionado, mas não me senti culpada. Já tinha problemas demais com os homens, não precisava dar uma ideia errada a esse cara e ainda arrumar dor de cabeça.

– Ah, não, essa daí está quase vazia. Só uma.

Antes que eu pudesse falar, Drake se intrometeu na conversa.

– Ela disse não, amigo. Por que não entende a dica e volta para sua mesa?

Chris olhou feio para Drake.

– Não me lembro de pedir a sua opinião, *amigo*.

– Bom, mas estou dando mesmo assim. Cai fora.

Chris me olhou de novo.

– Você está com esse babaca?

O choque cruzou meu rosto enquanto eu balançava a cabeça.

– Não, é claro que não.

Chris virou-se para lançar um sorriso presunçoso a Drake.

– Parece que você não tem nada a dizer, então.

Drake socou o punho na mesa e apontou para a porta.

– Você precisa ir embora agora. Ou vou te ajudar a sair.

Chris riu e passou o braço pelos meus ombros.

– Quero ver você tentar.

Todos na mesa ficaram num silêncio mortal enquanto Drake se levantava tão rápido a ponto de derrubar a cadeira. Rapidamente me afastei do abraço de Chris.

– Gente, calma. Drake, vai se sentar. Chris, obrigada pela oferta, mas não, obrigada. Tenho um namorado que não é ele. – Apontei para Drake, que ainda estava de pé nos olhando de um jeito assassino.

Chris franziu a testa, mas se levantou para sair.

– Que pena. Eu estarei por ali, se você mudar de ideia. – Ele olhou feio para Drake uma última vez e voltou a sua mesa.

– Babaca – murmurou Drake enquanto pegava a cadeira e se sentava.

Todos o encaravam e Eric começou a rir histericamente.

– Já vi tudo. Drake Allen defendeu uma garota.

Revirei os olhos e todos riram com ele.

– Cala a boca. E você – voltei meu olhar a Drake –, não preciso que me defenda. Posso cuidar da minha vida.

Seus olhos ficaram sérios ao encontrarem os meus.

– Claro que pode. Desculpa, não vai acontecer de novo.

Passamos um resto de noite tenso porque todos sentiram a raiva rolando entre nós dois. Todos, menos Amber e Adam, que pareciam estar em seu próprio mundinho, conversando em voz baixa. Algumas meninas vieram à mesa e tentaram dar mole para Drake, mas ele as afugentou. Por fim, decidi que estava na hora de ir embora. Cutuquei as costelas de Amber e gesticulei para a porta.

– Está pronta?

Ela olhou de Adam para mim.

– Na verdade, vou ficar aqui com Adam mais um pouco. – Ela pegou a chave na bolsa e me entregou. – Fica com meu carro. Posso pegar uma carona de volta com alguém.

Dei uma piscadinha para ela e boa-noite a todos. Drake me ignorou completamente, bebendo a cerveja devagar. Saí, com o cuidado de evitar a mesa de Chris. Quando cheguei ao carro, respirei fundo. Como Drake teve a ousadia de me defender daquele jeito? Ele era mais babaca do que um cara podia ser e eu não queria nem precisava de sua ajuda com nada. Ver seu lado mais legal só me confundia ainda mais e agora eu achava que não suportaria mais.

...

Acordei na manhã seguinte com um torpedo que Amber tinha mandado no meio da madrugada, dizendo que ia passar a noite com Adam. Ri enquanto saía da cama e procurava roupas confortáveis para vestir naquele dia. Fiquei feliz por ela, só esperava que estivesse falando sério sobre não querer se envolver.

Como Logan tinha que trabalhar o dia todo de novo, passei a maior parte da tarde cuidando da vida, pegando meu horário para a semana seguinte e arrumando as malas do feriado. Quando terminei tudo, peguei um daqueles sacos de lixo de tamanho industrial, onde se pode esconder um cadáver, e fui ao estacionamento limpar meu carro. Janeiro na Virgínia Ocidental em geral era muito frio, mas hoje estava quente o bastante para sair sem casaco.

Como eu não limpava meu carro havia meses e ele começava a parecer uma propaganda ambulante de cada cadeia de lanchonetes conhecida pelo homem, aproveitei o clima bom para arrumação. Gemi ao abrir a porta traseira e olhar o interior. Talvez eu devesse ter levado dois sacos. Passei a hora seguinte jogando todo o lixo no saco e tudo que era importante no banco da frente enquanto In This Moment berrava dos altofalantes do carro. Ri ao receber vários olhares feios de gente que passava pelo carro com som alto. Algumas pessoas não tinham gosto para música.

Enfim terminei dentro do carro e abri a mala. Eu não fazia isso havia uma eternidade e só Deus sabia o que podia encontrar. Puxei o ar ao perceber o casaco de Drake ali dentro, daquela noite, todos aqueles meses atrás. Eu o coloquei cuidadosamente de lado enquanto vasculhava o resto do conteúdo, me perguntando o que fazer com ele. Eu podia simplesmente jogar fora. Até parece que ele sentiria falta depois de todo esse tempo.

Suspirei ao terminar a limpeza e levar o saco de lixo até uma caçamba próxima, carregando seu casaco para o meu quarto. Eu o coloquei na cama e fui tomar um banho, ainda sem saber o que fazer com ele. O casaco continuava lá quando voltei. Eu tinha esperanças de que alguém invadisse o quarto e o roubasse enquanto eu estava no chuveiro e resolvesse o problema. Mas não tive tanta sorte. Resmunguei sozinha ao pegar uma saia azul bonita e uma blusa de manga comprida. Decidi que daria uma passada no bar e entregaria a Jade ou a um dos meninos. Como era sábado, eles não tocariam e com sorte Drake estaria longe daquele bar.

Respirei fundo antes de entrar no bar, segurando o casaco de Drake no peito como um escudo. Eu podia fazer isso – era só me aproximar de Jade, largar o casaco e ir embora. Olhando pelo salão, vi a banda sentada a nossa mesa de sempre, mas Drake não estava com eles. Esperando que a sorte estivesse do meu lado pelo menos uma vez na vida e que ele não tivesse saído só por um minuto, fui à mesa. Jade ergueu os olhos e sorriu para mim. Imaginando que ela era a mais confiável, me sentei na cadeira a seu lado.

— Oi, garota, o Drake está aqui?

Ela balançou a cabeça.

— Não, ele decidiu ficar em casa esta noite.

— Ah, bom, pode entregar o casaco dele quando o encontrar? Sei que você vai vê-lo antes de mim.

Ela franziu a testa e balançou a cabeça de novo.

— Na verdade, vou para a casa dos meus pais logo de manhã cedo, porque não temos mais nenhum show neste fim de semana. Eu só vou vê-lo no fim de semana que vem. Sabe de uma coisa, a casa dele fica aqui pertinho e sei que ele está lá... É só você dar uma passada.

Sinos soaram na minha cabeça. Essa não era uma boa ideia. Eu o estive evitando como a peste desde aquela noite e não ia bater em sua porta.

— Hmmmm, está tudo bem, sei que o verei em algum momento na semana que vem.

Jade ergueu a sobrancelha para mim.

— O que está pegando entre vocês dois? Vocês estavam praticamente grudados antes de você começar a namorar o Logan e agora mal se olham nos olhos. E o que foi aquele lance com o Chris outra noite? Nunca vi o Drake ficar tão irritado com algo assim.

Ela terminou de falar e sua boca se abriu quando ela teve um estalo.

– Ah. Meu. Deus. Você não fez isso! Ah, meu Deus, estou vendo em seus olhos... Você fez. Chloe! Como foi que isso aconteceu?

Olhei os meninos na mesa, mas estavam quase todos focados na garota ou nas garotas que tinham no colo, inclusive Adam. Eu precisaria conversar com Amber depois.

– Pode falar baixo, Jade? Por favor? Tá legal, rolou. Mas foi um erro e não pretendo repetir. Por favor, não diga nada. Não posso deixar que Logan descubra, não desse jeito!

Ela assentiu, com os olhos ainda arregalados.

– É loucura, mulher! Pura insanidade! Quer dizer, eu notei vocês dois muito juntos, mas, ah, sei lá... Acho que é só um choque, mas seu segredo está seguro comigo.

Eu a abracei com força.

– Obrigada, Jade, mas você entende por que não posso levar o casaco para ele? Seria totalmente esquisito e constrangedor, e talvez a gente até brigasse. Eu sinto falta dele, mas ele me odeia.

Ela se afastou do meu abraço com um franzido no rosto bonito.

– Meu bem, aquele garoto nunca vai odiar você. Por que você não leva o casaco como uma desculpa, assim vocês conversam sobre tudo? Tenho certeza de que ele sente sua falta. Drake anda deprimido desde que você parou de vir aqui.

Pensei nas palavras dela.

– Acho que vou tentar. As coisas não podem piorar mesmo.

CAPÍTULO DEZESSETE

E PIORARAM

Bati delicadamente na porta de Drake, na esperança de que ele não ouvisse, assim eu poderia fugir, alegando ter tentado. Infelizmente, as luzes da frente se acenderam e a porta se abriu. Drake me encarou com incredulidade. Rapidamente mudou sua expressão para a indiferença. Mesmo com seu rosto sem emoção alguma, vê-lo me tirava o fôlego. Ele só estava de calça jeans desbotada e solta nos quadris e uma camiseta branca que parecia pintada no corpo. A visão me fez tremer de desejo.

– Chloe, que surpresa.

Olhei meus sapatos antes de me voltar a ele.

– É, desculpe te incomodar. Só queria deixar seu casaco aqui. Estava limpando o carro e o encontrei. Imaginei que você o quisesse de volta.

Estendi o casaco e ele o pegou, me olhando de cima a baixo lentamente.

– Bom, obrigado. Mais alguma coisa que eu possa fazer por você? Minha cama fica pertinho daqui.

Senti o calor invadir meu rosto com a sua sugestão. Eu me senti segura na noite passada com todos os nossos amigos por perto, mas agora éramos apenas nós dois e a briga agora seria séria.

— Bom, hmmm, não. É melhor eu ir. — Eu me virei e caminhei pela calçada antes de parar e me voltar para ele. — Na verdade, sim, tem outra coisa.

Voltei a me aproximar.

— Posso entrar, para a gente conversar? Por favor, Drake. Não gosto de como as coisas estão entre nós.

— Tentei falar com você antes de você viajar. Você não parecia interessada.

— Eu sei, fui uma idiota e peço desculpas. Mas nós dois precisamos resolver essa merda.

Imaginei que ele fecharia a porta na minha cara, mas, em vez disso, ele recuou um passo, me dando acesso à casa. Fui para a sala de estar e me sentei no sofá enquanto ele me seguia em silêncio, sentando-se na poltrona de frente para mim. Que ótimo, ele nem mesmo suportava ficar no mesmo sofá que eu.

— Olha, eu estraguei tudo. Eu sei disso, você também sabe e sua cama sabe. Eu traí Logan, magoei você, simplesmente ferrei tudo, tá legal? Mas peço mil desculpas e, meu Deus, Drake, eu sinto sua falta. Tenho saudade da nossa amizade. Sinto que tínhamos alguma coisa especial e a quero de volta. Você pode me perdoar? — Eu disse tudo isso de uma vez só, na esperança de desabafar tudo, assim não teria de repetir.

Ele me examinou em silêncio por um minuto.

— Claro, Chloe, eu posso perdoar, mas primeiro preciso saber o que devo perdoar. Você ter traído seu namorado comigo, ou ter trepado comigo, ou você simplesmente ter fugido depois da transa? Ou talvez você ter me ignorado quando tentei falar com você sobre tudo isso? Ou...

Eu o interrompi no meio da frase.

— Tá legal, eu entendi, Drake. Só sinto a sua falta. Ter ficado com você foi um erro, um erro de que eu me arrependerei pelo resto da vida porque traí Logan e magoei você ao mesmo tempo, mesmo sem querer. Eu não pretendia que isso acontecesse, só quero meu amigo de volta. Eu quero você de volta.

Meus olhos ardiam com as lágrimas enquanto eu desabafava, mas eu me recusava a virar o rosto. Seus olhos ficaram sérios com minhas palavras e ele rapidamente se levantou e se aproximou de mim.

Ajoelhando-se na minha frente, ele me olhou de um jeito assassino.

– Para alguém que sente tanta falta de mim, você parece se arrepender de tudo em relação a nós dois. O que eu fui para você, Chloe? Uma daquelas trepadas *Tive um dia longo e preciso relaxar um pouco*? Bom, tenho uma novidade para você: eu não me arrependo de nada. Sentir seu corpo junto do meu, ficar dentro de você, ouvir você gritar... Foi uma das melhores noites da minha vida, até que você ferrou com tudo só por culpa. Também sinto sua falta, mas as coisas não vão voltar ao que eram, Chloe. Eu senti você, provei o seu gosto e agora quero mais.

Suas palavras me deixaram perplexa e me excitaram na mesma hora.

– Drake...

– Não, não diga nada, Chloe. Quando você fala, tudo fica tão fodido. Eu quero você e sei que você também me quer.

Neguei com a cabeça.

– Não posso, Drake. Estou com Logan. Isso o magoaria.

Ele se curvou até ficar a centímetros do meu rosto.

– Você quer dizer que o magoaria *de novo*, porque você fez isso uma vez, mesmo que ele não saiba. Você me quer e eu quero você... Nem adianta negar, Chloe. Você me queria desde o começo e eu fui teimoso e orgulhoso demais para aceitar quando você se ofereceu. Por favor, Chloe.

Ele se curvou para me beijar, mas eu o afastei.

– Eu não quero você, Drake! Mas que droga! Merda! Eu quero meu amigo de volta.

Eu me levantei e me virei para a porta, mas ele me pegou pelo braço e me girou para ficar de frente para ele.

– Você me quer, Chloe, e vou te mostrar o quanto. – Antes que eu pudesse responder, ele me puxou para perto e me beijou com força.

Sua boca apertou a minha rudemente, o anel do lábio cortando minha pele, nossos dentes batendo com a força do beijo. Tentei empurrar seu peito, lutar com ele, mas seu beijo rapidamente me dominou. Antes que eu percebesse o que estava fazendo, comecei a corresponder ao beijo com a mesma ferocidade. Passei os braços pelo seu pescoço e o puxei para mais perto até sentir seu corpo definido me tocando por inteiro.

Ele me empurrou contra a parede enquanto as mãos se perdiam por baixo da minha blusa e os dedos deslizavam pela minha barriga e minhas costelas, pegando meus peitos por cima da seda do sutiã, beliscando rudemente meu mamilo. Ele me soltou rapidamente apenas para tirar minha blusa. Assim que me livrei da blusa, ele se apertou contra mim e voltou a me beijar com tanta força e paixão que tive vontade de explodir.

Minhas mãos desceram pelo seu peito e pela barriga até a bainha da camiseta e, com um puxão, tirei-a dele e a joguei pela sala. Minhas pernas envolveram sua cintura enquanto ele me erguia e senti sua ereção apertada contra mim. Gemi em sua boca e senti que ele sorria.

– Gosta disso?

Murmurei algo que parecia um *sim* enquanto suas mãos iam da minha cintura para o sutiã, abrindo e puxando-o pelos braços, jogando-o para longe. Com nossos peitos nus colados, senti nossos mamilos se esfregando e gemi de novo. Ninguém conseguia me deixar tão excitada como esse homem, ninguém fazia com que me sentisse tão viva. Rapidamente abri os botões de sua calça e a tirei junto com a cueca. Segurei seu pau duro e passei a mão por ele com rapidez e força.

— Ah, meu Deus, Chloe, isso é tão bom. — Ele gemeu na minha boca enquanto sua mão deslizava por baixo da minha saia e puxava minha calcinha de lado. Senti seu polegar esfregar meu clitóris enquanto ele metia dois dedos dentro de mim.

— Ainda bem que você está de saia.

Não havia nada de doce ou amoroso nisso — ele estava sendo rude e eu certamente não estava sendo gentil. Gemi e arqueei as costas, tentando sentir seus dedos ainda mais dentro de mim.

— O que você quer, Chloe? Diga o que quer e você terá — sussurrou ele no meu ouvido, enquanto me lambia.

— Me fode, Drake, por favor. Me fode com força e rápido.

Ele gemeu e me posicionou antes de meter com força e fundo dentro de mim. Gritei ao senti-lo dentro de mim enquanto ele me empurrava mais forte contra a parede, dando estocadas sem parar, cada vez mais fortes. Sua boca sugou um mamilo, depois o outro, e chupou e mordeu até eu gemer sem parar.

Senti meu corpo tremer e, antes que me desse conta, cheguei ao orgasmo. Nunca fui de falar muito durante o sexo, mas gritei seu nome sem parar quando gozei. Com uma última metida forte, senti Drake estremecer e gritar ao gozar.

Ele apoiou a cabeça no meu ombro e ficou ali, tentando recuperar o fôlego.

— Isso foi demais, Chloe. Sério. — Ele saiu lentamente de dentro de mim e de imediato me senti vazia sem ele. Ele me colocou no chão e deu um passo para trás, sem afastar o olhar.

De repente, entendi o que fizemos. Eu traí Logan mais uma vez, sem pensar muito em como isso o afetaria. Deslizei pela parede até cair sentada no chão e cobri o rosto com as mãos.

– Ah, meu Deus, o que foi que eu fiz? – Chorei.

Drake se ajoelhou diante de mim.

– Olha para mim.

Eu o ignorei e continuei a chorar.

– Mas que droga, mulher, olha para mim.

Balancei a cabeça, me recusando a tirar as mãos do rosto. Se eu não o encarasse, isto não seria real, mas, se eu o olhasse nos olhos, teria de aceitar seja lá o que fizemos. Ele passou os dedos gentilmente pelos meus pulsos e puxou minhas mãos.

– Por favor, não chore, Chloe. Eu sinto muito, não devia ter feito isso. É tudo culpa minha, eu só queria você desesperadamente e não consegui me controlar. Eu me importo muito com você. Não consegue ver isso?

– Por que agora, Drake? Antes, quando tentamos, você me mandou embora. Se você tivesse dito sim, eu teria sido sua. Agora nós ferramos mesmo tudo de novo. Por que você esperou até eu ficar com ele? – Eu soluçava.

Ele soltou meus pulsos, pegando gentilmente meu rosto e o ergueu até que eu o olhasse.

– Porque antes a gente não se conhecia há tanto tempo e você tinha acabado de me contar tudo o que passou na infância. Eu já sou uma pessoa muito fodida e não queria te magoar mais do que você já foi magoada. Tenho meus próprios fantasmas, meu próprio passado, Chloe. Eu sabia como eu poderia te machucar se você soubesse de tudo, mas me senti conectado a você desde o início. Eu sabia que se eu dormisse logo com você, você só seria outra mulher para mim. Queria conhecer você melhor e não ia jogar tudo fora por uma noite na minha cama.

E eu estava certo sobre isso, nós nos conhecemos melhor e eu me apaixonei por você. Essa é a verdade: eu me apaixonei por você e, se você me der uma chance, posso provar.

Meu coração parou assim que ouvi isso. Ele estava apaixonado por mim? O que isto significava para mim, para nós? Eu sabia que sentia alguma coisa forte por ele, mas era amor? Valeria a pena perder Logan pelo bad boy da banda? Eu sabia muito bem que essa pergunta não fazia sentido. Drake era muito mais do que o bad boy não confiável, tatuado e com piercing que eu conheci. Ele era especial e, Deus me ajude, eu sabia que também estava apaixonada por ele.

Então, o que fazer com o namoro com Logan? Ele era meu melhor amigo desde sempre e agora era muito mais para mim. Seria possível estar apaixonada pelos dois ao mesmo tempo, ou meus sentimentos por Logan não passavam de amizade disfarçada de namoro? Apesar dos meus sentimentos, eu precisava contar a Logan o que eu fiz, a confusão que criei com tudo isso.

– Preciso sair daqui. – Eu me levantei e atravessei a sala, e fui até minha blusa e o sutiã jogados, colocando rapidamente os dois e ajeitando a saia.

– Não vá embora, Chloe. Fica aqui e conversa comigo – ele pediu enquanto eu passava por ele.

– Só preciso de um tempo, Drake. Preciso resolver as coisas. Só me dê algum tempo.

Ele me segurou pelo pulso assim que cheguei à porta.

– Tenha o tempo que você precisar, mas saiba que estou aqui esperando por você. Podemos fazer isso dar certo, você só precisa me dar uma chance, me deixar provar que estou falando sobre você, sobre nós dois. – Ele se curvou e roçou os lábios gentilmente nos meus. – Eu te amo, Chloe. – Ele soltou meu pulso e deu um passo para trás, permitindo que eu abrisse a porta. Corri até o carro com a maior rapidez que minhas pernas puderam me levar.

...

Na manhã seguinte, eu me sentia péssima. Fui para casa na noite anterior e me encolhi na cama, chorando até dormir. Quando meu despertador tocou, me obriguei a sair lentamente da cama e peguei minha bolsinha. Por sorte, fui a primeira a acordar, assim tinha o banheiro inteiro só para mim.

Depois de tomar um banho e me vestir, peguei os livros de que ia precisar para o dia seguinte e os joguei na bolsa. Logan mandou um torpedo me chamando para almoçar, já que ele não trabalharia hoje. Eu ainda não o tinha visto desde que voltei e, depois da noite anterior, só senti vontade de voltar para a cama e nunca mais sair. Rapidamente afastei a ideia. Não podia passar o resto da vida me escondendo dele.

Eu tinha cometido um erro e precisava encará-lo. Fui até seu quarto algumas horas depois e bati. Logan abriu a porta quase de imediato, com um sorriso imenso no rosto.

– Chloe! Que saudade! – Ele me puxou para dentro, batendo a porta às minhas costas, me jogou na cama e me beijou sem parar.

Enfim ele parou para respirar e fiz o mesmo, tentando recuperar o fôlego.

– Caramba, que recepção! Também senti saudades.

Eu o olhei e meu estômago começou a doer. Como eu podia ser uma piranha tão grande quando Logan gostava tanto de mim? Agora eu devia contar tudo a ele, deixar tudo sair, mas, olhando para ele assim tão feliz por me ver, não consegui.

Abri um sorriso forçado ao me sentar em sua cama.

– E aí, onde vamos almoçar?

Ele se curvou e me beijou gentilmente na boca.

– Pensei em ir ao Gold's. Estou morrendo de vontade de comer um dos hambúrgueres deles.

Meu corpo ficou tenso e ele percebeu.

– Qual é o problema? Não vamos lá, se você não quiser.

Eu sabia que teria de explicar por quê, se dissesse não.

– Não, está tudo bem. Posso ver se Amber quer ir com a gente.

– Claro. Vem, vamos pegar meu carro e você manda um torpedo para ela no caminho.

Mandei uma mensagem de texto para Amber chamando-a para se encontrar com a gente lá, mas ela negou, dizendo que ia sair com Adam. Ergui minha sobrancelha ao ler isso, mas não fiz perguntas. Xinguei em silêncio enquanto Logan parava no estacionamento do bar e notei o carro de Drake estacionado perto da porta. A situação seria no mínimo interessante. Eu tinha esperanças de que ele não falasse da noite passada com Logan por perto, mas não havia garantias com Drake.

Atravessamos o estacionamento lentamente, porque Logan andava de costas, me contando uma história engraçada sobre um dos caras do trabalho. Olhei ao chegarmos à porta e vi Drake saindo. Seus olhos procuraram os meus de imediato e parei de andar. Sua expressão furiosa deixou bem claro como ele se sentia ao me ver com Logan.

Eu não podia continuar fazendo isso com os dois. Precisava contar a Logan o que tinha acontecido, embora eu soubesse que isso o deixaria arrasado e destruiria nossa amizade. Eu não sabia como a minha relação com cada um deles ficaria, mas deixei isso um pouco de lado até chegar a hora certa. Agora, eu precisava me concentrar no fato de que os dois estavam a pouca distância um do outro.

— E aí, ele saiu de debaixo do carro e... Putz! — Logan girou enquanto esbarrava em Drake. — Mas o quê...? Ah, desculpa, Drake. Não vi você, cara. — Ele sorriu e deu um tapa nas costas de Drake. — Está indo embora?

Drake ainda me olhava enquanto balançava a cabeça.

— Não, saí para fumar. Adoro não poder fumar nos bares.

Logan assentiu.

— Está na mesa de sempre?

— É, Jade está lá também.

Logan sorriu e demos a volta por ele.

— Legal, a gente se vê lá dentro, então. — Ele passou o braço pelo meu ombro, entramos e fomos à mesa. Jade me lançou um olhar interrogativo quando notou o braço de Logan em mim, mas não disse nada quando nos sentamos.

— Oi, Jade, podemos ficar com você?

Ela abriu um sorriso sincero a Logan.

— Claro que sim. Só estamos trabalhando num material novo. Drake precisou de um intervalo.

A garçonete se aproximou e anotou nossos pedidos enquanto Drake se sentava na cadeira ao lado da minha. Tive vontade de bater a cabeça na mesa. Como ia ficar sentada com um de cada lado durante o almoço? Felizmente, Drake não tentou falar comigo. Em vez disso, se virou para Jade e mostrou algo numa folha de papel. Logan me puxou para mais perto e me deu um beijo na testa.

— Parece que não vejo você há anos. As férias são um porre sem você.

— Também senti sua falta, mas sei que os caras da oficina te deram muita diversão, pela história que você estava me contando.

Ele riu.

— É, eles são ótimos. Mas eu prefiro ver você suada e coberta de graxa a estar com eles.

Senti meu rosto começar a arder. Drake estava sentado perto o bastante para ouvir o que Logan dizia. A garçonete trouxe nossa comida e me salvou de precisar responder. Ataquei a comida enquanto olhava a folha de papel que Drake segurava.

– O que é isso?

Ele examinou o papel por um minuto antes de responder.

– Trabalhando numa coisa nova para tocar durante a turnê no verão.

– Ah, sim, eu me esqueci disso. Está tudo acertado?

– Está, vamos pegar a estrada antes de as aulas recomeçarem.

Por algum motivo fiquei deprimida por ele ficar longe por quase três meses. Provavelmente eu voltaria para Charleston no verão, então eu não tinha motivos para ficar decepcionada. Talvez eu tivesse medo de que alguém na indústria da música notasse sua banda e assinasse um contrato, e eu nunca mais pudesse vê-lo. A ideia de nunca mais vê-lo me deixava apavorada.

– Aposto que está doido para dar o fora daqui.

Ele me olhou por um momento, procurando não sei o que nos meus olhos.

– Estou animado com a turnê, mas vou sentir falta de algumas coisas daqui. Coisas que sempre vão me fazer voltar.

Olhei para o meu prato enquanto Logan bufava.

– Mas o que pode te dar saudade por aqui? É claro que é legal, mas não se compara a cidades maiores. Além disso, não somos exatamente conhecidos pelo nosso amor ao rock. A maioria das pessoas aqui prefere o country.

Drake riu.

– É, tem razão. Acho que eu seria mais popular se tocasse banjo ou rabeca.

Sorri.

– Ei, escute aqui! Alguns aqui preferiam ser surdos só para não ter que ouvir country! Eu prefiro o rock sempre.

Logan balançou cabeça.

– Eu não chamaria essa merda barulhenta que você ouve de rock, mais parece uma porcaria que dá dor de cabeça.

Logan e eu nunca tivemos o mesmo gosto para a música. Embora a gente gostasse de rock, ficávamos em lados opostos porque eu preferia metal e ele country.

– Melhor do que a droga que você ouve sobre traição e corações partidos!

Assim que as palavras escaparam da minha boca, me arrependi. Olhei para Drake e o vi examinar a música em que trabalhava como se fosse a coisa mais interessante do mundo. Logan não percebeu minha inquietação.

– Tanto faz. Pelo menos você consegue entender o que eu escuto.

Fiquei em silêncio, terminando meu hambúrguer, enquanto Jade defendia o metal.

– Dá para entender, sim! Você só precisa prestar atenção!

Ri enquanto eles trocavam provocações. Enfim os dois desistiram e concordaram em discordar. Passamos o resto do almoço num silêncio aflito, eu me recusando a olhar para Drake. Minha cabeça se virou de repente quando Jade xingou com vontade. Apontou a porta e vi Chris se aproximando da nossa mesa.

– Que foi? – perguntou Logan, mas antes que alguém pudesse responder, Chris estava parado ao meu lado.

– Oi, Chloe – Ele me cumprimentou quando me virei para ele.

– Oi, Chris, como vai?

– Bem. Posso me juntar a vocês?

Balancei a cabeça.

– Hmmmm, na verdade, já estamos indo embora.

Ele franziu o cenho.

– Que pena. Posso pelo menos pegar seu telefone desta vez? Olhei para Logan, que ficava mais irritado a cada minuto.

– Acho que não é uma boa ideia. Eu já te falei que tenho namorado. – Gesticulei para Logan. – E é ele. Logan, este é o Chris.

Chris avaliou Logan antes de sorrir com malícia.

– Bom, quando você se cansar deste cara, me liga. – Ele pegou uma caneta e escreveu seu número no guardanapo.

Fiquei chocada com sua atitude.

– Chris, isso não vai acontecer.

Ele se limitou a sorrir e se virou.

– É você quem diz.

Eu me virei para Logan, que fuzilava Chris com os olhos.

– Mas quem é esse merda? – gritou ele ao me olhar.

– Ninguém. Ele tentou me pagar uma cerveja outra noite, mas Drake deu o fora nele.

Logan olhou para Drake, que nos observava com ironia.

– Pelo visto, você não fez um trabalho muito bom, porque ele voltou.

Drake fechou a cara e ele olhou feio para Logan.

– Eu não vi você saindo em defesa da Chloe. Talvez você não esteja tão preocupado em defender o que tem. Talvez você não a valorize.

Senti o desafio em suas palavras enquanto o ar em volta de nós estalava de eletricidade.

– Ele não me deu chance. E não questione minha relação com Chloe. Acha que não vejo como você e os outros caras olham para ela? Só não estou preocupado porque ela está comigo e não com você. Ela me escolheu. Ela é uma pessoa boa demais para me trocar por alguém como você.

— Alguém como eu? E que tipo de pessoa eu sou, Logan?
— Drake o desafiou com um rosnado.

— Você usa as mulheres. Todo mundo vê isso, inclusive a Chloe. Ela não perderia tempo com alguém assim. Ela não é burra.

Drake olhou entre nós dois e fiquei apavorada com o que poderia sair de sua boca. Logan não poderia descobrir desse jeito, não em um bar cheio de gente, dito por alguém que não eu.

Jade interrompeu antes que Drake pudesse responder.

— Os dois tratem de calar a boca. Não é hora nem lugar para essa besteira. Os dois são importantes para ela, então deixem a testosterona de lado antes que dê merda.

Lancei um olhar agradecido para ela enquanto Logan se levantava.

— Tem razão. Desculpa, Jade. Vamos, Chloe. Preciso sair daqui antes que faça alguma besteira.

Peguei minha bolsa e me levantei, me recusando a olhar para qualquer um deles. Voltamos ao seu carro e entramos, Logan batendo a porta com tanta força que tive medo de que a janela quebrasse.

— Já chega. Fiquei calado sobre sua amizade com aquele babaca, mas não vou mais fazer isso. Não quero você andando com ele de novo.

De imediato, me sentei reta por causa da sua ordem.

— Você não me controla, Logan. Vou falar com quem eu quiser.

Ele bateu os punhos no volante e eu dei um salto.

— Mas que droga, Chloe! Não vê como ele olha para você? Eu acabei de desafiá-lo lá dentro, bem na sua frente, e ele não negou nada. Ele está a fim de você.

Joguei a bolsa no chão e me virei furiosa para ele.

— Você está sendo idiota, Logan!
— Não, não estou. Prometa que vai parar de falar com ele!
— Não vou prometer nada! Você está sendo ridículo e eu me recuso a falar com você até que você resolva suas merdas! Agora me leva para casa!
— Você está impossível, Chloe!

Eu o ignorei enquanto ele dava a partida no carro e arrancava do estacionamento. Passamos todo o percurso em silêncio e, assim que ele estacionou, saí do carro e corri. Só parei quando fechei a porta do meu quarto com força. Rachel estava no seu lado do quarto guardando as coisas, mas parou o que fazia para me olhar.

— Hmmm, oi?

Rosnei enquanto me jogava na cama e me sentava.

— Qual é o problema?

Rosnei de novo.

— Logan! Ele é um imbecil. Eu disse desde o começo que ele não podia me controlar nem escolher meus amigos, mas ele sempre faz isso.

Caí de costas na cama enquanto Rachel franzia o cenho.

— Epa, briga de namorados?

Lancei um olhar feio na direção dela.

— É, pode-se dizer que sim.

Meu telefone tocou no bolso e gemi ao pegá-lo. Era Logan, é claro. Apertei o botão vermelho de desligar e o joguei ao meu lado. Ele tocou de novo, mas voltei a apertar o botão. Alguns minutos depois, alguém bateu na porta. Não fiz menção de atender, então Rachel suspirou e foi abrir. Mal abriu uma fresta, e já vi Logan parado ali.

— Posso falar com a Chloe?

Rachel olhou para mim, mas fez que não com a cabeça.

— Logan, acho que não é uma boa hora. Deixe que ela se acalme um pouco, está bem?

Ele gemeu.

— Tá legal. Mas diga a ela que peço desculpas, tá?

Ela assentiu e fechou a porta na cara dele.

— Obrigada, obrigada, obrigada.

Ela me abriu um leve sorriso ao voltar para sua cama para guardar as roupas.

— Você me deve essa. Acho que vou ganhar uma bebida de graça quando te visitar no trabalho.

— Fechado — respondi de imediato e ela riu.

— Bom, essa foi fácil. Eu devia ter pensado melhor antes de fazer minhas exigências.

— Desculpa, você já deu o seu preço. Não tem como voltar atrás.

Eu me abaixei e ri enquanto um sapato voava na minha direção.

— Tá legal, então é assim!

CAPÍTULO DEZOITO

MAMÃEZINHA QUERIDA

Passei o resto do dia no quarto com Rachel, fugindo das ligações de Logan. Na manhã seguinte, saí cedo para a aula, esperando evitá-lo. Infelizmente, ele estava no saguão esperando por mim. Reduzi o passo ao me aproximar e ele sorriu, estendendo um copo de café.

– Oferta de paz? Desculpa se agi como um idiota ontem. É que fico louco quando se trata daquele sujeito.

Peguei o café e comecei a beber cautelosamente.

– Você foi um idiota. – Parti para a porta e ele me seguiu de perto.

– É, eu sei que fui, mas quero fazer as pazes, se você me deixar.

Olhei para o chão enquanto andávamos. Eu me sentia culpada por sentir raiva dele, já que ele estava certo sobre Drake. Mas como eu podia dizer isso a ele, sem abrir toda a verdade?

– Não sei, Logan. Agora está tudo muito confuso.

Ele franziu a testa e me puxou num abraço.

– Eu sei. Não temos ficado juntos ultimamente e, quando ficamos, eu venho com uma merda dessas. Vamos ficar bem. Prometo que as coisas vão melhorar entre a gente. Não quero te perder, Chloe. Eu te amo.

Meu coração se apertou dolorosamente quando ouvi *eu te amo* saindo de sua boca. Não consegui pensar em ninguém que as merecesse menos.

— Me dá alguns dias para esfriar a cabeça, tá bom?

Ele assentiu quando chegamos ao meu prédio.

— Muito justo. Me procura quando estiver pronta. — Ele me beijou com gentileza e se afastou com os ombros curvados.

Eu me virei e entrei no prédio. Meus olhos viram Drake no minuto em que entrei na sala de aula. Meu estômago deu um nó quando o olhei. Ele deve ter sentido o calor do meu olhar, porque se virou para mim. Abri um leve sorriso e me sentei algumas fileiras longe dele. Ele franziu o cenho e se levantou para se aproximar de mim, sentando-se ao meu lado e colocando o livro na carteira.

— E aí.

— E aí — murmurei de volta, me sentindo pouco à vontade.

— Então, voltamos a nos ignorar? — Ele me olhou fixamente.

— Não, só pensei que era melhor ficar longe até resolver as coisas, entendeu?

Ele passou as mãos no cabelo, parecendo agitado.

— Olha, desculpa pelo que aconteceu ontem com Logan. Eu não devia ter dito o que disse, mas é a verdade. Ele não tem ideia do que vocês têm. Ele não te valoriza.

De imediato, parti em defesa de Logan.

— E como você poderia me valorizar? Onde você encontraria tempo para mim ficando com todas essas mulheres? Não sou idiota, Drake. Você não desistiria de tudo isso por mim.

— Agora está falando sério? É claro que desistiria. Você tem me visto com alguém ultimamente? Eu larguei tudo por você. Queria que você me levasse a sério, mas é claro que você já decidiu o que pensa de mim.

Pensei no que ele disse. Eu não o via com alguém há algum tempo. Mesmo quando aquelas mulheres foram a nossa mesa na sexta-feira, ele as afastou. Na hora pensei que fosse porque ele estava muito chateado comigo, mas talvez não fosse esse o motivo.

– Desculpa, Drake. Não estou sendo justa com você, mas é difícil te ver de outro jeito. Você já andou com tantas mulheres, o que espera que eu faça? Não pode mudar da noite para o dia.

– Antes de você entrar na minha vida, eu teria dito o mesmo. Mas há algo diferente em você. Não sei o que é, mas me faz querer mudar cada coisa ruim em mim.

Olhei a sala e notei que o professor entrava. O que eu poderia dizer sobre isso? Drake conseguiu me fisgar no momento em que coloquei os olhos nele, e eu não podia negar isso. As coisas teriam sido muito diferentes se ele não tivesse me rejeitado antes, e poderíamos estar felizes agora. Em vez disso eu estava no maior rolo da minha vida. E tudo por causa dele.

– Isso não muda nada, Drake. Nós dois somos uns fodidos, mas juntos somos um turbilhão. Nada que surja em nosso caminho vai sobreviver.

Ele abriu a boca para falar, mas o professor começou a se apresentar na frente da sala, dando um fim efetivo a nossa conversa. O resto da aula passou voando, minha mente tão longe que nem mesmo ouvi os temas apresentados. Depois que fomos dispensados, peguei minhas coisas e fui para a porta, torcendo para que Drake não viesse atrás de mim. Atravessei metade do campus antes de me virar. Drake estava atrás de mim, mas havia vários alunos entre nós e ele não tentava me alcançar.

Soltei um suspiro de alívio quando meu telefone tocou. Esperando que fosse Logan de novo, fiquei confusa quando vi **Número bloqueado** na tela.

— Alô? — atendi com cautela. Não houve resposta, então falei de novo. — Tem alguém aí? Isso não tem graça. — Ouvi a respiração do outro lado da linha, mas ninguém falava nada. — Tá legal, tanto faz, seu esquisito.

Eu ia tirar o telefone do ouvido para desligar, mas parei ao ouvir a voz do outro lado que fez meu sangue gelar.

— Chloe? É você?

Saí da calçada e me encostei numa árvore, ouvindo a voz da minha mãe.

— Mãe? — Senti alguém se aproximar ao meu lado, mas ignorei enquanto esperava que ela falasse.

— É, sou eu. É difícil encontrar você.

— O que você quer? Eu te disse para ficar longe de mim na última vez em que a gente se viu. — Senti a mão no meu ombro e me virei, vendo Drake me olhar com preocupação.

— Ah, deixa de ser uma pirralha mimada. Ficar todo aquele tempo naquela casa bonita com a médica e o advogado ricos estragou você. Fez você pensar que é melhor do que a realidade. Você não passa do lixo que sempre foi, Chloe.

Meu coração doeu quando a ouvi falar de mim como sempre fez, como se eu fosse inferior a ela.

— Você não vai mais falar comigo desse jeito. Diz o que você quer ou vou desligar.

Ela soltou uma gargalhada aguda.

— Eu sou sua mãe, quer você queira ou não, e vou falar com você como eu quiser. Agora, onde você está? Temos algumas coisas para discutir.

Balancei a cabeça intensamente, embora ela não pudesse ver.

— Não vou te dizer onde estou. Me deixa em paz!

– Achei seu número, não foi? É só uma questão de tempo até eu saber onde você está. Preciso de sua ajuda com uma coisa.

Meus joelhos começaram a tremer enquanto ela falava e Drake me abraçou para escorar meu peso. Ele pegou o telefone da minha mão antes que eu pudesse reagir e gritou com a minha mãe.

– Mas que merda é essa?

Seus olhos ficaram vidrados enquanto ele a ouvia falar.

– Não, é você quem vai me escutar, sua vaca. Você vai deixar a Chloe em paz. E estou falando sério. Se vier atrás dela, vai ter que passar por mim. Não liga de novo. – Ele desligou enquanto ela estava no meio de um ataque e colocou o celular no próprio bolso. O aparelho começou a tocar quase de imediato, mas ele o ignorou, me puxando mais para junto.

– Merda, que mulher simpática. Que bom que você é diferente dela.

Ri um pouco enquanto minha mente voltava ao que ela disse. Ela precisava de ajuda com uma coisa, mas eu não tinha ideia do que seria. Eu não tinha nada para dar a ela, nem daria, mesmo que tivesse.

– Não sei por que ela quer tanto me ver agora. Passei a maior parte da minha infância tentando ficar longe dela, me escondendo, e agora estou aqui, fazendo exatamente a mesma coisa. Eu morro de medo dela, Drake. Fico apavorada.

Ele me abraçou forte e se afastou.

– Não precisa mais ter medo dela. Estou aqui e não vou deixar que ela chegue perto de você.

– Drake, se ela quiser me encontrar, vai conseguir. Ninguém vai impedi-la, especialmente se ela estiver drogada. Você não tem ideia do que as drogas fazem com ela. Ela já é má quando está sóbria, mas, drogada, ela me mataria assim que me visse. – Eu me afastei e estendi a mão para o telefone em seu bolso. – Pode me devolver o celular?

Ele balançou a cabeça.

– De jeito nenhum. Você vai atender se ela ligar de novo e não vou deixar você passar por isso.

Olhei para ele, suplicante. Eu precisava ligar para Logan, precisava dele naquele momento. Ele sempre esteve presente quando minha mãe aparecia.

– Por favor. Preciso ligar para Logan. Ele sempre cuida de mim quando ela aparece.

Os olhos de Drake ficaram frios enquanto ele tirava o telefone do bolso e o batia na minha mão.

– É claro, me esqueci do garoto bonito.

– Drake, não é isso. É só porque ele já passou por tudo isso e sabe como ela é. Ele sempre sabe o que fazer. Sabe me proteger.

Ele me olhou de um jeito assassino.

– E eu não sei? Eu posso te ajudar, Chloe, se você me deixar. Em vez disso, você volta correndo para ele. Pode esquecer, tá legal? Eu estou em segundo lugar e sempre vou estar. Tô fora. – Ele se virou e se afastou de repente, seu corpo tenso de raiva. Gritei seu nome sem parar, mas ele não se virou para me olhar.

Os alunos que passavam me olhavam com curiosidade enquanto eu deslizava pela árvore e caía sentada no chão. Abracei os joelhos e chorei. Chorei mais do que há muito tempo. É claro que essa confusão com Logan e Drake era horrível, mas minha mãe era uma questão totalmente diferente. Eu não sabia o que ela queria, mas ela só ia parar quando conseguisse. Era perigosa e eu precisava ficar em alerta o tempo todo.

Tentei parar de chorar e digitei o número de Logan. Ele atendeu quase de imediato.

– Chloe! Eu estava torcendo para você me ligar. Estou ficando maluco de preocupação com a gente.

Comecei a chorar mais alto ao ouvir a voz dele e ele parou de falar.

– Chloe, o que aconteceu?

– É minha mãe. Ela acabou de me ligar. Estou com muito medo, Logan.

Ouvi palavrões abafados na linha enquanto eu apoiava a cabeça nos joelhos.

– Shhhhh, está tudo bem. Diga onde você está.

Disse a ele onde me encontrar e ele prometeu que chegaria em alguns minutos. Eu ainda estava chorando quando ele me encontrou e me carregou até seu quarto. Ele me deitou na cama e ficou ao meu lado, me puxando forte para o seu peito. Enterrei o rosto no seu pescoço enquanto ele me tranquilizava.

– Está tudo bem, garotinha. Eu estou com você, ela não vai chegar perto.

– Você não entende. Ela sempre me encontra, Logan. Por que ela não me deixa em paz? Eu só quero ficar em paz! – gritei em seu peito, desabafando minha raiva.

– Chloe, se eu pudesse apagar tudo de ruim que ela fez com você, eu apagaria. Ninguém merece ser criada como você foi. Você é uma boa pessoa, não é nada parecida com ela. – Ele me afastou gentilmente e me segurou pelo queixo, erguendo meu rosto para que eu olhasse nos seus olhos. – Ela jamais vai encostar em você de novo. Eu prometo. Não vou deixar. Até que a gente resolva isso, não quero que você atenda as ligações dela e quero alguém ao seu lado o tempo todo. Não vamos dar a ela a chance de te encontrar. Está bem?

Assenti enquanto ele puxava meu rosto para o dele, me beijando gentilmente.

– Eu te amo, Chloe. Eu morreria por você.

Aprofundei o beijo, precisando sentir sua proteção, seu amor. Ele gemeu, me virou de costas e deslizou beijos pelo meu queixo. De imediato meu corpo reagiu ao seu toque e passei a mão pelas suas costas, por baixo da camisa, puxando-o para cima de mim. Sua excitação era evidente através do jeans e gemi ao me forçar para mais perto dele.

– Eu preciso de você, Logan, preciso muito de você.

As lágrimas escorriam pelo meu rosto enquanto ele tirava minha blusa e acariciava gentilmente meus seios.

– Eu também preciso de você, garota.

Eu sabia que só estava arrumando mais dor de cabeça, mas não consegui me controlar e tirei sua camisa e abri o botão e o zíper do jeans. Eles se abriram e enfiei a mão por dentro do espaço apertado, pegando seu pau e passando a mão rudemente por ele. Seu corpo entrou em convulsão ao meu toque. Afastei a mão por tempo suficiente para que ele se livrasse da calça e da cueca e se deitasse de costas. Beijei seu peito e a barriga, sentindo os músculos tremerem sob o meu toque.

Passei a língua gentilmente pelo seu pau antes de colocá-lo na boca e chupá-lo. Encontrei um ritmo firme enquanto ele gemia e movimentava os quadris para que eu o tomasse mais fundo.

– Meu Deus, Chloe, você é incrível com a boca.

Recuei, sorrindo de suas palavras.

– Pode retribuir o favor?

Ele riu ao me colocar de costas.

– Ué, é claro que posso!

Ele chupou e mordiscou meus mamilos primeiro, até ficarem sensíveis e inchados de desejo, depois deslizou a língua lentamente pela minha barriga até entre as minhas pernas. Eu me derretia na cama, sentindo sua língua passar pelo meu clitóris inchado. Ele meteu dois dedos em mim e gemi com as sensações que tomavam meu corpo. Sua língua rapidamente substituiu os dedos e meu corpo deu um solavanco na cama, sentindo sua língua me acariciar.

– Logan! – gritei ao me desintegrar embaixo dele. Antes que eu tivesse tempo de me recuperar, ele estava dentro de mim, metendo firme e rápido. Senti meu orgasmo se formando mais uma vez, agarrada a ele, minhas unhas deixando marcas em seus ombros enquanto ele vinha mais fundo. Seus movimentos se intensificaram e o senti estremecer ao explodir dentro de mim, me levando com ele. Ele desabou por cima de mim enquanto tentava recuperar o fôlego.

– Valeu a pena esperar todos esses meses. Você é tão incrível como eu me lembrava – sussurrou ele no meu ouvido, saindo lentamente de dentro de mim e desabando ao meu lado na cama. Ele me puxou com força contra seu corpo e roçou o nariz no meu pescoço. – Sempre vou te manter segura. Nunca vou abandonar você, eu prometo.

Ficamos deitados ali por vários minutos enquanto eu deixava que a culpa lentamente me dominasse, percebendo a situação em que eu me colocava. A sensação de que eu estava traindo Drake ao dormir com Logan entrou fundo na minha pele e me senti afogar nela. Eu sabia que, tecnicamente, não estava fazendo nada de errado. Logan era meu namorado e isso era normal, mas meu coração sentia outra coisa. Ele chamava por Drake e eu não conseguia me calar.

O pior foi ter percebido que precisei transar com Logan de novo para cair na real.

Rolei e fiquei de frente para Logan, meu coração na garganta, e abri boca para lhe contar tudo.

– Logan, podemos conversar?

Ele me deu um beijo no nariz, sorriu e se levantou.

– Podemos, mas isso não pode esperar? Preciso ir para o trabalho logo.

Assenti enquanto o alívio tomava meu corpo. Eu ainda não precisava contar a ele, podia esperar. Eu me senti culpada por não insistir, mas não podia despejar tudo em cima dele vinte minutos antes de ele sair para o trabalho.

Logan me puxou num abraço antes de se vestir.

– Vai trabalhar esta noite?

– Vou, até o fechamento, e a mesma coisa amanhã. Só tenho uma noite de folga na quarta-feira.

Ele pegou sua chave na estante, se virou e sorriu para mim.

– Tudo bem, então, conversaremos na quarta-feira.

CAPÍTULO DEZENOVE

E DEGRINGOLAMOS

A quarta-feira não chegava nunca. Veronica precisava sair e me pediu para trocar o turno da sexta com ela. Concordei, mas não fiquei satisfeita com isso. Eu não só estava sendo obrigada a esperar ainda mais para conversar com Logan, como tinha ganhado a sexta livre e nenhuma desculpa para não ir ao show de Drake, se Amber me convidasse. Para minha sorte, Amber estava tão envolvida com Adam que mal me mandou um torpedo durante toda a semana, e, assim, fiquei livre. Na noite de sexta-feira, fique enroscada na cama com Logan, que me ajudava a estudar para a prova na segunda-feira. Ele foi um excelente professor particular, porque já tinha feito essa matéria no semestre anterior.

– Juro que se eu olhar mais uma página, minha cabeça vai explodir – gemi.

Já estávamos nisso havia horas e meu cérebro já estava pra lá de torrado. Ele tirou o livro delicadamente das minhas mãos e colocou no chão, me puxando para seus braços.

– Vamos dar um tempinho.

Ele se recostou e me beijou com tanta gentileza que meu coração se derreteu. Ele e Drake eram tão diferentes – Logan era gentil e carinhoso, Drake cheio de uma paixão rude e perigosa. Por que eu estava deitada ali beijando Logan, se meus pensamentos o comparavam a Drake?

Ele aprofundou o beijo e lentamente começou a passar a mão por baixo de minha blusa e pela minha barriga. Fiquei em choque com o toque e me afastei.

— Qual é o problema, amor? Se a gente estiver indo rápido demais, é só me dizer. Pensei que depois do outro dia... — Ele me olhou com preocupação. Eu não podia mais fazer isso com ele.

— Logan, lembra que eu queria conversar com você?

Ele assentiu, mas continuou em silêncio.

— Bom, tem uma coisa que preciso te contar. — Fechei os olhos e respirei fundo antes de abri-los e encará-lo novamente. — Aconteceu uma coisa entre mim e Drake. Logo depois que eu e você começamos a namorar, fui a casa dele estudar. A gente não queria fazer nada, mas acabamos transando. Eu lamento muito não ter contado a você, mas eu não estava suportando a ideia de te magoar. Foi sem querer.

Ele ficou sem reação ao me olhar de cima.

— *Sem querer?* Como é isso? Você caiu no pau dele por acidente? — ele gritou, seu rosto de repente tão vermelho de um jeito que eu jamais tinha visto. Ele respirou fundo, tentando se acalmar antes de continuar. — Por que está me contando isso agora? Por que esperar todos esses meses para jogar essa em cima de mim?

— Não sei. Acho que eu não suportava mais a culpa. Não quero continuar mentindo para você. — Eu olhava em seus olhos e vi uma tempestade se formando em seu olhar, embora ele tentasse continuar calmo.

— Ainda bem que me contou, Chloe. Quero que você seja sincera comigo. Não sei realmente o que dizer, mas estou tentando entender. Você disse que foi logo depois que a gente começou a namorar?

Concordei, sentindo a culpa me enfraquecer.

– Tudo bem, desde que tenha sido só uma vez, estou disposto a esquecer. Sei que você estava confusa na época. – Ele me puxou num abraço e eu caí em prantos. – Qual é o problema, Chloe? Eu te perdoo, garota, eu te perdoo.

Continuei chorando e consegui soltar as poucas palavras que selariam nosso destino.

– Não foi só naquele dia. Aconteceu de novo duas semanas atrás. Fui a casa dele conversar, porque a gente não tinha falado a respeito desde que aconteceu, e rolou tudo de novo.

Senti seus braços enrijecerem em mim.

– Você transou com ele duas semanas atrás? Mas que merda, Chloe! – Rapidamente ele tirou os braços e se levantou. Eu ainda chorava enquanto ele gritava. – Aquele filho da puta! Ele sabia que você era minha e ainda assim deu em cima de você. Duas vezes! Inacreditável, porra! Eu vou matá-lo! – Ele foi até a porta e a abriu.

Pulei da cama para ir atrás dele.

– Logan! Logan, para! Aonde você vai?

Ele me olhou por sobre o ombro ao seguir para a escada.

– Vou dar uma lição naquele filho da puta. Eu sabia que rolava alguma coisa entre vocês dois, mas nunca imaginei que ele iria tão longe. Nunca pensei que você faria isso comigo! Como você pôde, Chloe? – Ele ainda gritava enquanto eu o perseguia escada abaixo. Em volta de nós, os alunos pararam no corredor e na escada para nos olhar.

– Desculpa, Logan, mas, por favor, para. – Tentei segurar seu braço, mas ele se livrou de minha mão.

– Fica longe de mim, Chloe, ou, Deus me livre, não vou me responsabilizar pelos meus atos.

Descemos a escada e chegamos ao estacionamento e ele rapidamente destrancou o seu carro e entrou. Tentei abrir a porta do carona, mas ele a deixou trancada enquanto engrenava e deixava marcas pretas ao sair do estacionamento cantando pneu. Chorando descontroladamente, fui até meu carro e parti atrás dele. Ele foi ao bar, sabendo que Drake estaria tocando numa noite de sexta-feira. Assim que desliguei o carro, desci e corri atrás dele para dentro do bar.

Drake estava no palco tocando com a banda quando entramos. Logan foi diretamente ao palco, comigo bem atrás. Antes que eu pudesse impedir, ele pulou no palco e deu um soco na cara de Drake. Gritei ao ver a cabeça de Drake ser jogada para trás com força e o sangue escorrer do nariz para os lábios. A multidão gritou e outros membros da banda rapidamente seguraram Logan, que tentava de novo partir pra cima de Drake.

– Mas que merda é essa? – gritou Drake, fuzilando Logan com o olhar.

Ele levantou a cabeça e ficou pálido ao me ver parada diante deles, gritando e tremendo enquanto Logan berrava com ele.

– Seu filho da puta idiota! Acha que eu não ia descobrir que você trepou com a Chloe pelas minhas costas? – Adam foi pego de guarda baixa e Logan atacou Drake novamente. Drake percebeu a aproximação e pulou para trás, socando a barriga de Logan. Logan grunhiu e caiu, mas logo se colocou de pé e partiu pra cima de Drake de novo.

– Vamos lá, garoto bonito. Estou bem aqui, vem me pegar.
– Drake o provocou.

Logan desferiu outro soco sem dar chance de Drake se esquivar, acertando seu tórax. Logan se atirou sobre Drake, que foi pego de surpresa enquanto se curvava de dor, e os dois caíram em cima da bateria, espalhando o equipamento. Gritei enquanto eles continuavam a trocar socos, até que Adam e Eric conseguiram separá-los.

Eric arrancou Drake de Logan e o segurou com força enquanto Adam torceu o braço de Logan nas costas e o manteve preso.

Jade, que ficou na beirada do palco o tempo todo, colocou o dedo na boca e assoviou.

— Já chega! Veja se vocês crescem, gente, ou tratem de brigar lá fora!

Logan olhou para Drake com o mais puro ódio.

— Como você pôde, Drake? Perguntei a você naquele dia no almoço se estava acontecendo alguma coisa entre você dois antes de eu ir falar com ela. Você disse que não havia nada e nunca haveria. Você me prometeu que a deixaria em paz e olha o que aconteceu. Você trepou com ela não uma vez só, mas duas, e pelas minhas costas.

Drake também o olhava feio.

— É, eu trepei com ela. Duas vezes, porque uma não bastou para mim e eu faria de novo, se pudesse.

Logan tentou atacá-lo, mas desta vez Adam estava preparado e o segurou firme.

— Tá legal, os dois para fora agora — rosnou Adam, puxando Logan para trás. Ele o tirou do palco e atravessou o bar até a porta, Eric seguindo de perto, ainda segurando Drake. Jade e eu fomos atrás deles de longe, ela com os braços em volta de mim, me abraçando forte.

Quando saímos no ar frio da noite, respirei fundo. Como minha vida tinha chegado a esse ponto? Eu praticamente sabia que tinha perdido Logan como namorado e amigo. E Drake, bom, eu nunca soube o que achar de nós dois. Eu tremia por dentro enquanto Eric e Adam soltavam Logan e Drake e se afastavam.

— Tá legal, se vocês querem descarregar um no outro, fiquem à vontade. Não vamos impedir, mas vocês precisam resolver isso. Brigar por uma garota é ridículo e vocês sabem disso. Então, façam o que quiserem, coloquem tudo pra fora antes que estraguem mais a nossa bateria – Eric rosnou enquanto ele e Adam se aproximavam de mim e de Jade.

Logan e Drake se encaravam e de repente tive medo de que eles voltassem a trocar socos. Avancei e me coloquei entre os dois.

– Vocês dois, me escutem. Isso tudo é muito idiota, como Eric disse. É tudo minha culpa e essa briga não vai resolver nada. Eu que estraguei tudo, não vocês. Então, se quiserem descarregar a raiva em alguém, que seja em mim. Eu estraguei tudo.

– As lágrimas escorriam pelo meu rosto enquanto eu olhava os dois. – Vocês dois significam muito para mim e nunca vou me perdoar pelo que fiz com vocês.

Rapidamente me virei e fui para o carro. Ao entrar, levantei os olhos e vi os dois me observando com uma expressão idêntica de dor e fúria.

...

Comecei a receber torpedos algumas horas depois de eu chegar em casa. Primeiro de Drake, querendo saber como eu estava, depois dos dois, se desculpando pelo que tinha acontecido no bar. A essa altura eu não conseguia encarar nenhum deles, não pelo que aconteceu esta noite, mas porque eu sentia vergonha de mim mesma e do que fiz com eles. Assim, ignorei as mensagens. Eles mereciam mais do que toda essa situação, mais do que eu, e nenhum deles me merecia em suas vidas.

Como Rachel tinha esquecido algumas coisas na casa dos pais depois das férias, voltou lá no fim de semana para buscá-las, e fiquei com o quarto só para mim. Eu estava sozinha, perdida, e me recusei a responder as mensagens de texto, que não paravam de chegar. Peguei uma garrafa de vodca no frigobar e servi uma dose pura. Tomei de uma vez, servi outra e bebi. Se era para ficar infeliz, eu sabia muito bem como fazer isso direito.

Algumas doses depois, eu estava deitada na cama encarando o teto, que balançava gentilmente. Ri do teto idiota. *A vida não é tão ruim*, pensei enquanto ele oscilava. Não sei quanto tempo fiquei ali, rindo do teto, até que ouvi uma batida na porta. Rindo como uma boba, saí trôpega da cama e fui devagar à porta. Ao abri-la, vi Logan e Drake parados diante de mim.

Sorri ao ver esses dois homens lindos que vieram me visitar.

– E aííííí, gente! Como é que tá? – Ri de novo ao falar. – Ah, deixa pra lá. Os dois estão ótimos, como sempre. – Eu me virei e me joguei de novo na cama. Olhei para os dois quando nenhum deles disse nada. Os dois se entreolharam com preocupação e se viraram para mim.

– Você está bem, Chloe? – perguntou Logan, entrando no quarto na frente de Drake.

– Eu tô ótima! Tomei umas doses e agora tô legal. – Abri um sorriso luminoso para eles. – O que estão fazendo aqui? Peraí, vocês estão juntos e sem sangue!

Os dois ainda me olhavam fixamente. Logan se abaixou ao lado da minha cama e me olhou nos olhos.

– Quantas doses você tomou, amor?

Revirei os olhos para a preocupação em sua voz. Por que ele parecia tão preocupado, quando estava tudo tão bem?

– Só duas – gesticulei para a garrafa na mesa de cabeceira. – Tá vendo, ainda está cheia. Abri esta noite mesmo.

Drake olhou a mesa de cabeceira antes de se virar para mim.

– Hmmmm, Chloe, a garrafa está vazia.

Olhei a garrafa, notando que ele tinha razão. Dei um tapa no rosto e ri.

– Epa! Ainda bem que esse troço é vagabundo, ou eu estaria totalmente bêbada agora.

Os dois trocaram olhares de novo, com uma expressão cada vez mais preocupada.

– Chloe, meu amor, você *está* bêbada. Na verdade, bastante bêbada – declarou Logan ao meu lado.

Revirei os olhos de novo.

– É sério, gente, eu tô bem. Por que vocês vieram aqui? – O mundo virou de cabeça para baixo enquanto eu falava e fiquei feliz por estar deitada na cama.

Drake estava na frente da cama e falou.

– Olha, Chloe, você está mal, então acho que agora não é uma boa hora para conversar, como a gente queria. Vamos voltar amanhã. – Ele olhou a garrafa novamente. – Ou depois de amanhã. Sei que você não vai estar pronta para conversar amanhã.

A essa altura os dois me irritavam de verdade.

– Eu disse que tô ótima! – Eu me sentei ao falar e o mundo rodou a minha volta. Meu estômago se revirou e peguei a lixeira ao lado da cama para vomitar violentamente. Logan recuou alguns passos enquanto eu ainda colocava tudo para fora. Parece que fiquei com a cabeça enfiada na lixeira por horas. Por fim, depois de esvaziar meu estômago, rolei de costas na cama, gemendo. – Porra. Talvez eu esteja bêbada.

Drake riu baixinho.

– Jura, Chloe?

Olhei feio para ele.

– Por que não dizem o que vieram fazer aqui, babaca?

Meu insulto não o abalou e ele continuou a me olhar de cima.

– Viemos mandar você decidir o que quer. Nós dois gostamos de você, mas o que realmente importa é o que você quer. Aquele que você não escolher, vai se afastar. Sem fazer perguntas.

Eu vi a dor em seus olhos enquanto ele falava. Só me lembro de murmurar uma única verdade antes de a escuridão tomar conta de mim.

– E se eu quiser os dois?

...

Na manhã seguinte, o mundo explodiu dentro da minha cabeça quando abri os olhos.

– Puta merda! O quanto eu bebi ontem à noite? – gritei.

A dor dilacerou minha cabeça ao ouvir minha própria voz. Segurando a cabeça, gemi e rolei de bruços. Encontrando o travesseiro, rapidamente cobri a cabeça com ele para me proteger do sol que brilhava alegremente no quarto.

Fiquei deitada ali, torcendo para que meu estômago e a cabeça cooperassem. Depois de alguns minutos de suplicar e me odiar, desisti e saí de debaixo do travesseiro. Ainda segurando a cabeça, fui até minha mesa e peguei uma garrafa de água e alguns analgésicos. Fiquei imóvel por alguns minutos antes de pegar a *nécessaire* e me arrastar pelo corredor até o banheiro. Tirei a roupa devagar, com medo da dor que qualquer movimento súbito provocaria. Depois de tomar o banho mais longo do planeta, voltei ao quarto e caí na cama.

Deitada ali, imagens da noite anterior começaram a surgir na minha mente. O estudo com Logan e o momento em que contei a verdade a ele, a briga, por fim os dois me procurando aqui.

E se eu quiser os dois? Meu coração perdeu o ritmo quando a lembrança veio à tona. Eu disse isso mesmo a eles? É claro que disse, minha idiotice não conhecia limites. Eu me levantei da cama e minha cabeça protestou. Ignorei a dor enquanto pegava a chave e corria porta afora.

...

Bater na porta de Drake deve ter sido a coisa mais difícil que fiz em toda a minha vida. Fiquei parada ali enquanto ele abria a porta e erguia as sobrancelhas ao me ver.

— Olha, não esperava que você aparecesse hoje. — Ele me olhou pensativamente. — Ou que estivesse sóbria, para ser sincero.

— Podemos conversar sobre a noite passada, por favor? — Eu quase torcia para ele rejeitar meu pedido, que ele me dissesse para voltar mais tarde. Em vez disso, ele assentiu e deu um passo ao lado, me permitindo entrar. Passei rapidamente por ele e fui até o sofá. Eu começava verdadeiramente a detestar esse sofá, cada coisa ruim entre a gente tinha começado nele.

Ao contrário da última vez, ele se sentou ao meu lado e pegou minha mão. Olhei nossas mãos unidas e essa visão tão simples me tirou o fôlego. Como eu ia magoar os dois? No final de tudo, nós três íamos ficar despedaçados, completamente destruídos.

A verdade é que eu amava Drake mais do que tudo, mas no fundo sabia que também amava Logan, só que de um jeito diferente. Não conseguia imaginar como ia viver depois do que estava prestes a fazer, mas era preciso. Eu precisava libertar os dois. Nenhum deles merecia a dor que eu lhes causava e eu ia fazer o que era certo.

Olhei nos seus olhos, memorizando-os antes de enfim falar.

— Eu te amo, Drake. — Seus olhos se iluminaram com tanta alegria que quase parei por ali. — Mas também amo Logan. —

O brilho se apagou e ele virou o rosto. – Desculpa por ter magoado você e, se eu pudesse, voltaria atrás. – Meus olhos ardiam com as lágrimas que ameaçavam escorrer. Respirei fundo antes de terminar minha sentença de morte. – Eu sempre vou gostar de você, mas acho que é melhor a gente ficar longe um do outro. Só vou causar dor em você e não suporto a ideia de magoá-lo por minha causa.

Estendi a mão e segurei seu queixo, puxando seu rosto para o meu. A expressão assombrada em seus olhos quase me matou.

– Adeus, Drake.

Comecei a me levantar, mas parei. Se este era o fim, eu queria um desfecho verdadeiro. Voltei a segurar seu queixo, puxei-o para mim e o beijei nos lábios com delicadeza enquanto minhas lágrimas finalmente escorriam pelo rosto. Sem dizer mais nada, fui para a porta.

...

Eu ainda estava chorando quando parei o carro no estacionamento do alojamento e o desliguei. Fiquei sentada ali, tentando me recompor, antes de encarar Logan. Foi preciso muito mais do que eu esperava, mas por fim minhas lágrimas secaram, saí do carro e entrei no prédio. Quando me dei conta, estava diante da porta dele. Bati suavemente e me preparei para o que estava por vir. Meu coração tinha se dilacerado uma vez hoje e, depois dessa visita, eu não sabia se restaria alguma coisa dele. Com Drake eu tinha perdido o amor, mas quando se tratava de Logan, eu perderia mais do que apenas isso. Eu perderia anos com meu melhor amigo. Por mais que isso doesse, eu sabia que estava fazendo o que era certo. Meu estômago doeu quando ele abriu a porta lentamente e me olhou.

Sem dizer nada, ele voltou para o quarto e se sentou na cama. Entrei, fechando a porta. Sua expressão dizia tudo. Ele parecia totalmente derrotado.

Ele suspirou e levantou os olhos para mim.

– Eu perdi, não é?

Fitei o chão.

– Na verdade, não. Estou muito cansada de magoar vocês dois, Logan. Eu amo os dois, só que de um jeito diferente. Não estou escolhendo Drake, mas também não escolho você.

O resto do meu coração se acabou com o que eu disse, mas me mantive firme. Ele se levantou e atravessou o quarto, colocando-se diante de mim.

– Eu entendo e aceito sua decisão.

As lágrimas voltaram a rolar dos meus olhos.

– Eu peço mil desculpas, Logan. Estraguei tudo que a gente tinha. Não só perdi meu namorado, perdi meu melhor amigo no meio de toda essa confusão.

Ele me puxou num abraço apertado.

– Você não perdeu um amigo, Chloe, mas eu preciso de um tempo antes que as coisas voltem a ser o que eram. Só não desista da nossa amizade. Prometo que não vou abandonar você.

Eu o abracei com a maior força que pude.

– Eu entendo. Obrigada, Logan. – Eu me afastei e fui para a porta. Abri para sair. – Quando estiver pronto, sabe onde me encontrar. – Fechei a porta e deixei meu coração largado no chão.

CAPÍTULO VINTE

CATANDO OS CACOS

As semanas que se seguiram foram uma completa tortura. Rachel e, para minha surpresa, Jade, tentaram me animar com uma quantidade pecaminosa de sorvete e diversão de mulherzinha. Tentei ficar alegre perto delas, mas me sentia totalmente acabada por dentro. Amber, que não estava no bar naquela noite por alguma razão e que soube de tudo por Adam, se recusava a falar comigo e eu entendia por quê. Ela também amava Logan e eu o magoara irreparavelmente. Eu sentia tanta falta dela quanto de Logan, mas, para ser franca comigo mesma, sentia mais falta de Drake do que de qualquer coisa na vida. Sempre que o via pelo campus, meu coração palpitava no peito e eu me sentia tonta. Eu o pegava me encarando de vez em quando na aula, onde ele se sentava em seu lugar de costume algumas fileiras longe de mim, sem nunca se aproximar.

Tentei me manter ocupada o tempo todo, para não pensar em nenhum dos dois, mas eles sempre se esgueiravam pelos meus pensamentos nas horas mais inesperadas – no banho, quando eu dobrava minha roupa lavada, até no trabalho. Meu trabalho estava sendo muito prejudicado e eu sabia que seria demitida. Enfim, numa noite, Janet me levou para o seu escritório.

– Escute, Chloe, não sei o que acontece com você, mas você precisa cuidar da sua cabeça ou vou precisar demiti-la. Não quero fazer isso, mas tenho recebido muitas queixas nas últimas semanas e de jeito nenhum posso deixar que isso continue.

Afundei na cadeira e assenti.

– Eu peço desculpas, Janet. Prometo que vou me esforçar mais. É que estou com muitos problemas pessoais, mas isso não é desculpa.

Ela assentiu e sorriu para mim.

– Eu gosto de verdade de você, Chloe. Escute, tire uma semana de folga para acertar tudo e volte na segunda-feira que vem.

Concordei e me levantei para sair.

– Quando voltar, prometo que tudo vai estar melhor.

– Espero que sim, Chloe. Se precisar de alguém, sabe onde me encontrar.

Enquanto eu fechava a porta, lágrimas se acumulavam nos meus olhos. Eu tinha chorado mais nos últimos meses do que em toda minha vida. Mesmo com a minha mãe sendo sempre tão ruim, nunca chorei tanto. Acenei uma despedida para Veronica enquanto saía, deixando-a com uma cara de interrogação.

E por falar na minha mãe, eu achei que estava a salvo depois do telefonema que Drake havia testemunhado. Infelizmente, ela decidiu que agora era o momento perfeito para me torturar. As ligações recomeçaram na semana anterior. Recebi dez num dia só, às vezes no meio da noite. Eu sabia que ela estava jogando comigo, mas me recusava a participar do que ela planejava. Minha mãe era uma cretina sonsa de mau coração e era melhor que eu a ignorasse completamente.

Meu telefone tocou de novo a caminho de casa, na sexta – ou talvez sétima – chamada do dia. Quando cheguei ao alojamento, verifiquei o celular e lá estava, outro número bloqueado.

Desliguei o telefone e subi até o quarto. Rachel estava deitada na cama, lendo, quando entrei.

– Veio para casa cedo. O que aconteceu?

Joguei a bolsa na mesa e me sentei na beirada da sua cama.

– Minha chefe me botou para fora.

Seus olhos se arregalaram.

– Ah, não! Foi demitida?

Balancei a cabeça.

– Não, ela me disse para tirar uma semana de folga e acertar minha vida. Não se preocupe, sei que ainda te devo aquele café de graça. Vou arrumar para você antes que me demitam.

Ela riu e bateu o travesseiro na minha cabeça.

– Você é tão boba, Chloe. Eu não estava preocupada com o café. – Ela ficou pensativa por um momento. – Pra falar a verdade, estou. Vou passar lá no dia em que você voltar, só por precaução.

Ri e peguei o travesseiro que ela estava prestes a jogar na minha cabeça de novo e rapidamente revidei, bem na sua cara. O que se seguiu só pode ser descrito como a mais épica batalha de travesseiros conhecida. Quando terminamos, as penas enchiam o chão e nós duas precisávamos desesperadamente de travesseiros novos.

– Epa. – Rachel riu enquanto caíamos na cama.

– É, esta seria uma boa descrição do que acaba de acontecer. E agora precisamos limpar essa bagunça.

Passamos os vinte minutos seguintes pegando penas no chão, na cama, em nossos cabelos. Eu puxava uma pena perdida embaixo da cama quando ouvimos uma batida na porta. Vendo que ninguém além de Rachel e Jade estava falando comigo e Jade teria um show esta noite, deixei que Rachel atendesse. Quem quer que fosse, evidentemente procurava por ela.

Saí lentamente de debaixo da cama, com o cuidado para não bater a cabeça enquanto ela abria a porta.

Seu suspiro sobressaltado me fez virar de repente e ver quem estava à porta. O saco de lixo que eu segurava escorregou da minha mão e as penas voaram para todo lado quando vi Logan parado na soleira. Ele olhou a sujeira a meus pés e riu.

– Quer que eu pergunte?

– Guerra de travesseiros. – Sorri enquanto o olhava. Eu não o via há semanas, pelo menos não de perto. Ele ainda era o meu Logan, só que estava meio trapo e seus olhos estavam tristes. Parecia que ele vinha dormindo tão pouco quanto eu.

– Posso entrar para conversar? – perguntou ele em voz baixa.

Rachel manteve a porta aberta e Logan parou na minha frente. Rachel ficou parada na porta como um cervo iluminado pelos faróis de um carro que vinha pela estrada.

– Eu... É... Vou sair. Me liga quando acabar. – Ela me abriu um sorriso esperançoso, pegou a chave e saiu rapidamente porta afora.

Logan e eu ficamos em silêncio, nos olhando. Precisando de algo para fazer, rapidamente me abaixei e comecei a pegar as penas que escaparam do saco. Vi pelo canto do olho quando ele se ajoelhou ao meu lado e começou a me ajudar.

– Como estão as coisas? – perguntou ele quando terminamos de catar as penas.

– Bem. E você?

Eu me levantei rapidamente e coloquei o saco perto da porta, tentando evitar seus olhos. Eu não sabia o que ele estava fazendo aqui e, francamente, tinha medo de perguntar.

– Não tão bem. Sinto muito a sua falta, Chloe. Não gosto de como as coisas estão entre a gente. – Ele alternava o peso de um pé ao outro. – Tentei ligar para ver se estava tudo bem, se eu podia vir, mas caiu direto na caixa postal. Eu não sabia se você estava me evitando ou se tinha desligado o telefone.

Balancei a cabeça ao me aproximar e estender o telefone.

– Está desligado. Eu não estava ignorando você, Logan. Também senti sua falta.

Sua testa se vincou em confusão.

– Por que seu celular está desligado? E se alguém precisar falar com você?

Bufei de um jeito nada elegante.

– Tipo quem? Tirando Rachel e Jade, ninguém mais fala comigo.

– Alguém está causando problemas a você desde que... desde que tudo aconteceu?

Balancei a cabeça e baixei o celular.

– Não, todo mundo tem me deixado em paz. Até Amber. – Virei o rosto enquanto a compreensão e a compaixão enchiam seus olhos.

– Sei. Vou conversar com a Amber amanhã. Ela não precisa te ignorar por minha causa. Vocês são amigas há tempo demais para que eu atrapalhe. Mas isso não responde a minha pergunta. Se não tem ninguém te incomodando, por que você desligou o telefone?

Abri um sorriso fraco e me sentei na cama.

– Hmmm, minha mãe tem me ligado muito ultimamente. Eu desliguei para não precisar ouvi-lo tocar a noite toda.

Vi seu corpo enrijecer.

– Ela ainda está te incomodando?

Concordei.

– É, mas não é nada demais. Eu só ignoro.

Ele se sentou ao meu lado e fez menção de me abraçar, mas se conteve.

– Por que você não me contou? Falou com ela?

Eu me afastei um pouco mais dele na cama.

– Não, não falo com ela desde o dia em que te liguei. Drake pegou o telefone e acho que deu um susto nela por um tempo, mas ela voltou com tudo.

Seu corpo se retesou ao ouvir o nome de Drake.

– E eu não contei a você porque isso voltou a acontecer desde a semana passada e a gente não estava se falando. Eu não podia simplesmente correr atrás de você por causa disso, como fiz antes.

Ele respirou fundo e se virou para mim.

– Chloe, você sempre pode me procurar por essas coisas, não importa o que esteja acontecendo entre a gente. Só porque tudo terminou daquele jeito não quer dizer que eu não goste mais de você. Você ainda é minha melhor amiga e sempre vai ser. Foi por isso que vim aqui hoje, para conversar. Sinto sua falta, Chloe. Sei que não namoramos mais, mas não quero perder você. Você sempre foi uma parte importante da minha vida. As últimas semanas foram um inferno sem você.

As lágrimas brotaram dos meus olhos e começaram a escorrer pelo rosto enquanto ele falava. Eu me joguei em seus braços e o abracei com a maior força que pude.

– Ah, Logan! Senti tanto a sua falta, você não faz ideia. Eu tinha certeza de que você nunca mais falaria comigo depois de tudo. Pensei que tivesse perdido você!

Chorei em seu peito enquanto ele acariciava minhas costas.

– Eu te disse que só precisava de um tempo, Chloe. Eu nunca deixaria você por tanto tempo. Você é importante demais para mim. Parece que eu tinha um buraco no peito.

Eu me afastei para olhar seu lindo rosto.

– Eu também sinto esse buraco. O mundo não é o mesmo sem você.

Ficamos sentados na minha cama por horas, só conversando. Contei tudo que aconteceu desde o início e ele ouviu em silêncio enquanto eu desabafava cada remorso, cada piada, cada momento feliz. Quando terminei, nós dois tremíamos e chorávamos.

– Queria que você tivesse me contado tudo desde o começo, Chloe. As coisas teriam sido muito diferentes para a gente.

Concordei com a cabeça e enxuguei as lágrimas.

– Agora eu sei disso, mas achei que era tarde demais. Eu mergulhei rápido demais no nosso namoro e não queria magoá-lo.

– Sei que você não queria, garota, mas magoou. O que está no passado vai ficar exatamente ali... Para trás. De hoje em diante vamos recomeçar... Chega de ficar analisando nossos erros, só vamos ver o futuro. Não quero perder você de novo.

Eu o abracei forte, com um sorriso espalhado no rosto.

– Não vou deixar você ir embora também. Logan e Chloe, amigos para todas as horas.

...

As coisas começaram a voltar ao normal depois da conversa com Logan. Amber entrou de repente no meu quarto na manhã seguinte, chorando como um bebê. Eu a segurei nos braços por cinco minutos até que ela conseguiu soltar uma frase coerente.

– Eu... senti tanto a sua falta, Chloe! Isso estava me matando por dentro.

Eu a abracei apertado enquanto ria.

– Também senti sua falta, Amber, mas tive o que merecia. O que eu fiz foi errado e eu precisava pagar por isso.

— Desculpa por ter sido uma cretina com você. Fiquei muito chateada pelo que você fez e por não me contar. Descobri por Adam, e depois do que aconteceu. Pensei que você confiasse mais em mim!

— Eu confio em você, só não podia colocá-la no meio de tudo isso. Logan também é seu amigo e, se eu te contasse, teria separado vocês dois. Eu não queria fazer isso com você.

Ela assentiu e enxugou as lágrimas para limpar a maquiagem borrada.

— Acho que entendo, mas não me sinto melhor com a história toda.

Eu me levantei e olhei o campus abaixo pela janela.

— Sei que é uma desculpa esfarrapada, mas é só o que posso te dizer. Eu estava muito confusa e tomei decisões muito ruins. Mas paguei por isso no fim. Quase perdi Logan e perdi o Drake.

— Você falou com Drake desde que tudo isso aconteceu? Fui a alguns shows da banda. Ele parecia tão deprimido quanto você.

Eu me afastei da janela e Amber estava me olhando atentamente. Meus ombros se curvaram quando pensei em como magoei Drake, como eu ainda o magoava.

— Não, não falei. Achei melhor cortar os laços com os dois. Todos nós precisávamos de tempo para nos curar de tudo isso. Eu o quero, mas não sei o que ele sente por mim agora. Além de tudo, não acho que seria justo com Logan eu ter provocado tudo isso para depois sair pulando alegremente ao pôr do sol atrás do "felizes para sempre".

Amber bufou.

— É, você tem vivido mesmo feliz para sempre. Acha mesmo que Logan quer que você continue assim? Ele quer ver você feliz, Chloe. É só isso que ele quer.

Peguei as roupas para lavar.

– Não sei. Só sei que eu o magoei e não mereço ser feliz. Tenho certeza de que Drake já deve estar tocando a vida.

Amber pegou uma meia suja e a jogou para mim.

– Está ouvindo alguma coisa do que acabei de dizer? Drake está tão infeliz quanto você e sem dúvida nenhuma não está tocando a vida. Você não tem ideia de quantas garotas eu o vi praticamente expulsar do bar. Aquele garoto está mal, acredite em mim.

Grunhi enquanto jogava a meia suja no cesto de roupas com as outras peças.

– Não posso, Amber. Simplesmente não posso. Se ele me rejeitar, não vou sobreviver.

...

Com Amber e Logan novamente ao meu lado, eu comecei a me sentir inteira de novo, apesar da saudade de Drake. Ele deixou um buraco no meu peito que eu não sabia se alguém conseguiria preencher. Eu o via pelo campus de vez em quando, e durante a aula. Quando ele me olhava, eu lhe abria um sorriso cauteloso, mas ele não correspondia. Recomecei no trabalho e me atirei nele com vigor para compensar o tempo perdido. Janet ficou impressionada com minha transformação e me disse isso. Eu estava feliz que as coisas estivessem melhorando na minha vida.

Minha mãe ainda ligava, até que fui obrigada a trocar de número. Fiquei aborrecida, com medo de que Drake decidisse me ligar e descobrisse o número desligado, pensando que era por causa dele. Eu sabia que a possibilidade era fraca, mas ainda assim me preocupei. Disse a Amber e ela se ofereceu para dar a ele o meu novo número, mas recusei. Não queria que ele me achasse desesperada.

Eu estava fazendo um trabalho tão incrível na Starbucks que Janet me liberou mais cedo na sexta-feira.

– Você está se matando de trabalhar desde que voltou. Vá embora e se divirta um pouco com seus amigos.

Agradeci, peguei minha bolsa e fui para o estacionamento quase vazio. Mandei um torpedo para Amber perguntando se ela queria sair e ela respondeu dizendo que estava indo ao bar. Gemi enquanto ela mandava outra mensagem de texto me convidando para ir. Eu não achava que seria uma boa ideia. Disse a ela que estava cansada e ia para casa. Meu telefone começou a tocar assim que mandei o torpedo.

Sorri para a determinação de Amber.

– Sim?

– Não me venha com esse seu *sim*, Chloe Marie! Traga sua bunda para cá. Eles estão tocando um monte de coisas novas e é um ótimo show. Você pode sair antes de eles terminarem, se quiser. Até parece que estou te pedindo para ter uma conversa franca com ele. Poxa, é só para vê-los tocar.

Reconheci os gritos ao fundo enquanto alguém tocava um solo na guitarra.

– Tudo bem. Vou atravessar a rua e chego aí num minuto.

Desliguei, ainda sem saber se iria ao bar ou correria para casa. Eu sabia que Amber não me deixaria em paz se eu fosse embora, então entrei lentamente no trânsito e saí no estacionamento do bar. Não havia literalmente nenhuma vaga, então parei ao lado da porta dos fundos e entrei. Precisei de vários minutos para atravessar a imensa multidão e chegar a nossa mesa. Depois de várias cotoveladas no rosto e pisões em todos os dedos pelo menos duas vezes, a multidão se abriu o suficiente para eu alcançar a mesa.

Eu estava sem fôlego ao me sentar na cadeira ao lado de Rachel. Ela e Amber soltaram uma gargalhada quando me viram.

– O que houve com você?

Apontei por sobre o ombro para a multidão de clientes agitados.

– Tem uma porcaria de *mosh pit* ali. Tive sorte de conseguir chegar aqui intacta!

Elas ainda riam quando a garçonete me trouxe uma cerveja. Olhei feio para as duas enquanto tomava um gole e deixei meus olhos vagarem pelo palco a nossa frente. Meu coração parou quando levantei a cabeça e vi Drake me olhando. Abri um sorriso sem jeito e bebi a cerveja. Eu ia precisar de mais do que uma cerveja para sobreviver a essa noite.

Gesticulei para a garçonete me trazer outra, mas Amber balançou a cabeça.

– De jeito nenhum você vai ficar de porre e se fazer de idiota. Veja o show e curta.

Gemi e baixei a cabeça na mesa.

– Você está me matando, Amber, aos poucos e dolorosamente. Espero que saiba disso.

Ela me deu um tapa nas costas enquanto a banda terminava a música.

– Eu sei. Agora estou curtido muito. Se você não criar coragem e falar com ele, alguém vai ter que empurrá-la até lá.

Abri a boca e suspirei para ela.

– Isso foi uma armação, não é? Não se esqueça, Amber, eu vou embora antes de eles terminarem. Na verdade, acho que vou embora agora, antes que você tente mais alguma coisa comigo. – Eu me levantei e me virei para sair quando a voz amplificada de Drake encheu o bar.

– Obrigado a todos por virem esta noite. Temos mais uma música para vocês antes do fim. É outra música nova e espero que gostem.

Os olhos dele se fixaram nos meus enquanto eu estava de pé olhando para ele, em transe. Isto era o mais perto que eu chegava dele em semanas e vê-lo no palco, no melhor estilo bad boy, deixou meus joelhos bambos. Ele estava com uma camiseta sem mangas que mostrava mais da sua tatuagem do que normalmente nos shows. As luzes do palco baixaram, fazendo seus piercings da sobrancelha e do lábio cintilarem.

Mas foram seus olhos que verdadeiramente prenderam minha atenção. Tão perto dele assim, eu podia ver todo o desespero e o pesar num turbilhão naquele olhar.

Senti lágrimas nos meus olhos enquanto ele falava.

– Esta música, bom, essa é para alguém que sofreu por amor. Para alguém que pensou ter encontrado o amor e foi magoado, sem qualquer consideração pelos seus sentimentos. – Ele ergueu a mão e gritou: – Para todos nós que estamos vazios por dentro!

Com essa, Jade começou a música lentamente, Adam e Eric vindo logo após. Enquanto Drake começava a cantar, eu via cada dor que eu tinha causado irradiando dele, tomando conta da plateia, de mim. Olhei fixamente para o chão enquanto ele cantava diretamente para mim.

I wasn't sure what is was,
What you did to me,
I felt myself change,
Something shifted when I looked into your eyes,
Engulfing me in flames,
Burning me to the core,
But it wasn't meant to be,
You see, you and I,
Were a whirlwind,

Destroying everything in our path,
But isn't that what love does,
It makes us weak, far from free,
I gave you everything and you turned it back to me,
You turned it back to me.

Ele sussurrou o último verso e, quando me dei conta, eu estava correndo pela multidão, empurrando as pessoas. Fui direto até meu carro e bati a porta, as lágrimas escorrendo sem parar pelo rosto. Amber saiu correndo pela porta da frente quando passei acelerada por ela em direção à rua principal.

CAPÍTULO VINTE E UM

SEGUNDA CHANCE

Dirigi por quilômetros e quilômetros, relembrando o rosto de Drake quando ele cantou para mim. Eu o destruí sem nem mesmo perceber o que fazia. Finalmente ele se abriu para mim e eu o rejeitei. Eu sabia o bastante sobre Drake para entender que ele não fazia isso com frequência e eu o magoei com frieza, machucando-o para qualquer outra que estivesse presente. Eu era uma pessoa horrível e merecia ficar sozinha pelo resto da vida por tudo que o fiz passar.

Dirigi direto por uma hora até que fui obrigada a parar em um posto de gasolina para abastecer. O tanque estava ficando vazio e me encolhi ao ver a bomba despejar um dólar depois de outro no meu carro. Eu precisava me acalmar antes de gastar todo meu dinheiro com este passeio noturno de carro. Tive uma ideia enquanto recolocava a tampa do tanque e saía do posto. Eu voltaria ao lugar onde Drake me levou. Precisava da paz que aquele lugar me trazia e certamente ele não estaria lá tão tarde da noite, em especial depois de tudo que aconteceu.

Entrei novamente na interestadual e voltei devagar para a Virgínia Ocidental. Não tinha percebido o quanto minha viagem me levou para dentro de Maryland. Por fim, depois do que pareceram horas, atravessei a divisa e procurei pela saída. Eu a encontrei rapidamente e soltei um suspiro de alívio ao ligar a seta. Eu estava quase lá. Saí da estrada principal e entrei na secundária escondida, dirigindo devagar porque havia neblina demais.

Enfim parei na clareira e desliguei o carro, curtindo o completo silêncio do lugar. Fiquei sentada ali por um momento, saí e desci a trilha até a beira da água. Eu me sentei na mesma árvore apodrecida de antes, mas decidi não colocar os pés na água gelada. Deixaria para morrer de hipotermia em outra noite.

Deixei que o barulho da água me acalmasse e que minhas preocupações ficassem para trás. Se eu pudesse, ficaria ali para sempre, pois não havia nenhum lugar tão especial na Terra como este. Eu me recostei no tronco e fiquei sonolenta.

Algum tempo depois, acordei assustada ao ouvir passos se aproximando. Tentei me encolher o máximo possível, procurando me esconder, à medida que os passos se aproximavam. Uma figura apareceu diante de mim e eu quase gritei.

– Chloe?

Olhei a escuridão, tentando ter certeza de que ouvia quem eu pensava que fosse. A lua tinha se escondido atrás das nuvens e era quase impossível enxergar.

– Drake?

Uma lanterna se acendeu e protegi os olhos da luz que apontava para o meu rosto.

– É, sou eu. Procurei você por todo lado.

Coloquei a mão na frente do rosto, tentando bloquear a luz.

– Você se importa? Estou ficando cega.

A lanterna se apagou de imediato e mergulhamos de novo na completa escuridão.

– Desculpa, eu não estava pensando direito. Fiquei aliviado quando te encontrei. Vim aqui mais cedo, mas você não estava.

Assenti para a escuridão, embora ele não conseguisse enxergar.

– É, eu rodei um pouco de carro. Precisava pensar um pouco. Só percebi há um tempinho que este era o lugar perfeito para isso.

Senti que ele se sentava ao meu lado no tronco.

– Sei o que quer dizer. Este lugar parece ter alguma magia, não é?

– É, acho que tem.

Ficamos sentados em silêncio, enquanto eu me perguntava por que ele estava me procurando. Depois da apresentação desta noite, imaginei que ele quisesse distância.

– Por que veio aqui, Drake?

Ele soltou um longo suspiro.

– Falei com Amber, ela me contou tudo o que vocês conversaram outro dia. Eu queria que você tivesse me procurado, Chloe, em vez de eu precisar ir atrás de você. Você teria nos poupado muito tempo.

Gemi e deixei que a cabeça caísse nas mãos.

– Amber tem uma boca muito grande. – Afastei as mãos do rosto enquanto a lua saía de trás de uma nuvem e lançava uma luz linda e suave na água e em Drake. Quase parecia que ele reluzia.

– Foi bom que ela tenha me contado. Tentei ficar longe de você esse tempo todo. Pensei que você tivesse me esquecido.

– Drake, eu nunca vou esquecer você. Nunca.

Vi que seus lábios se ergueram num sorriso e o luar se refletia no piercing.

– É bom ouvir isso, porque não acho que consiga te esquecer. Senti muito sua falta. Eu só penso você.

Meu coração perdeu o ritmo ao ouvir isso, mas tentei parecer tranquila.

– Não fazemos bem um ao outro, Drake. Você disse tudo isso esta noite, somos um turbilhão e destruímos tudo ao nosso redor quando ficamos juntos.

Ele balançou a cabeça ao entrelaçar a mão na minha.

– Está enganada. Tudo o que aconteceu não foi só com a gente. Logan também estava dentro e isso ferrou tudo. Nós dois cometemos erros. Mas acho que se você nos der uma chance, talvez a gente possa criar alguma coisa bonita em vez de tanta destruição.

Eu o senti passar os dedos na minha palma e subir pelo meu pulso. Estremeci com a sensação e me afastei.

– Como você pode pensar assim? Só o que causamos é destruição. Não consigo pensar em duas pessoas que podem causar tanta coisa ruim um ao outro. Despertamos o pior em cada um de nós.

Ele negou com a cabeça e puxou minha mão de volta à dele.

– É aí que você se engana de novo. Você despertou o melhor em mim. Eu mudei desde que conheci você, e para melhor. Não sei quanto a você, mas você me tornou uma pessoa melhor. Não me sinto assim desde que meus pais morreram. Passei a adolescência tornando a vida do meu tio um inferno, quando ele só tentava me criar. Mas eu não me importei, não deixei que ele chegasse perto, nem ninguém mais.

Apertei a mão dele.

– Vai me contar sobre eles? Sobre seus pais, quero dizer.

Ele suspirou e passou a mão livre no cabelo.

– O que quer saber?

Dei de ombros.

– Não sei, só me conte como eles eram, o que eles faziam, as cores preferidas. Não ligo, só alguma coisa.

Ele ficou em silêncio por um momento e tive certeza de que ia me dizer não. Em vez disso, quando falou, sua voz estava cheia de emoção.

– Eles se chamavam Diane e Landon.

Meus olhos foram até sua tatuagem coberta.

– As iniciais na tatuagem são dos nomes deles, não é?

Ele assentiu rapidamente e continuou.

– É, são. Eu precisava de alguma coisa para me lembrar deles. Mas, então, você quer saber sobre eles. Meu pai era contador de uma firma de advocacia, minha mãe trabalhava como enfermeira no Hospital Universitário. Eles eram ótimos, os melhores pais que qualquer um poderia querer. Eu me lembro do meu pai chegando em casa toda noite e jogando futebol comigo. Minha mãe sempre se sentava comigo depois do jantar e me ajudava no dever de casa. Eu jamais quis outra vida. – Ele parou e deu um pigarro, tentando controlar as emoções. – Uma noite, eles me deixaram com uma babá, algo que raras vezes faziam, para sair juntos. Eu me lembro de quando Sheila, a babá, recebeu a ligação sobre o acidente. Ela ficou me encarando, sem saber como me contar. Logo entendi que havia alguma coisa errada e pedi que ela me falasse. Ela sussurrou que algum imbecil bêbado entrou na saída da estrada em vez de pegar a entrada e bateu de frente neles. Eles morreram antes que os paramédicos chegassem ao local. Gritei com ela, chamei-a de mentirosa e destruí tudo a minha volta. A assistência social apareceu e me buscou algumas horas depois. Fiquei com eles por algumas horas até que meu tio foi me buscar. Ele era o único familiar que me restava, porque os avós paternos e maternos tinham morrido antes mesmo de eu nascer.

Senti uma lágrima escorrer pelo meu rosto e cair em nossas mãos unidas enquanto ele falava.

– Ah, meu Deus. Drake, eu nem imaginava. Você só tinha 10 anos, né?

Ele assentiu.

– É, eu tinha 10 anos quando todo o meu mundo foi destruído e meu tio começou a cuidar de mim. Mas ele viajava muito a trabalho, então eu ficava praticamente sozinho. Ele fez o máximo para me criar, mas eu jogava tudo na cara dele. Comecei a me drogar quando tinha 13 anos, e fiquei muito confuso por um tempo. Eu não me lembro de vários dias, às vezes de semanas seguidas. Meu tio finalmente se encheu quando fui preso de novo no meu aniversário de 16 anos, por posse de drogas, desta vez. Ele me colocou na reabilitação e me disse para ficar limpo e me controlar, ou ele me mandaria para um lar adotivo. Precisei de muito tempo para me acertar, mas enfim consegui. Fui solto e logo depois disso encontrei a banda. Desde então nunca olhei para trás, nunca me importei com ninguém, só com eles. Eu usava as mulheres para preencher o vazio das drogas e não me arrependia, nunca questionava o que estava fazendo.

Ele ficou em silêncio por um momento.

– Até que você apareceu. Tudo mudou no minuto em que coloquei os olhos em você. No começo, pensei que fosse enlouquecer. Como uma garota pode entrar na minha vida e me fazer questionar cada uma das minhas crenças?

As lágrimas ainda escorriam pelo meu rosto quando me curvei para frente e o beijei com delicadeza.

– Você passou por muita coisa e, quando começou a se abrir, eu o mandei embora. Me desculpa, Drake. Eu não pretendia magoar você.

Minha boca roçou a dele enquanto eu falava. Senti que ele sorria ao se afastar.

— Acho que nós dois nos magoamos. Mas quero ter uma chance com você, Chloe. Quero deixar tudo para trás e começar de novo. Acha que a gente consegue isso?

Sorri ao passar o braço pelo dele.

— Eu gostaria. Só tenho medo que a gente se magoe de novo.

— Vai acontecer, não tenho dúvida. Vamos brigar, bater portas e depois vamos fazer as pazes. Todo casal no mundo faz isso, Chloe. Estou disposto a aceitar toda a dor que você for me causar, se você também estiver.

— Eu estou — sussurrei enquanto ele me puxava para mais perto e me beijava gentilmente.

— É bom ouvir isso. Agora vamos sair daqui, porque estou congelando. Podemos conversar mais no meu carro.

Ele se levantou e estendeu a mão para me ajudar. A lua brilhava forte quando subi a trilha devagar com ele bem atrás de mim. Escorreguei e quase caí várias vezes na subida, mas Drake sempre estava ali para me segurar. Estávamos rindo e cobertos de lama quando chegamos ao alto do morro.

— Acho que nunca conheci alguém tão sem jeito como você. Mas, como você me deu aquela vista incrível na primeira noite, eu devo ficar agradecido.

Levantei a mão para dar um tapa em seu peito, mas ele a segurou e a usou para me empurrar sobre o capô do carro. O motor ainda estava quente e isso ajudou a aquecer minhas pernas e minha bunda enquanto ele me empurrava mais para cima do carro.

Antes que eu pudesse perguntar o que ele estava fazendo, Drake estava em cima de mim, me beijando com vontade. Eu me deixei aquecer no capô enquanto ele me beijava. Enfim ele se afastou um pouco, nós dois ofegantes.

— O qu... O que foi isso?

Ele abriu aquele sorriso diabólico enquanto se curvava para tomar minha boca de novo.

– Já esperei muito tempo para te beijar sem culpa e não vou esperar nem mais um minuto.

Eu o empurrei ao entender o que ele dizia.

– Peraí! Peraí um minuto! Não está falando sério, está? Não podemos fazer *isso* no capô do seu carro! – Senti que ficava vermelha só de pensar.

– É claro que podemos, não tem ninguém por perto em quilômetros. O capô do meu carro é um lugar perfeito.

Comecei a argumentar, mas parei quando ele colocou a mão no meio das minhas pernas por cima da calça jeans. Deixei a cabeça repousar no vidro enquanto ele tirava minha calça e a jogava no chão. Em seguida foi minha calcinha, depois a blusa e o sutiã. Eu me apoiei nos cotovelos e sorri para ele.

– Mas isso é justo? Estou completamente nua, em cima do seu carro, e você ainda está completamente vestido.

Ele sorriu com malícia ao tirar o jeans e a cueca, mas pareceu hesitar com a camiseta.

– Que foi? Ficou tímido de repente?

Ele sorriu para mim.

– Não, não é timidez. Só não sei como você vai reagir quando vir isso.

Olhei para ele, confusa.

– Do que está falando? E anda rápido, estou congelando aqui!

Ele hesitou por mais um segundo antes de tirar a camiseta e jogá-la perto do resto das roupas. Prendi a respiração quando vi do que ele falava. Bem acima do seu coração estava exatamente a mesma tatuagem desenhada no meu pulso.

Eu me sentei e o puxei para mais perto.

– Drake, é linda.

Ele abriu um leve sorriso enquanto eu acompanhava o contorno da tatuagem com o dedo.

– Eu queria uma coisa para me lembrar de você, da gente, e imaginei que não havia nada melhor do que isso. Então voltei ao estúdio da Katelynn e ela me tatuou.

Eu me afastei para olhá-lo nos olhos.

– Acho que essas tatuagens estão erradas agora.

Ele correu os dedos pelo meu braço e estremeci.

– Por que diz isso?

– Porque elas significam *Nunca Amado*. Acho que já resolvemos esse problema. – Eu me curvei e passei os braços pela sua cintura, puxando-o para cima de mim. – Eu te amo, Drake Allen, e sempre amarei.

Não dissemos mais nada depois disso. Sua boca estava na minha enquanto o mundo em volta de nós desaparecia. Cada toque, cada roçar de seus lábios me levavam a um lugar de paixão e amor. Recostei de novo minha cabeça no vidro com um baque surdo enquanto sua boca provava cada centímetro de mim. Sua língua chupou e rolou pelos meus mamilos, molhando-os, antes que ele soprasse neles.

Ele desceu pela minha barriga aos beijos, passando pelos quadris, até finalmente parar nas minhas coxas. Beijou a face interna de cada perna e passou ao lugar que eu mais desejava. Gritei enquanto ele me beijava ali, roçando com o piercing na língua. Minhas mãos seguraram seu cabelo enquanto ele subia ao meu clitóris e me chupava. Eu soltava gemidos que nem sabia serem possíveis enquanto ele me levava ao perfeito esquecimento.

Abri mais as pernas para dar mais acesso e senti seus dedos, sua língua se aproveitando de mim. Meu corpo finalmente estremeceu de prazer e, em seguida, ele subiu pelo meu corpo aos beijos até parar em cima de mim, se posicionando na minha abertura.

– Eu te amo, Chloe. Amo tanto que chega a doer.

Gemi quando ele me penetrou. Drake segurava meus pulsos e os manteve no alto da minha cabeça, me prendendo ali, e meteu mais fundo do que já senti na vida. Sem que eu pedisse, ele sentiu minha necessidade de mais e meteu mais fundo e com mais força. Eu me derretia embaixo dele enquanto ele continuava a dar estocadas, até o prazer se misturar à dor. Foi a dor mais maravilhosa que já senti.

Ele estremeceu e gritou meu nome ao gozar dentro de mim. Ficamos deitados ali, ainda unidos, tentando reaprender a respirar. Ele saiu devagar de dentro de mim e gemi. Eu me sentia vazia sem ele ali. Ele riu ao se curvar para me beijar.

– Foi o melhor sexo em um carro da minha vida.

Bati em seu peito e me sentei.

– Nossa, valeu. Vai ter que mandar lavar o carro amanhã. Tenho certeza de que minha bunda deixou uma marca permanente nele.

Ele riu e me ajudou a sair do capô.

– De jeito nenhum. Pretendo dirigir por aí com sua bunda marcada no carro o máximo que puder.

Nós colocamos a roupa rapidamente, o ar frio da noite ardendo em nossa pele úmida. Dei um último beijo e fui até meu carro.

– Aonde você pensa que vai?

Olhei para ele, confusa.

– Hmmm, para o meu carro. Não posso deixá-lo aqui a noite toda.

Ele ergueu uma sobrancelha.

— E por que não? Pode vir para minha casa esta noite e voltamos amanhã para pegá-lo. Talvez, se você tiver sorte, a gente marque seu carro como fizemos com o meu.

Eu ri.

— De jeito nenhum, amigo. Este foi um acontecimento único, mas como está muito tarde, posso pegar uma carona com você.

Sorri comigo mesma ao pegar minhas coisas no carro e trancá-lo. Drake manteve a porta aberta do carona enquanto eu entrava, deu a volta e entrou também. Pegou minha mão ao ligar o carro e voltamos pela estrada, pegando a interestadual. Ele a segurou até chegarmos a sua casa e sorri daquela sensação. Agora estávamos juntos e, sim, ainda tínhamos várias questões para resolver, mas nada podia nos separar.

DRAKE

Três meses depois

Sorri ao ver Chloe preparando o jantar na minha cozinha. Bom, nossa cozinha, agora que ela finalmente concordou em morar comigo. Precisei de quase três meses para convencê-la, mas ela finalmente cedeu. Olhei a cozinha e a entrada, vendo vários de seus pertences já espalhados pela minha casa: seus sapatos e a bolsa perto da porta, seus livros na mesa, seu casaco jogado nas costas do sofá. Vê-la tão parte da minha vida me fez sorrir. Como Chloe sairia em turnê comigo e a banda em algumas semanas, deixamos boa parte de suas coisas encaixotadas no porão.

Precisamos de muito tempo para chegar até aqui, quase um ano, e eu agradecia minha sorte todo dia por ficar com essa mulher linda. Ela era tudo de que eu precisava, tudo que quis na vida, mesmo que antes eu não soubesse. Ela virou de costas para mim ao se abaixar para tirar nosso jantar do forno e aproveitei a oportunidade para olhar sua bunda naquele short mínimo.

Ela olhou para trás e viu que eu a encarava.

– E o que está olhando, sr. Allen?

Eu me levantei da mesa e me aproximei dela. Esperei até que ela fechasse o forno e colocasse a comida em cima do fogão para puxá-la nos braços.

– Só a bunda mais gostosa e mais incrível que vi na vida. Quer dizer, a *mulher*, a *mulher* mais incrível que já vi.

Ela me deu um tapa com a luva e riu.

— Escapou bem dessa, amigo. Agora vá se sentar para eu colocar a comida na mesa e vamos comer.

Concordei, feliz. Sua comida era incrível, muito melhor do que qualquer coisa que eu tentasse fazer. Ela colocou o prato diante de mim e foi até o armário para pegar os copos quando a campainha tocou.

— Pode ver quem é, amor? — perguntou ela ao vasculhar os armários, procurando um copo limpo.

Era minha vez de lavar os pratos e, como sempre, eu estava enrolando. Tomei nota mentalmente para fazer isso depois do jantar enquanto me levantava da mesa e ia à porta. Abri e encontrei uma mulher vagamente familiar parada ali. Estava no final dos 30 anos ou início dos 40, mas os anos de desleixo a faziam parecer mais velha.

— Posso ajudá-la?

Ela abriu um sorriso que fez meu sangue gelar.

— Pode, estou procurando a Chloe. Soube que podia encontrá-la aqui.

Assim que as palavras saíram de sua boca, percebi quem estava diante de mim. Antes que eu pudesse responder ou bater a porta na cara dela, Chloe apareceu pelo canto.

— Amor, quem está na por...

Chloe ficou imediatamente pálida quando viu a mulher parada na nossa frente.

— Oi, Chloe.

Ela ainda segurava um dos copos e vi, em câmera lenta, quando o deixou cair no chão, espatifando-se em mil cacos. Chloe ficou parada ali e olhava a mulher enquanto o sangue pingava dos cortes que cobriam suas pernas.

— Mãe.

APLAUSOS!

Não creio sinceramente que a essa altura eu consiga citar todo mundo que quero agradecer – são demais para colocar num livro!

Primeiro – a todos os blogueiros que conheci e que me receberam de braços abertos neste mundo louco de escritores/blogueiros: tenho orgulho de chamar vários de vocês de amigos.

Segundo – aos meus fãs. Recebi TANTOS comentários e e-mails e quero que vocês saibam que são importantes para mim. Sempre fico com um sorriso bobo no rosto quando os leio, então, obrigada por isso. Vocês me tiraram de crises de mau humor várias vezes.

Terceiro – ao meu clube do livro, por me fazer chorar de tanto rir. Nada pode expressar o quanto eu amo todos vocês.

Quarto – numa categoria especial, a Dirty Molly. Você me mandou uma das mais INCRÍVEIS fan arts que uma garota poderia desejar. E, sim, sei que você está envergonhada neste exato momento.

Quinto – aos meus pais. Eu não poderia ter feito nada disso sem vocês. E o fato de que vocês lidaram comigo diariamente nos últimos 22 anos sem me assassinar, bom, isso merece uma medalha. Eu amo vocês dois.

Obrigada a você que está lendo este livro. Você tocou muito a minha vida. Eu amo todos vocês!

Este livro foi impresso na Intergraf Ind. Gráfica Eireli.
Rua André Rosa Coppini, 90 – São Bernardo do Campo – SP
para a Editora Rocco Ltda.